Kinky Friedman – Zehn kleine New Yorker

Kinky Friedman, 1944 in Rio Duckworth, Texas, geboren, nahm mit der Country-Band »Kinky Friedman and His Texas Jewboys« sieben LPs auf, bevor er sich später aufs Schreiben von Krimis verlegte, die in insgesamt 14 Sprachen übersetzt wurden. Der vorliegende Krimi ist der letzte von insgesamt 17 Krimis aus der Serie mit Kinky als Hauptperson.
Titel der Originalausgabe: »Ten Little New Yorkers«, Simon & Schuster, New York 2005
Copyright © 2005 by Kinky Friedman

Edition
TIAMAT
Deutsche Erstveröffentlichung
Herausgeber:
Klaus Bittermann
1. Auflage: Berlin 2010
© Verlag Klaus Bittermann
www.edition-tiamat.de
Druck: Fuldaer Verlagsanstalt
Buchumschlagfoto nach einer Idee von Klaus Bittermann
ISBN: 978-3-89320-146-4

Kinky Friedman

Zehn kleine New Yorker

Aus dem Amerikanischen von
Astrid Tillmann

Mit einem Nachwort von
Klaus Bittermann

**Critica
Diabolis
178**

**Edition
TIAMAT**

Prolog

Lieber Leser,

vielleicht macht das Folgende für Sie nur wenig Sinn, ich befinde mich auch selbst immer noch in einer Art Schockzustand. Also werde ich Kinky die Geschichte mit seinen eigenen Worten erzählen lassen. Sie müssen wissen, ich bin ein paar Tage nach der Tragödie zu seiner Wohnung in der Vandam Street gegangen. In der untersten linken Schublade seines alten Schreibtischs fand ich die Aufzeichnungen zu seinem letzten Fall, und die sind identisch mit dem hier folgenden Manuskript. Ich habe die Story in keiner Form verändert oder editiert.

Ich muss Ihnen noch was sagen. Kinkys Loft wirkte so traurig und einsam, dass es mir fast das Herz gebrochen hätte. Die Erinnerungen waren so dick wie die Staubschicht überall. Ich nahm das Manuskript, schnappte mir den Puppenkopf und räumte den Kühlschrank leer, damit nichts verderben würde. Dann sprach ich ein kleines Gebet für Kinkys Seele und sah zu, dass ich Land gewann.

Der Kinkster war mehr als mein bester Freund. Ich glaube, er war, wie er auch selbst gern behauptete ein wahrer Schicksalsschmied. Es ist nur zu schade, dass niemand mit dieser Fähigkeit da gewesen war, um ihm bei seinem eigenen Schicksal zu helfen. Was mich anbelangt, ich werde ihn niemals vergessen. So lange ich lebe, lebt auch Kinky weiter. Ich hoffe, unsere kleinen Abenteuergeschichten werden noch in vielen Jahren gelesen. Sie waren skurril und manchmal schrullig und einige wurden auf eher unkonventionelle Weise gelöst, aber alle haben Spaß gemacht, waren erhellend, farbenfroh und hoffnungslos menschlich. Und wir haben sie alle gemeinsam durchlebt.

Er war ein großartiger Freund. Er war ein großartiger Detektiv. Würde Sherlock Holmes aus Texas stammen, sein Name wäre Kinky Friedman.

Larry »Ratso« Sloman
New York, New York

1

Die Katze war weg und die lesbische Tanzschule auch schon seit einer Weile still. Es war eine harte Zeit für den Kinkster gewesen. Auch Ratso hatte angefangen, mich zu nerven. Wobei »anfangen« vermutlich nicht das richtige Wort war. Ratso war mir seit dem Tag, an dem ich ihm zum ersten Mal begegnet war, ziemlich nachhaltig auf die Nerven gegangen. Vielleicht war das Teil seines Charmes. Vielleicht hatte ich ihn nur nicht an mich rankommen lassen. Und jetzt, wo die Katze weg und auch sonst niemand da war, mit dem ich reden konnte, drückte mich die volle Wucht von Ratsos Persönlichkeit zu Boden. Aber Ratso war ein Typ, den man nicht hassen konnte, also konnte man ihn genauso gut lieben. Und wenn ich an den ganzen Scheiß denke, den wir gemeinsam durchgemacht haben, betrachte ich ihn als natürlichen und unverzichtbaren Teil meiner eigenen Existenz. Die Katze konnte ihn jedoch nie leiden, um es mal vorsichtig auszudrücken. Die Wahrheit war, dass die Katze ihn verdammt noch mal hasste, und ich glaube, man sollte dem Instinkt einer Katze nicht misstrauen. Aber zum Teufel, die Katze war mittlerweile bestimmt auf der anderen Seite des Regenbogens, und ich stand am Fenster, wartete auf Ratso und sah in den Regen raus.

Es regnete heftig, wie Bob Dylan sagen würde, aber das interessierte mich nicht. Tatsächlich hätte ich darauf geschissen, wenn die ganze Stadt weggeschwemmt worden wäre. Naja, vielleicht wäre es doch ganz nett, wenn Chinatown stehen bliebe. Wenn es in Strömen regnet, fange ich an, die Tiere und Menschen zu vermissen, die ich im Laufe meines Lebens geliebt habe und fühle mich ihnen näher und weiter weg vom Heute. Heute ist ein Müllmann in gelber Regenjacke. Heute ist eine durchnässte Frau mit strubbeligem Haar, die absichtlich in eine weiße Wand läuft. Heute ist eine verdammte Vase ohne Blumen. Zum Teufel, schenk mir ein einigermaßen anständiges Morgen, sagte ich. Gib mir eine Handvoll lückenhafter Gesterns. Schenk mir Freiheit oder schenk mir Tod oder gib mir ein Leben auf dem Mississippi.

Seit meine Katze verschwunden war, führte ich in größerem Stil Selbstgespräche, nur dass sich mein Selbst leider nie die Zeit genommen und Mühe gemacht hat, eine gute Zuhörerin zu werden. Ohne die Katze fühlte ich mich wie ein Seestern auf dem Trockenen. Eine lesbische Tanzschule ohne Musik. Ein japanischer Tourist ohne Fotoapparat. Ich verlor mich in einem Strudel aus grauem Nebel und Selbstmitleid. Zur Hölle, dachte ich. Allein zu sein bietet einem eine Möglichkeit, die nur wenige Menschen im Leben haben, nämlich die Gelegenheit, sich selbst besser kennen zu lernen. Ich finde, man kann sich genauso gut selbst besser kennen lernen. Schließlich muss man miteinander leben.

Ich sah weiter in den Regen hinaus. Es fühlte sich an, als würde es auf der ganzen Welt regnen. Überall, außer in Georgia. Von oben kamen ein paar polternde Geräusche. Zweifellos lesbischer Donner. Dann hörte ich von noch weiter oben die grollenden Geräusche richtigen Donners. Nachdem ich eine Weile gelauscht hatte, konnte ich nicht mehr auseinander halten, was was war. Interessierte mich auch nur bedingt. Große Hunde haben oft Angst vor Donner, während kleine Hunde sich eher unbeeindruckt zeigen. Was sagt uns das? Nicht allzu viel. Das sind so die bruchstückhaften Gedanken, die normalerweise privaten Ermittlern durch den Kopf gehen, die schon zu lange nichts mehr ermittelt haben. Sollte dieser Zustand länger anhalten, können besagte Ermittler sogar ihre Beobachtungsgabe verlieren. Wenn das passiert, bleibt ihnen nichts anderes übrig, als den Regen zu beobachten.

»Wenn ich mich nicht irre«, sagte ich zur nicht vorhandenen Katze, »höre ich den Schrei des blauärschigen Tropentauchers.«

Psychologen sagen, es sei nichts ungewöhnliches, mit einem geliebten Wesen auch nach dessen Ableben zu sprechen. Die Macht der Gewohnheit ist oft stärker als die Schwerkraft. Die Macht des Wunschdenkens, würde ich noch hinzufügen, ist möglicherweise noch stärker. Psychologen würden mir vermutlich nicht zustimmen. Wie dieser rotbärtige Pavian, der mich aus dem Peace Corps ausmusterte. Nur weil ich ehrlich zu ihm war, bekam ich nie die Möglichkeit, eine Blondine zu treffen, die im Jeep durch Afrika fuhr und die ich zur zukünftigen Ex-Mrs Friedman hätte machen können. Ich musste viele Monde ziellos durchs Land streifen, in Hawaii umschulen, um dann nach Borneo zu gehen, wo ich Menschen half, die bereits seit über zweitausend Jahren erfolgreich Ackerbau betreiben. Während der Zeit in Borneo fiel im Dschungel mein Penis ab. Ich gab Gott keine Schuld. Ich gab dem Psychologen keine Schuld. Ich gab noch nicht mal den kleinen braunen Kindern Schuld, die lachend auf meinen Penis zeigten und *Pisang* schrien. *Pisang* heißt auf malaiisch »Banane«. Nein, ich gab niemandem die Schuld. Ich gebe nur meinem Lektor die Schuld dafür, dass er diesen Scheiß aus dem Buch streicht.

Der blauärschige Tropentaucher schrie erneut, es klang wie ein weiterer, diesmal aber leidenschaftlicherer Balzruf. Ich fragte mich, was ein blauärschiger Tropentaucher während eines Unwetters im West Village zu suchen hatte? Der blauärschige Tropentaucher gehörte in den Regenwald, nicht ins Regenwetter. Natürlich war mir bewusst, dass er gelegentlich im East Village auftauchte, aber für diese seltene Spezies war es ausgesprochen ungewöhnlich ins stärker zivilisierte West Village zu migrieren. Außerdem war es mitten im Winter und damit sicherlich nicht die übliche Paarungszeit des blauärschigen Tropentauchers, eine weitere beunruhigende Unregelmäßigkeit. Möglicherweise war der Tropentaucher, genauso wie der Rest der Welt, nur darauf aus, mich zu verarschen. Ich öffnete das Küchenfenster einen Spalt und sah in eine monolithische graue Regenwand hinunter ohne auch nur das geringste zu erkennen. Dann hörte ich das merkwürdige Geräusch erneut.

»Kinkstah«, schien es zu rufen, »Kinkstah, verdammte Scheiße, ich saufe hier gleich ab!«

Ich ging zum knackenden Kamin rüber und nahm den kleinen schwarzen Puppenkopf vom Sims. Der Hausschlüssel klemmte immer noch fest in seinem lächelnden Mund. Er erschien mir als das einzig Sichere, das ich momentan in dieser Welt noch hatte. Der Puppenkopf war verschwunden gewesen, aber nun war er wieder aufgetaucht und das fühlte sich für mich an, als hätte er den Schlüssel zu meiner letzten noch übrig gebliebenen Hoffnung auf Glück in diesem Leben. Wenn Sie glücklich sind, macht das natürlich keinen Sinn für Sie. Wenn nicht, haben Sie wahrscheinlich auch schon festgestellt, dass sich im Handumdrehen alles ändern kann. Oder im Schlüsselumdrehen. Oder in der Erinnerung.

Ich öffnete das Fenster ein Stück weiter und schmiss den armen Yorick in den kalten Vorhang aus Regen. Irgendwo hinter diesem Vorhang waren entweder Ratso oder ein blauärschiger Tropentaucher, der sich extrem gut artikulieren konnte. Augenblicke später, als Ratso wie ein Zirkuszelt, das gerade aus dem Regen kommt, in den Loft stolperte, waren alle Zweifel beseitigt. Er trug ein feuerrotes Regencape mit Kapuze, das auf dem ganzen Weg zum Kühlschrank vor sich hin flatterte und tropfte.

»Du machst eine Riesensauerei auf dem Fußboden«, sagte ich.

»Dein Fußboden war schon immer eine Riesensauerei«, sagte Ratso. »Warum sollte sich das jetzt ändern? Wenigstens ist der ganze Katzendreck weg...«

Vielleicht spürte er seine nicht beabsichtigte Unsensibilität, jedenfalls zog er den Kopf aus dem Kühlschrank und brachte den Puppenkopf zu seinem gewohnten Plätzchen auf dem Kaminsims zurück. Dann lehnte er einen Arm auf das Sims und wärmte sich am Feuer.

»Tut mir Leid«, sagte er.

»Vergiss es«, sagte ich. Und das meinte ich auch. Der Verlust einer einzelnen Katze, eines Mannes, einer Frau, eines Kindes, eines Traums bedeutet in dieser Stadt oder auf der Welt überhaupt nicht viel. Jeder weiß, dass es noch viel mehr Verluste gibt. Wir trauern im Stillen, dachte ich. Also, entweder du kriegst dein Leben auf die Reihe oder du wirst ein Scheißbuddhist oder etwas in der Art, aber sitz nicht jammernd rum. Nimm dir für die Zukunft einfach vor, dich nicht mehr auf etwas einzulassen, was isst oder stirbt.

»Kopf hoch, Kinkstah!« sagte Ratso. »Lass uns nach Chinatown gehen.«

»Das würde Essen bedeuten.«

»Essen ist wichtig, Kinkstah! Genauso wie Scheißen. Wenn du aufhörst zu essen, hörst du auch auf zu scheißen. Und wenn du aufhörst zu scheißen, hörst du auf zu leben. Über zweitausend Jahre – scheiße, vielleicht noch länger – hat das jüdische Volk seine Trauer und seine Schuld mit chinesischem Essen besänftigt. Warum sollten wir jetzt damit aufhören. Wir müssen eine lange Tradition hochhalten!«

»Ratso, es regnet.«

»Das hat man Noah auch gesagt! Und was hat er gemacht? Eine Arche gebaut!«

»Vielleicht bau ich mir auch mal so was in der Art«, sagte ich. Mit unübertroffenem Timing ließ ich einen lauten Furz, der im Loft zu vibrieren schien, er echote wie Fußstapfen im Grab der Mumie von Pharao Ösophagus. Ratso war beeindruckt.

»Das war ein echter Kracher«, sagte er. »Hast du Stoff berührt?«

»Eher unwahrscheinlich, Watson. Wie du weißt, trage ich seit meiner Zeit in den Tropen keine Unterwäsche mehr. Ich ziehe den Kommandostil vor.«

»Recht hast du, Sherlock. Wie konnte ich das nur vergessen.«

»Ach, mein teurer Watson! Es sind Kleinigkeiten wie diese, die der kriminelle Verstand oft vergisst. Und genau diese Kleinigkeiten wecken den rationalen, wissenschaftlichen Verstand des Detektivs und führen ihn unweigerlich zur sicheren Lösung der verwirrendsten und ungereimtesten Angelegenheiten.«

»Das ist brilliant, Sherlock. Aber keine Unterwäsche zu tragen, kann auch gesundheitliche Konsequenzen haben. Dein Pippimännchen könnte sich erkälten.«

»Ach, Watson! Wie ich dein geistreiches Geplänkel und unser kameradschaftliches Miteinander am Kamin vermisst habe! Du vergisst nie, deinen wunderbaren, wenn auch etwas bodenständigen Humor zu einer Ermittlung beizutragen.«

»Wir haben einen Fall?«

»Leider, Watson, lautet die Antwort nein.«

»Wann *haben* wir wieder einen Fall, Sherlock?«

»Wohl nie mehr, wenn du weiter in diesem lächerlichen Rotkäppchenoutfit in der Gegend rum rennst. Aber fürchte dich nicht, Watson. Ermittlungen sind wie Katzen. Es ist ihr Schicksal, in unser Leben zu treten und wieder zu verschwinden. Auf die eine oder Art werden sie schon kommen.«

2

In einer großen Stadt eine Katze zu verlieren, ist eine der schlimmsten Tragödien, mit denen Gott dich schlagen kann. Menschen, die seit ihrer Kindheit jeglicher Spiritualität entbehren, haben keine Vorstellung davon, was es bedeutet, eine Katze zu haben, eine Katze zu verlieren, eine Katze zu lieben oder eine Katze zu sein. Wenn ein

Kind vermisst wird oder wegläuft oder ein Ehepartner Zigaretten holen geht und nie mehr zurückkommt, besteht ein Teil der Trauer in der Erkenntnis, die auch mit einem starken Schuldgefühl einhergeht, dass sie nicht zurückkommen wollen. Sogar wenn Katze, Mann, Frau, Kind ein totales Arschloch ist, neigt man dazu, sich die Schuld zu geben. Wenn ich ihm seine Grapefruit in appetitliche kleine Spalten geschnitten hätte, wie er es so gern mochte, hätte er mich vielleicht nicht verlassen. Wäre ich doch nur stärker gewesen oder liebevoller, vielleicht wenn ich grün oder schwarz oder blau gewesen wäre, oder was es auch immer sein mag, was ich nicht bin und auch nie sein kann, wäre dieser ganze Scheiß nicht passiert. Menschen, die reflektieren können, neigen dazu, sich die Schuld zu geben, aber die Wahrheit ist, dass die verdammte Katze einfach die Welt sehen wollte. Oder der Lover ist deiner überdrüssig geworden oder konnte die Art, wie du Bagels isst, nicht leiden oder hielt sich für einen Zigeunerkönig. Er oder sie sind der Katze ziemlich ähnlich. Sie wollen alle raus.

Aber wenn ein Mensch zurückkehren möchte, muss er nur zurückkommen. Sogar ein kleines Kind kann jemandem sagen: »Ich will nach Hause.« Eine Katze könnte das nicht, selbst wenn sie wollte. Die Katze ist von der Menschlichkeit der kalten Welt abhängig. Natürlich sind wir das vermutlich alle von Zeit zu Zeit.

Schließlich gelang es Ratso, mich bequatschend und beschwatzend dazu zu bringen mitzukommen. Der Regen hatte nachgelassen. Es war kein biblischer Wolkenbruch mehr, sondern nur noch ein feiner Sprühregen mit einer gelegentlichen dicken Träne dazwischen, was ihm immer noch eine gewisse Redlichkeit verlieh. Ratso und ich entschieden, den Weg nach Chinatown als Herausforderung zu betrachten, also liefen wir die Vandam hoch und rüber nach Soho. Das Schicksal wollte es, dass wir auf der Prince Street an einem Gebäude vorbeikamen, in dem hinter einem großen Erkerfenster eine Katze saß, die uns genau beobachtete. Möglicherweise hatte Ratsos knallrotes Rotkäppchenoutfit ihr Interesse geweckt.

»Weißt du«, sagte ich, »jedes Mal wenn ich früher eine Katze in einem Fenster sah, habe ich zu mir selbst gesagt, ›Ich habe meine Katze und diese hier ist die Katze von jemand anderem.‹«

»Das ist eine verdammt brillante Beobachtung, Sherlock.«

»Jetzt, wo meine Katze weg ist, sage ich das nicht mehr. Jetzt sage ich ›jede Katze ist meine Katze‹, vor allem die Streuner.«

»Cuddles war auch ein Streuner«, sagte Ratso. »Ich erinnere mich noch an die Nacht, in der wir sie gefunden haben.«

Ich erinnerte mich auch noch. Es war so kalt, dass Jesus Eiswürfel pisste. Wir fanden Cuddles in einer Schuhschachtel, in einer Gasse, die von der Mott Street abging. Das amerikanische Olympiaeishockeyteam hatte gerade die Russen geschlagen. Ratso war vollkommen ekstatisch. Ich war ebenfalls leicht erfreut. Cuddles war einfach nur kalt. Natürlich hieß sie damals noch nicht Cuddles. Sie war nur ein winziges schwarz-weißes Kätzchen, mutterseelenallein, das sich in einer Schuhschachtel in Chinatown zu Tode fror. Wir nannten sie nach Kacey Cohens Spitznamen in der Schule Cuddles. Ich nahm das kleine Kätzchen hoch, schob es in meine warme Manteltasche und brachte es nach Hause. Ich wünschte, ich hätte für Kacey dasselbe tun können, aber dafür war es zu spät.

»Ich hoffe, der Himmel sieht aus wie Chinatown bei Regen«, sagte ich.

Während Ratso und ich zielstrebig in die selbstvergessene Nacht liefen, fiel ein tröstlicher Regenvorhang über die neonbeleuchteten Fassaden der Mott Street. Als wir auf Höhe der 67 Mott Street waren, bogen wir scharf rechts ab, Richtung Big Wong's. Kurz bevor wir das Lokal betraten, kamen wir einer kleinen Tradition nach, die sich im Laufe der Jahre zwischen uns etabliert hatte. Wir standen wie zwei schlotternde Seelen aus der Zeit der großen Depression auf dem Bürgersteig und beobachteten die freundlichen chinesischen Köche, die Nudeln in große dampfende Suppentöpfe schöpften. Die Köche kannten Ratso und mich so gut, dass sie ab und zu eine Kelle Suppe gegen die Scheibe spritzten, um uns spielerisch aus unserem hypnoseähnlichen Zustand aufzuschrecken. Es schien, als wäre das für sie ein unglaublich komischer Witz. Mittlerweile glaube ich, Ratso und ich wussten möglicherweise etwas, was sie nicht wussten. Wir wussten, dass das Leben ein Witz war.

»Sei nicht so hart zu dir«, sagte Ratso, während der Kellner uns zu unserem angestammten Tisch direkt neben der Treppe zum Klo führte. Ich fragte mich, ob es tatsächlich möglich war, dass Ratso zum ersten Mal an diesem Tag meine angeschlagene, lebensüberdrüssige Verfassung registriert hatte. Vielleicht *war* ich zu hart mit mir. Scheiße, ich hatte schon versucht allen anderen die Schuld für diesen Schrotthaufen zu geben, der mein Leben war. Meine Schwester Marcie hatte mich auf ein altes vietnamesisches Sprichwort hingewiesen, dass in diesem Fall möglicherweise zutraf: »Immer wenn du mit dem Finger der Schuld auf einen anderen zeigst, denke daran, dass drei Finger auf dich zeigen.«

»Die Wahrheit ist«, sagte Ratso, dass kein Amateurprivatdetektiv so viele hochkarätige Fälle gelöst hat wie du, Sherlock. Es ist für uns beide langweilig, wenn du keinen Fall hast. Das liegt daran, dass wir beide keinen regelmäßigen Job haben. Und auch kein regelmäßiges Leben, wenn wir schon dabei sind.«

»Wenn du mir mit diesen Worten Trost spenden willst, Watson«, sagte ich, »braucht dein Umgang mit Hilfebedürftigen eine Generalüberholung.«

»Was willst du denn hören, Sherlock? Blödes Gesäusel oder die Wahrheit? Die Wahrheit ist, dass du der größte Detektiv New Yorks bist und das nicht mal zu wissen scheinst. Du hast Fälle geknackt, von deren Lösung das

NYPD und das FBI nur träumen konnten. Du hast gerade eines deiner besten Jahre hinter dir und jetzt singst du hier den Blues. Okay, deine Katze ist abgehauen...«

»Meine Katze ist nicht abgehauen.«

»Okay, die Katze hat sich auf der QE2 eingebucht und verbringt jetzt ein Sabbatjahr im Süden Frankreichs. Wo ist der Unterschied? Die Katze ist weg und du bist immer noch hier und du konntest dieses Jahr ein paar ziemlich beeindruckende Kerben auf deine Zigarre ritzen. Du hast den vermissten Puppenkopf gefunden, oder besser gesagt, die Katze hat ihn gefunden. Scheiß drauf!«

»Die Katze *hat* den Puppenkopf gefunden«, sagte ich nachdenklich. »Vielleicht *ist* da etwas dran, am *Fluch des vermissten Puppenkopfs*.«

»Ich kann nicht glauben, dass jemand mit einem so großen wissenschaftlichen Verstand wie du, mir so einen Scheiß erzählt. Sherlock, reiß dich zusammen! Scheiß auf den Puppenkopf! Du hast den fahrerflüchtigen Killer von Big Jim Cravottas Kind gefunden! Du hast Chingas Leben gerettet! Bist du darauf nicht stolz?«

»Keine Ahnung. Er ruft nicht an. Er schreibt nicht.«

Irgendwie schaffte es Ratso im Laufe dieser Inquisition ungefähr sieben Gerichte für uns beide zu bestellen. Ich hatte gehofft, wenn das Essen erstmal da war, würde es ihn eine Weile beschäftigen, aber das war unglücklicherweise nicht der Fall. Er redete einfach weiter und aß gleichzeitig; ein nicht gerade angenehmer Anblick.

»Was ist mit *Der Gefangene der Vandam Street*, Kinkstah? *Der Gefangene der Vandam Street*, erinnerst du dich? Du hattest Recht und alle anderen Unrecht! Erinnerst du dich daran, Kinkstah?«

»Kann ich nicht genau sagen, Watson, es ist schon so oft so gewesen. Daher weiß ich, dass ich Recht habe. Wenn alle anderen Unrecht haben.«

»Das ist also dein Geheimnis.«

»Siehst du, Watson, das ist der Grund, warum ich nie meine Methoden preisgebe. Sobald ich sie erkläre, denkt irgendein Arschloch, Anwesende selbstverständlich ausgeschlossen, es sei ganz einfach. Eigentlich ist es gar nicht so wichtig, ob du Recht oder Unrecht hast. Willie Nelson, den ich den ›Hillbilly Dalai Lama‹ nenne, sagt immer: ›Mach's falsch, so lange es dir gefällt.‹«

»Aber kannst du nicht wenigstens deine vielen Erfolge genießen, Sherlock?«

»Natürlich nicht. Ein Schicksalsschmied genießt seine Erfolge niemals, Watson. Frag Rambam.«

»*Du* fragst Rambam.«

»Hab ich. Er hasst es, wenn er Leute ins Gefängnis bringt. Das gleiche gilt für Kent Perkins. Ich hab ihn mal gefragt, wohin er geht und er sagte, ›Nach Arizona, um das Leben eines Mannes zu ruinieren.‹ Die Leute, zu deren Verhaftung ich beigetragen habe, hassen mich. Sie würden mich umbringen, wenn sie könnten. Ihre Familien hassen mich. Ihre Kinder hassen mich. Die Cops hassen mich. Unser Kellner hasst mich. Jeder hasst mich, Watson.«

»Das liegt daran, dass du ein kranker Wichser bist, Sherlock.«

»Ah, Watson, deine Intuition! Klar bin ich ein kranker Wichser, wie du sagst. Alle meine Erfolge, wie du sie nennst, machen mich krank. Es gibt nur eines, was mich wieder gesunden lassen kann.«

»Und das wäre, Sherlock?«

»Gerechtigkeit, Watson. Gerechtigkeit.«

»Hast du das gebratene Schweinefleisch auf Rührei probiert?« fragte er.

3

Ich bin mir nicht sicher, ob Ratso jemals verstanden hat, welche Last auf den spirituellen Schultern des Schicksalsschmieds ruht. Ebenso wenig weiß ich, inwieweit Theo Vincent verstanden hat. Natürlich hat er ihn geliebt. Schließlich war er der einzige, der jemals ein verdammtes Gemälde gekauft hat. Man sagt, die anderen Künstler liebten den Sonnenschein, aber Van Gogh liebte die Sonne. Er hat mal gesagt, wenn man stirbt nimmt man nur einen Zug zu den Sternen. Schwer so jemanden zu verstehen. Man kann Theo oder Ratso, Paul oder John oder Luke nicht die Schuld in die Schuhe schieben. Manchmal reicht das Wissen, in der Gesellschaft wahrer Größe zu sein. Der große Mann selbst mag ein absolut ahnungsloser Idiot sein, aber vielleicht ist das ein Teil dessen, was ihn groß macht. Er singt seinen Song nicht einfach nur – seine Magie liegt darin, dass er ihn dir schenkt.

Was ich damit sagen will ist, dass Ratso in vorbildlicher Dr. Watson-Manier munter durch unsere kleinen Abenteuer hüpfte und dabei nie wirklich realisierte, dass jedes einzelne von ihnen ein weiteres Stückchen von Janis' Herz stahl. Wie die anderen Village Irregulars auch spürte er die Aufregung der Jagd. Wie die anderen genoss er das Gefühl, ein Teil von etwas Größerem als er selbst zu sein. Aber am Ende spürte er weder die Last noch das Gewicht. Keiner von ihnen. Außer natürlich Rambam. Er war lizensierter Privatdetektiv. Er wusste, wie es sich anfühlte irgendwo in einer dunklen Gasse zu stehen und zu versuchen, nicht Gott zu spielen. Für diese Art von Geschichten gab es keine Selbsthilfegruppen. Man machte sie so lange man konnte. Dann packte man seine kaputte Reisetasche und nahm einen Zug zu einem Stern.

Es war ein besonders kalter Winter in New York. Es

schien immer kalter Winter in New York zu sein. Vielleicht lag es daran, dass ich den Sommer meist in Texas verbrachte. Es wehte mich dorthin wie einen Zugvogel, um aufzutauen, zu trocknen und mich einfach mit all den freundlichen Geistern von Echo Hill auszutauschen. Ich hatte das Gefühl als würde mich Echo Hill reich in der Währung des Geistes machen. Dann haute ich wieder ab nach New York und fror mein Vermögen ein. Frei nach Dr. Jim Bone schwankte mein Leben zwischen Legende und Laternenpfahl. Ich hatte kein Zuhause. Ich wollte kein Zuhause. Ich hatte schon viel zu lange Heimweh nach dem Himmel.

Ich setzte mich an meinen alten kampferprobten Schreibtisch, nahm Holmes' Schädeldecke ab und fasste auf der Suche nach einer kubanischen Zigarre tief in sein Gehirn. Ich nahm meinen zuverlässigen, alten Zigarrenschneider aus der Tasche und kappte ein weiteres Zigarrenende. Einige bemessen ihr Leben danach, wann ihr Ausweis abläuft. Andere messen ihr Leben in Kaffeelöffeln. Wieder andere messen ihr Leben in Zigarrenenden, kubanischen oder sonstigen. Ich gehörte zu der letzteren Zigarrenendenmesskategorie. Ich zündete die Zigarre genau in dem Moment an, als die Telefone anfingen zu klingeln.

Wie vielleicht bekannt ist, besitze ich zwei rote Telefone, die zu beiden Seiten meines Schreibtischs stehen und das tun sie schon so lange, dass ich gar nicht mehr weiß, *warum* sie da sind. Ich weiß eigentlich auch gar nicht mehr, warum *ich* da bin. Vielleicht verkörpern die roten Telefone den Puff des menschlichen Verstandes. Vielleicht ist meine Gegenwart ein Vorzeichen für die Rückkehr der Hure. Vielleicht kennst du die Antworten besser als ich. Vielleicht solltest du dieses Scheißbuch schreiben, während ich auf dem Schaukelstuhl am Kamin sitze und sage:»Wovon labert dieses Arschloch eigentlich?«

Ich nahm den linken Hörer ab und paffte für einen kurzen Augenblick päpstlich an der Zigarre.

»Schieß los«, sagte ich.

»Ey Alta, hier is Big Jim Cravotta und isch komm jetz rüba und mach disch fertisch!«

»Du kommst zu spät.«

»Oh Gott«, sagte Rambam, »bemitleidest du dich immer noch selbst?«

»Gibt es jemanden, den man besser bemitleiden kann?«

»Was ist mit mir? Meine jüdische Dominatrix entpuppte sich als wiedergeborene Lesbe, die für den ATF arbeitet.«

»Was für ein Jammer.«

»Nicht unbedingt. Ich bin beim Spanking jedenfalls lieber der, der schlägt.«

Ich lehnte mich im Sessel zurück und paffte patriotisch an meiner Zigarre, während eine kleine Parade all des durchgeknallten Scheiß, den Rambam und ich auf beiden Seiten des Gesetzes gemeinsam gemacht hatten, an meinem inneren Auge vorbeizog. Ich sah die Amerikanische Flagge. Dann die Israelische. Dann die Texanische.

»Ich sagte, ›ich bin lieber der, der schlägt‹«, sagte Rambam.

»Gibt es hier ein Echo?«

»Gibt es hier ein Echo?«

Ich paffte einen ausgedehnten Moment an der Zigarre und beobachtete den Rauch, wie er nach oben an die von Menschenhand geschaffene Decke zog.

»Verdammte Scheiße, was ist los mit dir, Kinky? Ich kenne dich verdammt gut, aber ich habe noch nie erlebt, dass du so lange den Blues schiebst. Ich kenne dein Lächeln, dein Stirnrunzeln, deine Hochs, deine Tiefs. Und ich kann nicht wirklich sagen, dass ich mich jemals an dein Gesicht gewöhnt habe. Aber ich muss dir sagen, du klingst so, als wärst du ziemlich am Arsch.«

»Es war ein hartes Jahr.«

»Jeder hatte ein hartes Jahr. Was unterscheidet unseren kleinen Privatdetektiv hier von allen anderen kleinen Privatdetektiven?«

»Ich vermisse meine Katze.«

»Ich vermisse meine jüdische Dominatrix. Wart mal. Das werd' ich mir aufs Halfter sticken. Aber natürlich erst nachdem ich ein paar Löcher in die Decke geschossen habe, um endlich die Nachbarn zum Schweigen zu bringen.«

»Versuch mal, unter einer lesbischen Tanzschule zu leben.«

»Das nennst du Leben?«

»Eigentlich nicht.«

Es war in letzter Zeit so ruhig gewesen, dass noch nicht mal Winnie Katz' kleine Insel Lesbos der Menschheit von ihrer Existenz kündete. Ohne die Katze und die Lesben fühlte sich der Loft leerer an. Die ganze Stadt schien hohl zu sein.

»Hör zu, Alter«, sagte Rambam, »wenn hier wirklich alles so scheiße läuft, solltest du vielleicht zusehen, dass du ein Weilchen raus kommst. Du könntest nach Hawaii fliegen und deinen Kumpel Hoover besuchen.«

»Hoover ist damit beschäftigt, für den *Honolulu Advertiser* Beiträge über die Rettung der Nachkommen von Prinzessin Kaiulanis Pfauenschwarm vor der Einschläferung durch irgendein Eigentümergremium zu schreiben.«

»Warum schläfert man nicht einfach das Eigentümergremium ein?«

»Ich glaube, das hat Hoover bereits vorgeschlagen. Als Prinzessin Kaiulani im Alter von dreiundzwanzig Jahren starb, weinten die königlichen Pfauen, ebenso wie das hawaiische Volk. Jetzt gibt es dort Starbucks und Hula Bowl und das verdammte Eigentümergremium. Um Bob Dylan zu paraphrasieren, jetzt ist die Zeit für Tränen gekommen.«

»Warum gehst du nicht eine Zeit lang nach Texas? Hilfst Cousine Nancy und Tony mit der Rescue Ranch. Auf Utopia zu arbeiten, könnte genau das Richtige sein.«

»Ich kann auf Utopia nicht arbeiten. Ich bin die Gandhi-ähnliche Figur. Gandhi-ähnliche Figuren arbeiten nie.«

»Weißt du noch mehr darüber? Ich sehe gerade ungefähr siebzehn von ihnen auf der Straße direkt vor meinem Fenster. Sie beobachten alle einen Typ mit einer Schaufel. Natürlich nennen sie sich nicht Gandhi-ähnliche Figuren, sondern Straßenarbeiter der Stadt New York.«

Ich sah das Gesamtbild vor meinem inneren Auge. Wie Rambam am Fenster steht und die siebzehn Straßenarbeiter beobachtet, die auf der Straße bei dem Typ mit der Schaufel stehen und ihn beobachten. Ich dachte, dass die meisten Menschen genau wie sie sind. Wir sind nur Beobachter des Lebens. Das echte Graben und das schwere Heben überlassen wir den anderen. Warum sollte man sich die Hände schmutzig machen, wenn man nicht muss?

»Du könntest nach Vegas fliegen«, sagte Rambam gerade. »Vegas hat dir immer gefallen.«

»Was bist du? Ein verdammtes Reisebüro?«

»Besuch deine Magierfreunde Penn & Teller. Vielleicht können sie deine schlechte Laune wegzaubern.«

Ich fand, da schimpfte der eine Esel den anderen ein Langohr. Rambam hatte selbst ein enormes Schlechte-Laune-Potential. Es war nur einfach so, dass jedes Mal, wenn einer von uns echt deprimiert war, der andere plötzlich putzmunter wurde, was den, der deprimiert war natürlich nur noch umso mehr runterzog.

»Was hat dein Vater immer gesagt, wenn man schlecht gelaunt war?«

»Ach ja. ›Kopf hoch! Es kann nur schlimmer werden.‹«

»Damit hatte er übrigens Recht. Aber das braucht dich ja nicht zu kümmern. Wenn du dich weigerst die Stadt zu verlassen, dann ist deine einzige Alternative, dir eine Beschäftigung zu suchen.«

»Das weiß ich, Dr. Freud. Das Problem ist nur, ich stehe wie der große Sherlock Holmes gerade zwischen den Fällen.«

»Dir ist bewusst«, sagte Rambam, »dass Sherlock Holmes ein fiktiver Charakter war.«

»Die Wissenschaftler sind sich dessen nicht sicher.«
»Jesus Christus!«
»Bei dem sind sie sich auch nicht sicher.«
Ich mochte Menschen, die möglicherweise existiert hatten oder auch nicht. Menschen wie König Arthur und Robin Hood und mich selbst. Vielleicht war der große Detektiv aus der Baker Street nicht real. Vielleicht war er nur der Jesus Christus des denkenden Menschen. Vielleicht würde Jesus das tun, was ich tue, wenn er heute lebte. Vielleicht würde er am Times Square rumhängen und Leuten zuhören, die ihm sagten, er solle sich einen Job suchen. Vielleicht würde er sich einen Job suchen. Vielleicht würde sein Job darin bestehen, gemeinsam mit seinen Jüngern vor Rambams Fenster rum zustehen und einen Typ mit einer Schaufel zu beobachten. Vielleicht auch nicht.

»Kinky? Bist du noch da?«
»Ein Teil von mir ist da. Ein Teil von mir tappt im Dunklen durch eine Gasse.«
»Ich glaube, das ist schon in Ordnung. So lange dir niemand Blechbüchsen an den Schwanz bindet.«

4

Laut meines Freundes Dylan Ferrero sind Männer unseres Alters in der Pause vor der Verlängerung. Mir ist bewusst, dass diese eher obskure Sportanalogie weder von iranischen Mullahs noch von Nicht-Fußballfans verstanden wird, um es also einfach zu formulieren, der größte Teil des Spiels ist vorbei. Möglicherweise weiß jeder, was die Pause vor der Verlängerung impliziert, nur dass der größere Teil der Menschheit zu jung oder zu beschäftigt ist, in Ruhe darüber nachzudenken, was sie für den Fußball oder das Leben bedeutet. Natürlich können nach der Pause vor der Verlängerung noch jede Menge wichtiger und wunderbarer Dinge geschehen, aber statistisch gesehen ist das Spiel einfach schon verdammt weit vorangeschritten.

Weitere Beweise, wie spät es schon ist, können möglicherweise aus dem Wissen gewonnen werden, dass Dylan Ferrero sich kürzlich beim Arschabwischen einen Rückenmuskel gezerrt hat. Das mag ein eher abstoßendes Informationsfitzelchen sein, aber es ist wahr. Keiner von uns wird jünger und keiner von uns wird smarter. Alles, auf was wir hoffen können, ist Weisheit und Glück. Wir sind alt genug, um zu spüren und jung genug, um zu wissen, wenn der Herr die Tür schließt, öffnet er ein kleines Fenster.

Trotzdem vermisste ich die Katze. Und ich vermisste die Strapazen und Prüfungen und die Freuden und Leiden der Yesterday Street. Und ich vermisste sogar Winnie Katz und ihre lesbische Tanzschule. So irritierend und unangenehm das ausgedehnte Stampfen an der Decke in der Vergangenheit auch gewesen sein mag, jetzt wo alles still war, fehlte es mir irgendwie. Zum Teufel, dachte ich, sogar Lesben brauchen manchmal Urlaub. Vielleicht brauchte der Kinkster selbst auch einen. Außer dass es sich schwierig gestaltet, Urlaub zu machen, wenn dein ganzes Leben schon ein einziger Urlaub ist. Jeder macht von irgendetwas Urlaub. Aber man kann doch nicht von nichts Urlaub machen, oder? Das war genau der Punkt, den Ratso nie verstand. Ein Schicksalsschmied konnte nicht einfach Fälle und Abenteuer, Jungfrauen in Not und Ermittlungen schmutziger Natur aus dem Gewebe des Lebens, wie wir es kennen, heraufbeschwören. Sogar ein Schicksalsschmied muss sein Schicksal abwarten. Und in dieser High-Tech, Jet-Set Welt schien mein Schicksal zu sein, mit dem Pony Express anzukommen.

Wie auch immer, es war nicht meine Aufgabe, Ratsos Fantasien bezüglich seiner Dr.-Watson-Rolle im laufenden Spiel zu bedienen. Wenn er ein Spiel wollte, sollte er seinen Fernseher anstellen. Alle Irregulars der Welt waren nutzlos, wenn es keinen Fall gab. Und ich hatte keinen Fall. Ich hatte noch nicht mal eine Katze. Alles was ich hatte, war ein großes Bedürfnis, mich umzubringen, indem ich durch den Deckenventilator sprang. Aber ich hatte keinen Deckenventilator.

Hier stand ich also, in der Pause vor der Verlängerung, ohne Katze, ohne Fall, ohne Deckenventilator und versuchte, mich zu entscheiden, wohin ich verdammt noch mal in Urlaub fahren könnte. Scheiß drauf, dachte ich. Vielleicht sollte ich einfach Jim Morrisons Rat folgen: »The West is the best.« Er ist natürlich in einer Badewanne in Paris gestorben. Aber er hatte einen Hund namens Sage, bzw. Salbei. Salbei wächst im Westen. In New York wächst gar nichts, es sei denn, man zählt den rotierenden Bestand von Nervensägen. Im Westen gab es Texas, Vegas und Hawaii. Das waren magische Orte, aber sie waren so weit entfernt. Doch wie der Zigeuner sagt: »Weit entfernt von wo?«

Während ich mit Ideen für meinen vermeintlichen Urlaub spielte, schwärte das Böse in der Stadt, so groß und so grauenvoll wie es mir seit vielen Jahren nicht mehr begegnet war. Es pulsierte durch das Herz und floss durch die Adern der grauen, vertrauten Architektur New Yorks. Es war noch kein Fall. Es war noch keine Ermittlung. Es war kein Mord. Noch nicht.

Es liegt nicht in meiner Natur, mich mit seherischen Kräften zu brüsten, die ich nicht hatte. Denn kein Mensch, egal wie intuitiv oder lebenserfahren, kann in die Zukunft sehen. Alles, was ich sagen kann, ist, dass ich dieses namenlose, gesichtslose Grauen in den Knochen spürte. Während es im Kopf eines anderen Gestalt annahm, fühlte ich, wie es meine Seele erzittern ließ.

5

»Irgendwie ist es heute ziemlich tot hier«, sagte McGovern im Monkey's Paw vom Barhocker zu meiner linken.

»Tot?« sagte ich. »Diese Stadt war schon tot, bevor der Virus kam.«

»New York ist so ähnlich wie Vegas. Es schläft nie wirklich, es schlummert nur ab und zu ein bisschen.«

»Sind wir deswegen auch die einzigen Gäste in der Bar?«

McGovern sah sich im schäbigen, heruntergekommen Ambiente des Monkey's Paw um. Die absolute Leere war verblüffend.

»Glaubst du, wir sollten das persönlich nehmen?« fragte er.

»Scheiße, nein«, sagte ich, »ich nehme nie irgendwas persönlich.«

»Da hab ich aber was anderes gehört«, sagte McGovern, »nämlich, dass es dir schlecht geht und dass du allen anderen nur nicht dir selbst die Schuld dafür gibst.«

»Wer hat dir das erzählt?« sagte ich. »Mutter Teresa?«

»Die ist tot.«

»Du machst Witze. Vielleicht ist sie bei einem New York Besuch an Langeweile gestorben.«

»Ich weiß gar nicht, warum du immer über New York jammern musst, Kink. Die Stadt war verdammt gut zu dir. Du bist aus Texas hierher gekommen wie ein Cowboy vom Ausritt und sie hat dich als einen der ihren empfangen. Eigentlich hat sie noch viel mehr als das getan. Sie hat dich verdammt noch mal zum Held gemacht.«

Ich signalisierte Tommy, dem Barkeeper, dass ich noch ein Guinness wollte. Ich sah wie McGovern seinen großen Wodka McGovern runter goss und Tommy ebenfalls ein Handzeichen machte. Ich fühlte mich nicht wie ein verdammter Held. Ich fühlte mich, frei nach Adlai Stevenson, nachdem er gegen Eisenhower verloren hatte, wie ein Kind, das sich im Dunklen den Zeh gestoßen hat. Ich fühlte mich zu groß, um zu heulen, aber es tat zu weh, um zu lachen.

»Das meine ich wirklich so«, leierte McGovern weiter. »Du hast in letzter Zeit mehr Tinte produziert als ein verdammter Riesentintenfisch. Es gab mal eine Zeit, als ich noch der Lone Ranger war, der einzige Typ in der Stadt, der sich die Mühe gemacht hat, deine Erfolge zu dokumentieren. Jetzt sind die Medien total heiß auf dich. Jedes Mal, wenn du einen Fall gelöst hast, gibt es fast eine Konfettiparade für dich. Du bist der Sherlock Holmes von Manhattan! Millionen von Menschen lesen über deine Heldentaten! Sie fahren darauf ab, wie du die Kriminellen kriegst, die den Cops durch die Lappen gehen. Und dann darfst du auch nicht vergessen, dass Sherlock Holmes nur ein fiktiver Charakter war, aber du bist ein menschliches Wesen aus Fleisch und Blut.«

Das war für McGoverns Verhältnisse eine lange und vor allem leidenschaftliche Rede. Sie war so leidenschaftlich, dass sein neuer Wodka McGovern praktisch unberührt auf dem Mahagoni stand, ein Vorkommnis, das ich bisher nur ein einziges Mal vor vielen Jahren erlebt hatte, als McGoverns gesamte Aufmerksamkeit auf die sirenenähnliche Umarmung einer gewissen Frau mit kastanienbraunen Haaren fokussiert war. Die Ermahnungen selbst waren wie ein Nachhall der aufmunternden Worte, die ich schon vorher von Ratso gehört hatte. Die beiden hatten die besten Absichten, waren aber leicht fehlgeleitet. Beide hatten den unglücklichen Effekt, auf taube Ohren zu stoßen. Beide waren auf ihre Art rührend, aber sie waren wie Kinder, die versuchen, einen erwachsenen Freund mit Worten aufzumuntern. Trotzdem hatte McGovern es geschafft, seinen großen irischen Finger genau auf die Stelle zu legen, wo, wie ich leider zugeben muss, der Hund begraben lag. Ich war kein fiktiver Charakter. Ich war ein menschliches Wesen. Und ich wurde dieser ganzen Scheiße überdrüssig.

»All diese Heldentaten, wie du sie nennst«, sagte ich, während McGovern einen großen, wohl verdienten Schluck von seinem Wodka McGovern nahm, »ergeben eines Tages vielleicht ein dickes Sammelalbum, sofern in diesem modernen Zeitalter noch jemand Sammelalben hat. Das ist alles, wozu unsere Abenteuer reichen, McGovern. Ein Scheiß Sammelalbum. Und du weißt, was früher oder später mit allen Sammelalben passiert, oder? Die Katzen pissen drauf. Oh Gott, ich vermisse die Katze.«

McGovern nahm noch einen Schluck aus seinem großen Glas. Er ist ein großer Mann, dachte ich düster, lass ihn doch aus einem großen Glas trinken. Was mich anbelangte konnte er auch aus dem scheiß Heiligen Gral trinken. Wenn er seine Tage damit beschließen wollte, im Monkey's Paw zu trinken, warum nicht. Für mich war es schon nach der Zeit, mich nach einer für Körper und Geist gesünderen Umgebung umzusehen. Ein Ort wie Texas, wo die Leute noch an den Nikolaus glauben und viele von ihnen auch wie der Nikolaus aussehen und Verbrechen nicht so subtil und teuflisch verschlungen und für den Ermittler mental so belastend sind. Andererseits waren die Verbrechen dort unten möglicherweise noch gewalttätiger. Ich denke da an die Lady in Houston, die ihren Kindern ein texanisches Bad verpasste.

»Es liegt nicht nur daran, dass du die Katze vermisst, obwohl ich natürlich weiß, dass ihr euch sehr nahe standet. Ich glaube, dass dir momentan der Reiz der Jagd fehlt. In letzter Zeit gab es keine herausfordernden Ermittlungen, bei denen du dein analytisch-rationales Denken oder wie auch immer du das bezeichnest, unter Beweis hättest stellen können. Diese Woche wurden im Village drei Männer ermordet, aber die Morde standen offensichtlich in keiner Beziehung zueinander, also bezweifle ich, dass du interessiert bist.«

»Der Tod jedes menschlichen Wesens reduziert auch mich, McGovern«, sagte ich. »Aber im Grunde hast du natürlich Recht. Mag sein, dass sie mich reduzieren, aber sie interessieren mich einfach nicht. Das ist eigentlich echt traurig.«

»Stimmt«, sagte McGovern.

Wir tranken noch ein paar Runden, hatten aber keinen echten Spaß dabei. Als wir die Bar verließen und in die Nacht hinausgingen, wo sich unsere Wege trennten, war ich einmal mehr von der Intelligenz und Menschlichkeit in McGoverns Augen berührt. Sie waren wie die Augen eines Hundes. Es ist leichter, Intelligenz und Menschlichkeit in den Augen eines Hundes zu finden, als in denen eines Menschen. Da war es wieder. Ich konnte einfach nicht davor weglaufen. Ich war ein menschliches Wesen.

Während ich Richtung Vandam Street lief und McGovern Gott weiß wohin unterwegs war, spürte ich die Traurigkeit, die einen überkommt, wenn man sich von einem wahren Freund trennt. Er wusste es noch nicht, aber wir würden uns wahrscheinlich eine lange Zeit nicht mehr sehen.

6

In dieser Nacht träumte ich von meinen dahingeschiedenen Eltern, von hell leuchtender Lagerfeuerglut, grünen Bergen, schattigen Schluchten, funkelnden Flüssen in der Sommersonne. Mein Herz war der Stadt so weit entrückt wie nur möglich und ich glaubte daran, dass man seinem Herzen folgen sollte. Ich fasste den Traum als Zeichen auf – ein Zeichen, das Richtung Texas wies.

Am nächsten Morgen wusste ich, was ich zu tun hatte, was allerdings nicht viel war. Ich machte Espresso, zündete mir die erste Zigarre des Morgens an und buchte für die Nacht einen Flug nach Texas, der ungefähr neun Millionen Dollar kostete, aber ein Geschäft mit doppeltem Wert war. Simon and Garfunkel hatten Recht damit, dass die Winter in New York einen ausbluteten. Ratso, Rambam und McGovern hatten auch Recht. Abhauen, so lange es noch geht, so lange noch was über dem Strich stand, so lange ich noch einen Funken guten Ruf als erfolgreicher Privatdetektiv hatte. Abhauen, bevor mir die goldene Tür in den Arsch schwang.

Würde ich je zurückkommen, fragte ich mich, während ich an meinem verwaisten Schreibtisch saß und den heißen bitteren Espresso schlürfte. Das blieb abzuwarten. Ich ging mit der Zigarre und dem Espresso rüber zum Küchenfenster und schaute zärtlich auf die Vandam Street hinunter. Trotz allem würde ich das hier vermissen. Viele Monate lang hatte ich an diesem Fenster gestanden und nach einem Hinweis auf die Katze Ausschau gehalten. Mittlerweile glaubte ich nicht mehr, dass ich sie jemals wieder sehen würde. Sie war eine verlorene Liebe. Sie war ein Teil von mir und ein Teil des Mauerwerks von New York. Ein Teil vieler Morgen und der Müllcontainer und ein Teil der Nächte und des Nieselregens. Ein Teil dessen, wo ich herkam, und ein Teil dessen, wo ich hinging.

Da ich keine Ahnung hatte, wie lange ich weg sein würde und auch nicht mehr der Katze das Kommando übergeben konnte, überlegte ich, Winnie Katz anzurufen und sie zu bitten, ein Auge auf den Loft zu haben. In der Vergangenheit hatte ich Katze und Wohnungsschlüssel bei ihr gelassen, wenn ich die Stadt verlassen hatte. Sie hatte sich als ziemlich zuverlässig erwiesen, obwohl ich im Stillen immer geglaubt hatte, sie würde versuchen die Katze spirituell zu indoktrinieren, um sie in die wunderbare Welt des Lesbierinnentums einzuführen. Das war nun egal. Winnie sollte ab und zu die Post auf den Schreibtisch legen und aufpassen, dass keine Teenager, die einem satanischen Kult anhingen, während meiner Abwesenheit Rituale im Loft abhalten würden, Sherlock und Yorick würden ganz gut allein zurecht kommen, darüber machte ich mir keine Sorgen. Zwei Köpfe waren schließlich besser als einer.

Ich rief Winnie an und sie erklärte sich, wenn auch leicht widerwillig, damit einverstanden, dass ich zu ihrem sapphischen Refugium hinaufstieg, um ihr den Schlüssel zu geben. Was war heutzutage nur mit den Leuten los, fragte ich mich. Was war nur aus guter Nachbarschaft geworden? Ich tat schließlich nichts weiter, als einen Scheißschlüssel abzugeben. Wie schwierig war es, ab und an mal nach einem leeren Loft zu sehen? Scheiße, das mache ich seit Jahren!

Aber vielleicht gab es auch eine andere Erklärung für Winnie's offensichtlichen Mangel an Entgegenkommen. Vielleicht liefen die Dinge bei ihr genauso zäh wie bei mir. Vielleicht hatte McGovern Recht, die Stadt machte einen kleinen Powerschlummer, und ihre Bewohner mussten damit einfach klar kommen. Wenn man alleine war und einen unkonventionellen Lebensstil hatte, keine Familie, keine reguläre Arbeit, spürte man das stärker als diejenigen, denen eine kleine Pause in der ewigen Tretmühle vielleicht ganz gut tat. Mehr hatte es damit nicht auf sich, dachte ich. Hätte Winnie ein Texas, wohin sie gehen könnte, hätte sie vermutlich dasselbe getan. Leider glaubt man, wenn man lange genug in New York gelebt hatte, dass man nirgendwo anders mehr hingehen konnte.

Ungefähr drei Espressi und zwei Zigarren später schleppte ich mich schwerfällig die Treppe zu Winnies Loft hoch. Es machte mir eigentlich nichts aus, dass meine letzte Tat, bevor ich die Koffer packte und die Stadt verließ, darin bestand, meinen Schlüssel einer Lesbe zu geben. Um ganz ehrlich zu sein, hatte ich in meinen späteren Jahren sogar angefangen, Lesben zu mögen. Natürlich mochten sie mich nicht besonders. Aber man kann nicht alles haben. Ich klopfte bestimmt an Winnies Tür.

Keine Antwort. Ich klopfte lauter und gab mich zu erkennen. Gab es eine genaue Etikette, wenn man eine Lesbe besuchen wollte? Ich hämmerte gegen die Tür. Schließlich wurde von innen gerufen. Einen Moment später hörte ich, wie die Kette abgenommen wurde. Dann noch eine. Und noch eine. Der typische Bewohner New Yorks, der sich anschickt, einen Besucher zu begrüßen.

»Moment noch, Cowboy«, rief sie. »Die Postkutsche fährt noch nicht los!«

Schließlich drehte sich der Türknauf und die Tür ging auf, um den Blick auf eine strahlende Winnie Katz freizugeben, die sich fast vollständig in eine rotblaue Navajodecke eingewickelt hatte. Ihre Augen strahlten, ihr Haar strahlte, ihr Gesicht strahlte. Sie hatte etwas an sich, das, vielleicht im wahrsten Sinne des Wortes, nicht greifbar war. Hätte ich nicht gewusst, dass sie lesbisch war, hätte ich gesagt, sie war schwanger.

»Du siehst toll aus«, sagte ich. »Hübsche Decke.«

»Navajo rug«, sagte sie. »Das ist ein Stück von Jerry Jeff Walker, wie du vermutlich weißt. Geschrieben von Ian Tyson.«

»Ich wusste gar nicht, dass du Musikliebhaberin bist.«

»Ich bin ganz entschieden eine Musikliebhaberin«, sagte sie und betrachtete mich herablassend. »Wo ist der Schlüssel, Cowboy?«

Ich gab ihr den Schlüssel. Sie wollte ihn in ihren BH schieben und merkte dann, dass er fehlte.

»Ich meine es ernst, Winnie«, sagte ich. »Du siehst einfach fantastisch aus. Was ist dein Geheimnis?«

»Mein Geheimnis ist, dass ich allen Mädels in der Tanzschule gesagt habe, sie sollen mal fünfe gerade sein lassen.«

»Wie in fünf Minuten?«

»Wie in fünf Monaten. Jetzt kann ich tun und lassen, was ich will. Und was ist mit dir, großer Privatschnüffler? Warum verlässt du diesmal die Stadt?«

»Wie du mache auch ich, was ich will. Ich gehe für ei-

ne Weile nach Texas zurück. Ich hab Ratso und den anderen Village Irregulars gesagt, sie sollen einen Deckel auf die Verbrechen halten, bis ich wieder da bin.«
»Ratso ist ein widerlicher Wurm«, sagte Winnie und zog ihre Navajodecke enger um ihren Körper. »Er hat vier Monate lang meinen Tanzunterricht mit dem Versuch, in jeden Trainingsanzug zu kommen, gestört. Schließlich hab ich ihn rausgeschmissen.«
»Du hattest ihn nur vier Monate, ich habe ihn seit fünfundzwanzig Jahren.«
»Warum machst du das?«
»Er hat mir Leid getan. Ich meine, was soll ein heterosexueller Mann, der aus einem lesbischen Tanzkurs fliegt, noch machen?«
Winnie grinste. Dann zündete sie sich eine Pall Mall an. Sie lächelte, winkte und schloss die Tür. Ich stand im Hausflur und dachte an die Zeit zurück, als die Beziehung von Winnie und mir an etwas Sexuelles grenzte. Wie jeder normale heterosexuelle Mann, ließ ich mich von der Idee täuschen, dass ich Winnie drehen und dazu bringen könnte, ihrem lesbischen Glauben abzuschwören. Wie jeder Idiot habe ich es versucht und bin gescheitert. Wie jede Lesbe hasste sie Männer nur umso mehr für ihr teuflisches Herumdoktern an ihrer Sexualität. Wie jeder Mann stand ich nun im dunklen Hausflur rum und fragte mich, wie die Details von lesbischen Flitterwochen wohl aussahen.
Drei Stunden später saß ich auf dem Weg nach La-Guardia in einem Checker Cab, das durch die kalten Schluchten New Yorks flog. Draußen vor meinem Fenster war es dunkel und kalt und widerlich. Drinnen im Taxi fühlte ich mich beschützt und warm und froh, dass ich auf dem Weg zu etwas war. Ich dachte flüchtig an Ratso und Rambam und Winnie und McGovern und alle anderen Gestalten, die ich über die Jahre in New York kennen gelernt hatte. Obwohl sie mein Herz weiter bevölkern würden, würden sie für immer hier bleiben.

Ich schaute aus dem Taxifenster, starrte auf einen Block nach dem anderen, ein Gebäude nach dem anderen, einen Stein nach dem anderen in der verzweifelten, sterbenden Architektur, fast nur zufällig bewohnt von gebrochenen, verwirrten Seelen, und ich dachte, vielleicht projiziere ich, aber im Moment würde ich am liebsten alles den Indianern zurückgeben, weil es die vierundzwanzig Dollar nicht wert war und ganz bestimmt nicht die Handvoll bunter Perlen.

7

Nachdem ich im Flughafen von Austin angekommen war, mietete ich mir erstmal einen Schwanz auf vier Rädern, besorgte ein paar Vorräte und fuhr in Richtung der mitten im Herzen der texanischen Hügellandschaft gelegenen Ranch los. Die Utopia Rescue Ranch, ein Zufluchtsort für Tiere, geführt von Cousine Nancy Parker und ihrem Mann Tony Simons, war vor kurzem von Utopia auf unsere Echo Hill Ranch außerhalb von Medina umgezogen. Wir hatten beschlossen, dass die Rescue Ranch weiterhin den Namen Utopia tragen sollte, denn sie war eine Art Utopia. Jetzt war sie auf einer schönen fünfzig Morgen großen Ebene angesiedelt, die zu Cousine Nancys großer Belustigung eine ehemalige Mülhalde war. Ich erzählte ihr, dass der große Archäologe Schliemann sich durch elf Schichten Scheiße nachfolgender Generationen graben musste, um das berühmte, sagenumwobene antike Troja zu entdecken. Cousine Nancy amüsierte es immer noch, dass ihr mobiles Haus nun direkt auf dem stand, was vorher die Müllkippe von Echo Hill gewesen war. Ich versuchte, sie über die tief schürfenden psychologischen Implikationen aufzuklären, aber sie sagte hartnäckig: »Je tiefer, desto besser.«

Jetzt fuhr ich bei Vollmond die staubige Landstraße, die zur Ranch führte, entlang, angezogen von der unausweichlichen Anziehungskraft des sanften Magneten namens Heimat. Wild und Hasen sprangen und hüpften im Mondschein vorbei und ein einsames Wildschwein zockelte langsam wie ein kleiner alter Herr über die Straße. Das Wildschwein hatte es definitiv nicht eilig und jetzt, wo ich genauer darüber nachdachte, ich auch nicht. Ich war nur eine menschliche Spiegelung in dieser zeitlosen, bukolischen Mondscheinsonate.

Als ich am Haupthaus vorfuhr, sprangen alle Hunde heraus, um mich zu begrüßen. Cousine Nancy und Tony waren so fürsorglich gewesen, sie von der Rescue Ranch rüberzubringen, damit ich meine erste Nacht in Texas nicht allein verbringen musste. Das war eine ziemlich erstaunliche Verschiebung der Dinge. Ich hatte das Umgebensein von Millionen selbstvergessener, gefühlloser zweibeiniger Tiere gegen die Umarmungen einer kleinen, liebenden Familie vierbeiniger Tiere getauscht. Das erschien mir soweit ein gutes Geschäft zu sein.

In dieser Nacht schlief ich in dem alten Haus mit einem Gewehr unter dem Bett und einer Katze auf meinem Kopf. Der Name der Katze war Lady Argyle und sie gehörte früher meiner Mutter Min, bevor sie über den Regenbogen ging. Es ist keine allzu angenehme Situation, wenn man eine Katze hat, die darauf besteht, wie ein Hut auf dem eigenen Kopf zu schlafen und einem die ganze Nacht über in Intervallen von ungefähr siebenundzwanzig Minuten ihre Schnurrbarthaare in die Nasenlöcher reibt. Natürlich habe ich dieses Verhaltensmuster nicht gestoppt, aber es würde mich nicht überraschen, wenn die Intervalle tatsächlich exakt siebenundzwanzig Minuten lang wären. Diese prekäre Liebesangelegenheit hätte leicht in eine Geiselnahme oder einen Selbstmordpakt münden können, aber glücklicherweise passierte nichts davon. Die beiden Gründe hiefür sind, dass ich Lady so liebe, wie ein Mann eine Katze nur lieben kann, und Lady mich so liebt, wie eine Katze einen Mann nur lieben kann. Es ist auch keine echte Überraschung, dass wir beide uns so nahe standen. Schließlich war Cuddles ihre Mutter.

Es ist ein Segen, wenn eine so unabhängige Seele wie eine Katze einen liebt, und es ist ein häufig begangener Fehler, eine solche Bindung zu unterschätzen oder zu bagatellisieren. Andererseits kommt es nicht gerade gesund rüber, einen Mann zu beobachten, der mit einer Katze auf dem Kopf schlafen geht. Und im Falle von Lady und mir *gab* es Beobachter.

Die Beobachter dieses Van Goghschen Irrenhausszenarios waren fünf Hunde, die Lady durch die Bank verachten – jedoch nicht so sehr, wie Lady sie verachtet. Die Hunde schlafen ebenfalls auf dem Bett und sie finden die Gegenwart eines Mannes, der eine Katze auf dem Kopf hat, enervierend, um nicht zu sagen höchst unerfreulich. Ich habe unzählige Male versucht, diese Angelegenheit mit ihnen auszudiskutieren, aber es gestaltet sich nicht ganz einfach, seinen Fall fünf Hunden auszubreiten, die einen mitleidig ansehen.

Mr. Magoo ist acht Jahre alt und sehr geschickt darin, sich mit einer bedauerlichen Situation abzufinden. Er ist ein abgerockter Vater, seine beiden Söhne Brownie und Chumley, benannt nach den beiden Kindheitsphantasiefreunden meiner Schwester Marcie, waren vor kurzem meiner Obhut überlassen worden, da sie vom Internationalen Roten Kreuz in Vietnam stationiert worden war, eine Versetzung, von der sie richtigerweise annahm, dass sie der Gesundheit, Erziehung und dem Wohlergehen von Brownie und Chumley abträglich sein würde. Die Mutter von Brownie und Chumley und Matriarchin des gesamten Friedman Clans war Perky, ein kleiner Hund, der, was ziemlich häufig der Fall ist, nicht wusste, dass sie ein kleiner Hund war. Perky hatte lange Ohren und einen langen Schwanz und sah aus, als sei sie von einem Komitee zusammengestellt worden. In ihren sanften Augen schimmerte tausendjährige Weisheit. Perky war eine der letzten und engsten irdischen Begleiterinnen meines Vaters gewesen.

Sollte man dir als Kind jegliche Spiritualität vorenthalten haben, so dass du nicht zum Tierliebhaber werden konntest, liegst du mittlerweile wahrscheinlich im Koma. Das ist auch gut so, denn Leute, die Tiere nicht lieben, interessieren mich einen Fliegenschiss. Ich werde also mit meiner leidenschaftlichen Erzählung fortfahren und so lange nicht damit aufhören, bevor nicht der letzte Hund eingeschlafen ist.

Der letzte Hund war Hank. Er sah aus wie einer der fliegenden Affen in *Der Zauberer von Oz* und er verstand einfach nicht, dass die Katze ihn und mich und die gesamte polnische Armee verletzen konnte und würde, wenn wir sie störten. Lady war ungefähr zweiundzwanzig Jahre alt, hatte praktisch ihr ganzes Leben in diesem Haus auf dieser Ranch verbracht und konnte definitiv darauf verzichten, von einem kleinen Hund mit Todessehnsucht angeknurrt zu werden.

Die Katze hing also wie ein schnurrender Stalaktit über meiner einen Gesichtshälfte und piekte mir ihre Barthaare ins linke Nasenloch, und Hank auf der anderen Seite war absolut nicht fähig, die tödliche Gefahr zu erfassen, der er uns beide aussetzte, indem er die Katze spielerisch provozierte. Es war 3:09 Uhr am Morgen, als plötzlich eine ohrenbetäubende Kakophonie aus Bellen, Fauchen und Kreischen ausbrach, Lady direkt über meinen zuckenden Augenlidern einen mörderischen Schlag gegen Hank ausführte, Mr. Magoo mir nachdrücklich auf mein schlafendes Skrotum stieg, und alle Tiere gleichzeitig vom Bett runter sprangen. Dies kündigte zweifelsfrei die Ankunft von Dilly, meinem zahmen Gürteltier, an.

Seit Jahren tauchte Dilly mit der Zuverlässigkeit eines deutschen Zugs im Garten auf. Ich gab ihm Katzenfutter, Hundefutter, angebratenen Speck, einfach alles. Er war eine schüchterne, dämmerungsaktive, auf merkwürdige

Art Jesus-ähnliche Kreatur, deren Auftauchen mir irgendwie Trost spendete, während es alle fünf Hunde in Angriffsposition versetzte. Unnötig zu sagen, was es bei Lady auslöste.

Nachdem ich raus geschlichen war, um Dilly zu füttern, sammelte ich die Tiere um mich, wie kleine Stückchen meiner Seele. Ich erklärte ihnen einmal mehr, Dilly sei ein alter, spiritueller Freund von mir, der dazu verdammt war, in einem Staat voll lauter, aufdringlicher Texaner zu leben, und dass wir die Dinge nicht noch verschlimmern müssten. Ich erzählte ihnen, in dem ich den großartigen John D. MacDonald umdichtete, es gäbe irgendwo einen Planeten, der hauptsächlich von empfindungsfähigen Gürteltieren bevölkert wird, die gelegentlich tote menschliche Wesen ausgruben und am Straßenrand als Körbe verkauften. Es ist vielleicht nicht ganz überraschend, dass die Tiere sich mit dieser sehr speziellen Vision zu identifizieren schienen.

Dann gingen wir alle wieder ins Bett und träumten von Feldern voller sich in Zeitlupe bewegender Hasen und Mäuse und Cowboys und Indianer und Phantasiefreunden aus der Kindheit und Schwanzflossen an Cadillacs und Mädchen im Sommer und all die anderen Dinge, über die die Zeit hinweg gegangen war.

8

Immer wenn man einen bestimmten Ort, und sei es auch nur vorübergehend, verlässt, hört man praktisch gesehen auf, in den Köpfen der Leute zu existieren. Das gilt besonders, wenn der Ort, den man verlässt, New York City heißt. Einige der Leute bleiben natürlich noch eine Weile nach deiner Abreise mit dir in Kontakt. Die Wahrheit ist jedoch, dass du, sobald du weg bist, abhängig von deiner persönlichen Betrachtungsweise auf den Status eines Phantasiekindheitsfreundes reduziert beziehungsweise hoch gehoben wirst.

Da ich fest daran glaube, dass E-Mail Teufelswerk ist, verlasse ich mich stark auf das Telefon, in dem Bemühen die noch verbleibenden Beziehungsfäden zwischen mir und meinen früheren New Yorker Kumpels gespannt zu halten. Interessanterweise ergriff jedoch keiner von ihnen die Initiative, mich zuerst anzurufen. Das überraschte mich nicht wirklich. Die Arbeit, der jeder von ihnen in New York nachging, war wahrscheinlich weitaus wichtiger als alles andere, womit sich irgendjemand auf der ganzen verdammten Welt beschäftigten könnte. Also erwartete ich nicht ernsthaft, von ihnen zu hören. In einigen Fällen, wollte ich eigentlich auch gar nichts hören.

So viel zu den Village Irregulars, dachte ich. So viel zu all meinen loyalen Dr. Watsons. Ich hatte viele, oder wenigstens einige Freunde hier im wunderschönen texanischen Hügelland, und jetzt, wo die Katze nicht länger das Kommando über den Loft hatte und auch nicht länger in den verführenden Händen von Lesben war, konnte ich hier, wo alles angefangen hatte, sehr wahrscheinlich ein neues Leben beginnen. Ratso und den anderen würde das zweifelsohne wenig gefallen. Sie würden denken, ich hätte aufgegeben, wäre geschlagen nach Hause gegangen, hätte eine Art von Großstadtkernschmelze gehabt und sei mit dem Schwanz zwischen den Beinen wieder in die Pampa zurückgekehrt. Wenn sie das gerne glauben wollten, sollten sie doch. Tatsächlich war das Gegenteil der Fall. Ich hatte eine meiner Figur angemessene Menge gegessen. Ich hatte genug von New York. Ich konnte nicht von ihnen erwarten, dass sie das verstünden. Einige der provinziellsten Leute, denen ich je im Leben begegnet war, lebten in New York. Einige der offensten und progressivsten Menschen lebten an ländlichen, bukolischen, abgelegenen Orten. Ich fragte mich, wie sie ohne Ausstellungseröffnungen überlebten. Ohne den Broadway.

Ohne die lächerlich überteuerten Restaurants, die vertikales Essen anboten.

Genau mit dieser düsteren Einstellung gegenüber der Stadt, die ich so liebte zu hassen, ging ich an diesem frischen texanischen Morgen durch die staubige, zugige Hütte und fand, nicht ohne einen Anflug von Zärtlichkeit, dass sie mich sehr an mein Loft im guten alten New York erinnerte. Der Kamin loderte hell wie die Friedmans, fünf Hunde und eine Katze folgten mir von Raum zu Raum und waren einmal mehr glücklich, mich wieder bei sich zu haben. Und wenn ich darüber nachdachte, war auch ich glücklich.

In dieser heiteren und gelösten Stimmung ging ich also mit Kaffee, Zigarren und Mobiltelefon für kleine Privatdetektive und begann, einen großen Nixon abzuschießen. Während meines ganzen Erwachsenenlebens erliege ich der Illusion, dass Zigarrenrauch den Geruch eines Kackhaufens überdeckt. Das ist natürlich nicht der einzige Grund, warum ich Zigarren rauche, sondern nur ein Nebeneffekt. Meine Schwester beharrte jedoch lange Zeit darauf, dass die Geruchskombination aus meiner Zigarre und meiner Kacke zu einer binären Reaktion führen könnte, die den Toilettendeckel in die Atmosphäre sprengen würde.

Wie auch immer, es ist mein erster Morgen zurück in Texas und ich bin im Begriff einen großen Nixon rauszuhauen und einige der Friedmans haben sich in Ausübung einer Art Zuschauersport in dem kleinen, leicht feuchten Klo versammelt und über dem Klo hängt ein großes Foto von Amelia Earhart und eine Zeichnung des letzten großen Cowboykarikaturisten Ace Reid, die zwei Cowboys in einem Pick-Up zeigt, über dessen Haube Wasserfluten steigen und der eine sagt: »Ich hasse es, pessimistisch zu sein, aber ich habe schon erlebt, dass ein paar ganz üble Dürren genau so anfingen.«

Ich bin also ein jüdischer Cowboy und ich habe immer mein großes tragbares Telefon bei mir und ich reite nur zweibeinige Tiere. Das Telefon hatte zwar noch nicht geklingelt, seit ich wieder auf der Ranch war, aber man weiß schließlich nie, wann der Anruf kommt, der das ganze Leben verändern wird oder vielleicht auch der Anruf von Cousine Nancy und Tony auf der nahe gelegenen Utopia Rescue Ranch mit dem Angebot, Frühstück für die Friedmans und mich rüberzubringen. Die Friedmans mögen gebratenen Speck. Sie sind keine praktizierenden Juden; sie sind auch so schon gut genug. Im Moment sahen mir vier von ihnen beim Scheißen zu. Es war schon ein kosmischer Zufall, dass meine vier Zuschauer alle schwarz waren. Ich bin kein Rassist, und es ist mir auch egal, wer mir beim Scheißen zusieht, aber es war irgendwie unheimlich, dass Brownie und Hank, die beiden braunen Friedmans, nicht anwesend waren. Dieses Phänomen, also die Versammlung von Gooey, Chumley, Perky und Fly (dem ersten Chartamitglied der Rescue Ranch, das ich mittlerweile adoptiert habe) war nicht besonders außergewöhnlich. Meine Schwester hatte diese unerschrockene kleine Gruppe SVG, kurz für Schwarze Vierbeinige Gesellschaft getauft. Man konnte die schwarzen Friedmans häufig versammelt finden, von den braunen Friedmans jedoch keine Spur. Offensichtlich hatte die Schwarze Vierbeinige Gesellschaft bei ihrem letzten Treffen beschlossen, sich an diesem speziellen Morgen erneut zu versammeln, um mir beim Scheißen zuzusehen. Wenn man genau drüber nachdachte, war es echt faszinierend. Man kann aus dem Verhalten von Tieren viel über sich selbst lernen.

Es gibt Leute, die haben Schwierigkeiten zu scheißen, wenn sie dabei beobachtet werden, aber das hat mich noch nie gestört. Als Entertainer gewöhnt man sich daran, dass größere Menschenmengen jede Bewegung, die man macht, genau registrieren, und bald wird alles, was passiert – Scheißen, Ficken, Kotzen, versuchter Selbstmord – Teil jener magischen Welt, die wir Showbusiness nennen. Es war also nur eine weitere Showeinlage aus der Hüfte raus, die Friedmans an meinen Bemühungen, Stuhlgang zu produzieren, teilhaben zu lassen. Wie Willie Nelson mir mal gesagt hat: »Mach es so gut, wie du nur kannst, und gib ihnen nie alles, was du hast.«

Die Schwarze Vierbeinige Gesellschaft sah zu, wie der blaue Rauch aus meiner Zigarre fast wehmütig zur Decke des Scheißhauses aufstieg. Ihre Augen spiegelten den Frieden und die Liebe der urzeitlichen Familie, der unkonventionellen Außenseiterfamilie meines Herzens. Es war eine Gott geschaffene Versammlung, so zeitlos wie der Regen. Anstelle des Lagerfeuers stand der Thron. Dieses einfache, heitere, rustikale, lebende Gemälde, diese kleine Gruppe einsamer Geister, die die dunklen Seiten ihrer Seelen miteinander teilten, wurde von einem klingelnden Geräusch aus der Welt der modernen Technologie gestört. Das Telefon klingelte auf seinem Hochstand oben auf der Toilette. Die Schwarze Vierbeinige Gesellschaft schaute auf das Telefon und schaute wieder auf mich, wie ich phlegmatisch auf dem Scheißhaus saß und meine Zigarre rauchte. Daran gab es auch nichts auszusetzen. Es war die Geburtsstunde einer Nation. So wurde der Westen gewonnen. So wurden Himmel und Erde erschaffen mitsamt all dem erstaunlichen Scheiß, der dazu gehörte.

Ich griff nach hinten, um den Hörer von der Rückwand der Toilette zu holen, vergaß darüber allerdings nicht Dylan Ferreros kürzlichen Haushaltsunfall beim selbstvergessenen Arschabwischen. Es gelang mir, den Hörer zu greifen, ohne mir selbst körperlichen Schaden zuzufügen. Die Schwarze Vierbeinige Gesellschaft war beeindruckt.

»Schieß los«, sagte ich.

»Was machst du gerade«, sagte eine weibliche Stimme. Ich sah die Mitglieder der SVG an. Die Mitglieder der SVG sahen mich feierlich an.

»Wer will das wissen?« fragte ich vorsichtig.

»Wie schnell wir doch vergessen«, sagte die Stimme.

Selbst Individuen, die beim Multitasking bereits ziemlich fortgeschritten sind, finden es manchmal ziemlich heikel, mit jemandem zu telefonieren und gleichzeitig einen Nixon abzudrücken. Man benötigt an dieser Stelle Vermeidungsstrategien, zumindest bis die Identität des Anrufers geklärt ist, bevor man den genauen Lokus ebenso wie die Natur der Aktivität, mit der man gerade befasst ist, preisgibt.

»Verdammte Scheiße, wer ist da?« sagte ich, um einen angemessen lässigen Konversationston bemüht.

»Oh, Jesus. Sind wir nicht der große Detektiv?«

Der Empfang des tragbaren Telefons war auf dem Scheißhaus nicht der beste ebenso wenig wie der Empfang meiner grauen Zellen am Morgen. Da das nun gesagt ist, es war ein wenig beunruhigend, dass ich immer noch nicht mit Sicherheit wusste, mit wem zur Hölle ich da gerade sprach. Ich habe im Laufe vieler Jahre viele Frauen in vielen unterschiedlichen Lebensbereichen kennen gelernt und festgestellt, dass ihre Telefonstrategien ziemlich oft verwirrend ähnlich sind. Das andere Problem ist, wenn man falsch rät, steht man wie ein Idiot da. Außerdem gab es noch die Möglichkeit, dass ich wie McGovern allmählich taub wurde.

»Hör mal, ich bin gerade ziemlich beschäftigt«, sagte ich. »Ich hab keine Zeit für solche Spielchen.«

»Was machst du gerade?«

»Ich mache gar nichts«, sagte ich. »Ich *versuche* etwas zu machen.«

Mittlerweile bekam ich langsam die Identität des Anrufers in den Griff. So viele Schönheiten waren an den Planken meines Lebens vorbeigezogen, unglückliche Opfer der Zeit und des Kokains und der Geographie. Wenn mich jemand anrief, konnte das jeder sein.

»Du weißt wirklich *nicht*, wer dran ist? Traurig. Ich geb' dir ein paar Tipps. Ich trage in der Familie die Hosen. Denk an Amelia Earhart.«

Ich blickte über meine Schulter auf das große gerahmte

Bild von Amelia, die in einem Männerflugoverall vor ihrem Flugzeug stand. Wurde ich beobachtet? Handelte es sich um einen kosmischen Zufall oder war es die übliche Perversion des Lebens? Natürlich nicht. Das war lächerlich. Wie konnte sie von Amelia wissen? Und was würde Amelia zu all dem sagen? Dieses verschmitzte Glänzen in den Augen. Dieses Mona-Larry-Lächeln. War sie ein halber Junge? War sie eine Lesbe? Und dann, endlich, wusste ich es. Es war meine New Yorker Nachbarin von oben, Winnie Katz.

»Warum klingt deine Stimme so anders?« sagte ich.

»Ich habe eine Erkältung oder etwas in der Art. Was *machst* du? Du klingst so abgelenkt.«

»Ich versuche, einen Nixon abzudrücken.«

»Danke, dass du mich daran teilhaben lässt. Ich hatte ein anderes Bild von dir vor Augen.«

»Was dachtest du denn, was ich mache? Masturbieren wie ein Affe?«

»Nein, ich hab mir vorgestellt, wie du mit deinem Homohut auf dem Kopf über die Ranch rennst und ein bisschen Cowboy spielst.«

Ich musste immer die Ohren anlegen, wenn ich hörte, wie eine New Yorker Lesbe Cowboys verniedlichte. Das war etwas, was mich vielleicht gar nicht ärgern sollte, aber das tat es. Heutzutage schien jeder auf Cowboys rumzuhacken. Die Lesben. Die Superintellektuellen. Die verdammten Europäer. Es wuchs sich allmählich zu einer Welle von Beschimpfungen aus und mir verging im alten spirituellen Sattel langsam die Lust. Der Cowboy gehörte ohnehin einer aussterbenden Spezies an. Warum konnte man uns nicht einfach in Ruhe lassen? Die Antwort ist, weil sie das niemals tun. Alles was ein Cowboy braucht, ist ein bisschen Ellenbogenfreiheit. Darum findet man nicht so ganz viele von uns in New York. Wir brauchten keine Lesbe, die Cowboyhüte »Homohüte« nannte. Das war noch nicht mal originell. Jimmie Silman, alias Washington Ratso, nannte Cowboyhüte schon seit mindestens zwei Jahrzehnten »Homohüte«. Natürlich hatte Ratso jedes Recht dazu, sie so zu nennen, denn er trug wie ich immer einen, außer wenn er schlief oder vögelte. Er ist ein echter Cowboy, Gott segne ihn. Aber jetzt mal im Ernst, ihr lesbischen Leute, ein Cowboy zu sein ist eurer Vorstellung nach natürlich genauso wichtig wie Babyköpfe, die Vaginas verlassen. Oder heißt es Vaginae? Der Cowboy ist für alle Kinder dieser Welt eines der letzten strahlenden universellen Symbole. Zum Teufel, fragt Anne Frank. Von ihr nimmt man an, sie sei in Bergen-Belsen durch die Hände der Menschen gestorben, die uns das Sauerkraut gaben. Obwohl ihre Leiche nie gefunden wurde, gab Anne Frank durch ihr kleines Tagebuch dem Holocaust ein Gesicht. SS-Unteroffizier Silverbauer brachte den Fall unabsichtlich ans Tageslicht, indem er den Inhalt einer Aktentasche, die auch das Tagebuch enthielt, auf dem Boden eines Nebengebäudes ausleerte, um Platz für einen silbernen Kerzenständer zu schaffen, den dieser stolze SS-Offizier stehlen wollte. So wurde das Tagebuch nach dem Krieg gefunden. In Annes kleiner Ecke des Raums flatterten an den Wänden immer noch alte Photographien berühmter amerikanischer Cowboys. Gott segne den Cowboy, sage ich! Und alle gottverdammten New Yorker Lesben oder Nazieuropäer, die versuchen, ihn lächerlich zu machen oder sein silbernes Sternenlasso zu beschmutzen.

»Was ist los, Hopalong? Du hast doch nicht etwa dein Hirn ausgeschissen, oder? Ich ruf' nur an, um dir zu sagen, dass du in deiner Eile, aus New York abzuhauen, etwas vergessen hast.«

Alles was ich je geliebt hatte, war bereits durch die rutschigen Finger meines Lebens geschlüpft, dachte ich. Was hätte ich da noch vergessen sollen?

»Was könnte ich denn vergessen haben?«

»Deine Geldbörse«, sagte sie. »Ich hab sie auf dem Boden des Lofts gefunden.«

9

Während ich Winnie überredete, am Telefon zu bleiben, schwor ich mir, das Telefon nie mehr mit aufs Scheißhaus zu nehmen. Das brachte nur Ärger. Meine Versuche, eine anständige Runde Kabel zu verlegen, waren durch den Anruf absolut zunichte gemacht worden und jetzt hüpfte ich mit dem Hörer am Ohr und der Hose um die Knöchel wie Hopalong Cassidy in den anliegenden Indian Ghost Room, um festzustellen, ob mein Geldbeutel zufällig noch in einer getragenen Hose steckte. Ich plante, sobald ich die Antwort kannte, auf direktem Weg zum Klo zurückzuhüpfen und die Kongresssitzung wieder aufzunehmen. Dieses Vorhaben wurde dadurch leicht verkompliziert, dass die Schwarze Vierbeinige Gesellschaft, jetzt auch noch durch Brownie, Hank und Lady ergänzt, in einer Reihe meinem weiß leuchtenden Hintern in den Indian Ghost Room folgten.

»Was zum Teufel soll das werden?« rief ich. »Die Thanksgiving Parade von Macy's?«

»Was machst du denn?« fragte Winnie.

»Wenn ich es dir sage, würdest du mir nicht glauben.«

»Versuch's mal.«

»Nein!«

Ich konnte den Friedmans eigentlich keine Schuld geben. Sie hatten mich eine lange Zeit nicht gesehen und wollten jetzt bei mir sein. Und genau aus demselben Grund wollte ich auch bei ihnen sein. Ich wollte jedenfalls nicht mit runtergelassener Hose durch die Gegend hüpfen und dabei mit einer New Yorker Lesbe reden, während sie mir alle wie dem Rattenfänger von Medina folgten. Wir sind in Texas, nicht in Saudiarabien.

»Wo bist du jetzt?«

»Ich bin im Ghost Room...«

»Im was?«
»Indian Ghost Room. Das ist eine lange, völlig stumpfe Geschichte. Ich suche nach der Hose, die ich vorher getragen habe. Aha! Ich hab sie. Macht mal ein bisschen Platz.«
»Mit wem sprichst du?«
»Du sollst einen Satz nicht mit einer Präposition beginnen. Grammatikalisch korrekt heißt es: ›Hey Arschloch, mit wem sprichst du da?‹«
»Genau das lag mir auf der Zunge: Hey Arschloch, mit wem sprichst du da?«
»Ich spreche mit einem russischen Bauern, der einen verwesten Arm hat.«
»Sicher, dass du nicht masturbierst, ja?«
»Ich such meinen verdammten Geldbeutel.«
»Wie ich dir bereits sagte, habe ich ihn auf dem Boden des Lofts gefunden, als ich dir die Post rein gebracht habe. Soll ich sie dir mit FedEx schicken?«
»Das ist nicht mein Geldbeutel.«
»Was glaubst du denn, wessen Geldbeutel das ist?«
»Ich halte meinen Geldbeutel in der Hand. Seht ihr? Ich hab ihn. Stimmt's?«
»Mit wem redest du?«
»Ich spreche mit einer großen, weit verzweigten pakistanischen Familie, die vorbei gekommen ist, um sich ein paar Nuklearwaffen auszuborgen. Seht ihr? Hier ist mein Führerschein. Nein, das ist nicht Sirhan Sirhan. Das bin ich. Da steht mein Name drauf. Ich hab meine Geldbörse *nicht* vergessen.«
»Was macht dann eine fremde Brieftasche in deinem Loft? Hey, das könnte ein großer Fall für einen kleinen Privatschnüffler wie dich sein. ›Das Mysterium der verschwundenen Brieftasche.‹ Deine Fans werden in Scharen wegbleiben.«
Zu diesem Zeitpunkt hüpfte ich bereits zurück aufs Scheißhaus, wobei die Mehrzahl der Friedmans irrtümlicherweise glaubte, das sei ein neues Spiel und in die Luft

sprang, mir den Weg versperrte oder spielerisch mit der Pfote gegen mein Skrotum schlug. Schließlich saß ich wieder auf dem Thron und fragte Winnie höflich, ob sie noch mal runter in den Loft gehen, die mysteriöse Brieftasche holen und mich zurückrufen würde. Sie stimmte, wie mir schien, widerwillig zu und legte schon auf, während ich noch sprach. Nur wenige Augenblicke später hatte ich mir meine morgendliche Erleichterung verschafft. Amelia Earhart schien mir böswillig hinterher zu grinsen, als ich im Stechschritt aus dem Klo marschierte.

Winnie nahm sich süße sapphische Zeit, um mich zurückzurufen. Das gab mir die Möglichkeit, schnell ein wenig dem analytisch-rationalen Denken bezüglich dieser merkwürdigen Situation nachzugehen. In den Tagen vor meiner Abreise hatten im Loft mehrere Abschiedspartys stattgefunden, bei denen es hoch hergegangen war. McGovern hatte eine Ansammlung von Individuen mitgebracht, die wie eine Busreisegruppe wirkten, und von denen ich niemanden je zuvor gesehen hatte. Hatte McGovern oder einer seiner betrunkenen Bekannten den Geldbeutel verloren? Natürlich, das musste die Antwort sein.

Ich schob die Sache beiseite, machte mir eine Tasse Kona Kaffee und zündete mir die zweite Zigarre des Morgens an, eine Epicure No 2. Was würde ich nur ohne die Hawaiianer und die Kubaner machen? Vermutlich eine Menge des Aromas und des Rauchs des Lebens vermissen, dachte ich. Ich nahm die Tasse dampfenden Kaffees und die Zigarre und trat mit den Friedmans in den hellen, frischen texanischen Morgen hinaus. Jetzt wo ich nicht mehr in New York war, war es gar nicht so schlecht, nichts zu tun zu haben, überlegte ich.

Trotzdem nagte die Geschichte mit der unerwünschten Brieftasche wie eine Denksportaufgabe an einer Ecke meines Bewusstseins. War ich, als ich die Stadt verlassen hatte, so zerstreut gewesen, dass ich sie nicht bemerkt hatte? Höchstwahrscheinlich. Gut, wir würden die Antwort bald erfahren. Scheiße, dachte ich, wahrscheinlich gehört sie McGovern. Er wäre imstande, seine Geldbörse jahrelang zu verlieren und es nicht zu merken. Das war eines der schönen Dinge an McGovern.

Ich saß mit den Friedmans am alten runden Picknicktisch und betrachtete die Hügel, die mich umgaben, als sich das Telefon wieder bemerkbar machte. Warum hatte ich überhaupt noch ein Telefon? Wie Groucho Marx sich mir mal vorstellte: »Ich hab schon jeden getroffen, den ich treffen wollte.« Er gab mir, als ich ihn in New York traf, den weisen, wenn auch mürrischen Rat: »Geh nach Texas zurück.« Es hat eine Weile gedauert, aber mittlerweile stimmte ich Groucho in beiden Punkten zu.

»Schieß los!« sagte ich.

»Okay, ich bin in deinem Loft. Es riecht, als wäre hier drin eine Zigarre gestorben. Aber du hast Recht, es ist nicht deine Brieftasche.«

»Gut. Einen Moment lang hatte ich schon die Befürchtung, ich würde in einem Paralleluniversum leben.«

»Sie gehört einem Typ namens Robert Scalopini? Kennst du ihn?«

»Ich glaube, ich hab ihn mal anlässlich eines großen Buffets getroffen. Natürlich kenne ich ihn nicht. Ich will ihn noch nicht mal kennen lernen. Vermutlich ist er einer von den Typen, die McGovern im Schlepptau hatte, bevor ich die Stadt verließ. Die Dinge sind ein bisschen aus der Spur gelaufen.«

»Was soll ich jetzt also mit dem Geldbeutel machen?«

»Hör mal, Winnie, ich weiß, dass du viel zu tun hast, aber ich bin im Moment in Texas. Kannst du dich darum kümmern? Ruf den Typ an. Oder die Cops. Oder das Amt für Vermisste Brieftaschen.«

»Klar, Sherlock«, sagte sie genervt, »wozu sind Nachbarn da?«

10

An diesem Nachmittag machte ich mit den sechs Friedmans eine große Runde um die Ranch, Lady blieb allein zurück und genoss den Frieden und die Ruhe. Ich weiß nicht, ob andere dieses interessante Phänomen auch schon bemerkt haben, aber ich habe beobachtet, dass Katzen in dieser Welt zahlenmäßig immer unterlegen zu sein scheinen. Katzen sind Indianer. Katzen sind Juden. Katzen sind Schwarze, die den Blues haben. Katzen sind Dichter, wenn sie wollen. Natürlich möchten Katzen manchmal auch nur schlummern. Wir hinterließen Lady auf einem gemütlichen Sessel am Feuer, sie wirkte wie ein hübsches Stück lebender Innenarchitektur.

Ich ging mit den Friedmans zur Südebene und dann rüber zu den Big Foot Wasserfällen, so genannt nach Big Foot Wallace, einem Grenzsoldaten, der bei den Indianern lebte. Dann weiter, runter in den Armadillo Canyon, der so hieß, weil Gott dort seine ersten Gürteltiere sah. Er schaffte es gerade noch rechtzeitig, Noah eine E-Mail zu schreiben, damit die kleinen Scheißer noch mit auf die Arche kamen. Dann machte Gott für die nächsten fünftausend Jahre einen kleinen Powerschlummer und wachte wiederum gerade noch rechtzeitig auf, um zu Pat Robertson zu sprechen.

Die Friedmans liebten lange Spaziergänge. Sie liebten sogar das Wort »Spaziergang.« Ich machte ebenfalls gerne Spaziergänge. Manchmal boten sie einem fast die Möglichkeit, nachzudenken. Nach so vielen Jahren stand mein Name immer noch nicht auf einer Bürotür aus Milchglas, ich hatte keine schöne, langbeinige Sekretärin. Ratso hatte Recht. Ich hatte allen Grund deprimiert zu sein. Ohne einen Fall, an dem ich arbeiten konnte, gab es nur ziemlich wenig, was meine Existenz auf diesem Planeten gerechtfertigt hätte. Um fair zu bleiben, Ratso hatte sein Bestes gegeben, um mein Selbstbewusstsein aufzumöbeln, indem er die Ruhmestaten der Vergangenheit wieder ausgegraben hatte. Aber ich glaubte nicht wirklich an Gestern. Das war nur eine weitere kleine Stadt, zu weit vom Superhighway entfernt, um sich mit ihr zu beschäftigen.

Der einzige Hauch von Mysterium, der in der Luft lag, überlegte ich, während wir auf der Rückseite des Echo Hill in Richtung der Quarzanlagerungen hinaufkletterten, war, wie der Geldbeutel in mein Loft geraten war. Kam ich ins Schleudern? Hätte ich in meiner Eile, mich mitsamt Kissen zu verpissen, so was übersehen können? Einer von McGoverns Kumpels aus dem Corner Bistro musste ihn zufällig verloren haben. Sie hatten es sich in dieser Nacht ziemlich heftig gegeben. Ich natürlich auch. Zum Teufel, dachte ich. Sollte Winnie sich darum kümmern. Jetzt, wo sie sich ein Sabbatjahr von ihrer Tanzschule genommen hatte, hatte sie doch jede Menge Zeit. Sie war nicht wie ich damit beschäftigt, die Friedmans dabei zu beobachten, wie sie das Gelände der alten Müllhalde genau sondierten. Über fünfzig Jahre war Scheiße in dieses Loch im Boden gestopft und wiederholt verbrannt worden. Die Friedmans rannten aufgeregt hin und her, als wüssten sie etwas, das sie mir nicht sagen würden, was relativ wahrscheinlich war. Mr. Magoo hob sein Bein und pinkelte auf eine alte Zielscheibe. Perky schnüffelte neugierig an den Überresten eines alten Tennisschuhs. Irgendwo dort unten waren die halbverbrannten Relikte einer verflossenen Zeit, Camprundbriefe, Speisepläne, Briefe von Zuhause, geschrieben von denen, deren Namen jetzt in den Sternen geschrieben standen. So war die gesamte Zivilisation aufgebaut, dachte ich. Die helle Stadt steigt aus der alten Echo Hill Müllkippe auf.

»Meine Herren«, sagte ich zu den Friedmans. »Und meine Damen selbstverständlich, Sie sehen die Zukunft der Menschheit!«

Die Friedmans sahen mich ziemlich überrascht an. Dann hob Mr. Magoo sein Bein und pinkelte auf das, was von einem knallroten Plastikkajak noch übrig war.

Als wir wieder zurück in der Lodge waren, waren wir alle erschöpft. Ich machte den Friedmans ein paar Knochen und mir Kaffee. Damit Lady sich nicht ausgeschlossen fühlte, öffnete ich ihr eine Dose Tunfisch, den sie mit leicht amüsiertem Gesichtsausdruck kurz ansah, bevor sie mit ihren Augen etwas an der Decke verfolgte, das weder ich noch die Hunde sehen konnten. Das war eine neue und ziemlich enervierende Angewohnheit von Lady und meiner Meinung nach implizierte es unweigerlich den Hauch eines drohenden Verhängnisses. Wie akkurat diese Einschätzung war, überlasse ich der Beurteilung des geneigten Lesers. Ich bin ein Fatalist. Ich bin bereit für alles. Wahrscheinlich passiert es deswegen nie.

Ich legte ein paar Scheite aufs Feuer spazierte mit einer Tasse Kaffee und einer frisch angezündeten Zigarre in den Ghost Room, wo ich den Anrufbeantworter anstarrte. Er blinkte. Es gab drei Nachrichten. Die erste war von Cousine Nancy, die wissen wollte, ob ich mit ihnen auf der Rescue Ranch zu Abend essen wollte. Die zweite war von meiner schönen und brillanten Freundin Dr. Noreena Hertz aus London. Leider war ihr britischer Akzent so stark, dass ich immer höchstens die Hälfte von dem, was sie sagte, mitbekam. Vielleicht verstanden wir uns deshalb so gut. Die dritte war von McGovern. Er klang ziemlich aufgeregt, also rief ich ihn als ersten zurück.

»MIT! MIT! MIT!« sagte er. Das war unser internationaler »Man in Trouble« Geheimcode. Allerdings begann McGovern die meisten seiner Telefonate mit mir so.

»MIT!« sagte ich, leicht gereizt. Jetzt, da ich mich in der realen Welt von Texas befand, hatte ich nicht mehr so viel Zeit für diesen Quatsch. Nicht, dass ich sonst viel zu tun gehabt hätte.

»Vierundzwanzig Stunden Zeit zu Sterben.«
»Heißt?«

»Das ist die Schlagzeile«, sagte McGovern überschäumend. »Vierundzwanzig Stunden Zeit zu Sterben.«
»Welche Schlagzeile?«
»Die Schlagzeile der Story, die ich für die *Daily News* schreibe.«
»Worum geht es? Die Lebensdauer der Fruchtfliege? Hollywoods Liebesaffären?«
»Nein, sie handelt von dem vierten Typen, der in New York ermordet wurde. Erinnerst du dich, ich hab dir von den drei Mordopfern aus dem Village erzählt? Tja, gestern ist der vierte Typ um die Ecke gebracht worden.«
»Und? Da, wo die herkommen, gibt's noch viel mehr.«
»Was ist los mit dir, Kink? Interessiert dich das überhaupt nicht mehr?«
»Gönn mir eine Pause, McGovern. Ich bin hier im Urlaub. Das ist nicht gerade Mann beißt Hund. Millionen Menschen leben in der Stadt. Einige davon kippen zwangsläufig vom Brett.«
»Machst du Witze? So eine Mordserie hat es im Village noch nie gegeben. Die Bullen lassen sich nicht in die Karten gucken, um keine Panik auszulösen. Aber vier Opfer innerhalb von eineinhalb Wochen? Das sind echt Neuigkeiten. Vier Opfer! Fast, als ob der Killer gewusst hätte, dass du die Stadt verlässt, Sherlock.«
»Versuch nicht, mich auf ein Podest zu stellen, Watson.«
»Nur Spaß, Kink. Aber du musst zugeben, das ist echt 'ne großartige Story.«
»Die großartige Story ist deine Abteilung, Watson. Das Gehirn des Killers ist meine Abteilung. Haben alle Morde im West Village statt gefunden?«
»Ich dachte schon, du würdest nie fragen. Nein. Zwei im East Village und zwei im West Village.«
»Symmetrie, Watson. Das spricht mich an. Dieser Sinn für Ausgewogenheit in einem unausgewogenen Geist.«
»Es freut mich, das zu hören. Gut, ich muss jetzt anfangen mit ›Vierundzwanzig Stunden Zeit zu Sterben‹. Ich

habe vor, die letzten vierundzwanzig Stunden im Leben des letzten Opfers zu beschreiben.«

»Wunderbar, Watson, wunderbar! Deine fleißige Natur ist ein Geschenk ans Informationszeitalter. Bitte, wie ist der Name dieses letzten Opfers, dieses unglücklichen Burschen, den du bald unsterblich machen wirst?«

»Mal sehen. Ich hab's hier irgendwo. Ach, hier. Sein Name ist Robert Scalopini.«

11

Eine der Gefahren des Rauchens, über die kaum gesprochen wird und die glücklicherweise auch nur äußerst selten vorkommt, ist die Gefahr, seine Zigarre zu verschlucken. In meinem bisherigen Leben ist sie mir bis heute auch nur ein- oder zweimal begegnet. Ich hielt noch immer den Hörer des tragbaren Telefons und lauschte McGovern, der weiter plapperte, und ging entschlossen in die Küche, wo ich einen Texas-großen Schluck Jameson in ein Glas goss, das größer als Dallas war. Ich konnte immer noch McGoverns Stimme hören, die wie ein Malaria übertragender Moskito im Hintergrund brummte, während ich den Inhalt des Glases in die allgemeine Richtung meines Gaumenzäpfchens schmiss. Er ging runter wie eine betrunkene männliche Prostituierte.

»Sagtest du Robert Scalopini?« fragte ich schließlich.

»Ja, genau. Robert Scalopini. Kennst du ihn?«

»Hab ihn mal am Büffet getroffen«, sagte ich, mein Kopf schwirrte wie ein Holzschredder.

»Klang so, als würdest du ihn kennen.«

»Nein McGovern. Ich kannte ihn nicht.«

»Deswegen brauchst du mir nicht den Kopf abzureißen. Und so gereizt sein. Du klangst so, als wärest du dir unsicher, ob du ihn kanntest oder nicht.«

»Lass es mich mal so sagen, McGovern«, sagte ich bemüht, alles in meiner Macht stehende zu tun, um meinen Ärger zu verbergen, »ein großer, lauter, ziemlich betrunkener Ire namens Mike McGovern brachte eine Horde neuer bester Freunde, die er offensichtlich gerade im Corner Bistro kennen gelernt hatte, mit in mein Loft, um sich genau in dem Moment von mir zu verabschieden, in dem ich gerade in Erwägung zog, mittels eines Sprungs durch den Deckenventilator Selbstmord zu begehen.«

»Erzähl weiter«, sagte McGovern, leicht aggressiv.

»Einer aus dieser unerschrockenen kleinen Gruppe von Kameraden verlor seinen Geldbeutel offensichtlich im Loft. Ich habe diese Information aus sicherer Quelle von Winnie Katz, die besagten Geldbeutel fand, als sie mir vorhin die Post rein brachte.«

»Und weiter«, sagte McGovern grob.

»Laut Winnie scheint der Geldbeutel jemandem zu gehören, den du kennst. Oder sollte ich sagen, *kanntest.*«

»Mal sehen. Ist es Richter Craters Geldbeutel? Oder der von Frederick Exley? Oder ist es Jesus' Geldbeutel? Oh, es ist der von Richard Milhous Nixon?«

»Nein, nein, mein teurer Watson! Wie äußerst humorig von dir! Natürlich waren sie ganz sicher alle das eine oder andere Mal im Loft. Aber, mein teurer Freund, keiner von ihnen ist derjenige, der seinen Geldbeutel bei der – äh – Party verlor. Das war jemand, der wie ich geneigt bin zu glauben, noch vierundzwanzig Stunden Zeit zu leben hatte. Oder eher, wenn man die Sache rational betrachten möchte, zu sterben.«

»Was?« sagte McGovern scharf.

»Das ist korrekt, Watson. Der Geldbeutel in meinem Loft gehörte dem guten alten Bob Scalopini. Dem verstorbenen Bob Scalopini, wenn ich mich nicht irre.«

Jetzt war McGovern mit dem Zigarrenschlucken dran, abgesehen von der Tatsache, dass McGovern keine Zigarren rauchte. Vielleicht würde er einen großen, schön gedrehten Joint inhalieren oder einen ganzen Wodka

McGovern oder diese verdammten Kekse, die er unaufhörlich backte. In jedem Fall musste er etwas inhaliert haben, denn er sprach eine ganze Weile nicht mehr. Als ich endlich wieder seine Stimme hörte, klang sie völlig verändert. McGovern, durch und durch Journalist, hatte offensichtlich das Gefühl, er hätte eine Sensation.

»Das ist unglaublich!« schrie er. »Das ist ja wirklich ein gefundenes Fressen! Und du kannst dich nicht erinnern, welcher Scalopini war?«

»Natürlich nicht, McGovern. Ich war nicht derjenige, der sie mitgebracht hat.«

»Das ist richtig. Aber er war definitiv da?«

»Nachdem ich meine Methoden des analytisch-rationalen Denkens auf die bekannten Tatsachen in dieser Angelegenheit angewandt habe, muss ich mich deiner ausnahmslos brillanten Schlussfolgerung anschließen, Watson.«

»Okay, das ist großartig! Das ist praktisch ein Geschenk! Ich muss anfangen!«

»Watson, das Leben ist ein Geschenk. Der Tod ist ein Geschenk. Auch Freundschaft kann ein Geschenk sein...«

Zu diesem Zeitpunkt hatte McGovern in seinem journalistischen Eifer eine heiße Story aufzugreifen, schon den Hörer aufgelegt. Ich stellte ihn mir mit seinem treuen kleinen Zeitungsreporternotizbuch in der Hand vor, glühende Drähte, wie er aus der Tür rannte und seinen unendlichen Strom von Fragen stellte, der natürlich unweigerlich zur weiteren Fragen führte und manchmal, möglicherweise, auch Antworten. Danach suchen wir natürlich alle. Antworten. In Puzzles. In Menschen. Im Leben. Darum kaufen wir Zeitungen, darum bedienen wir die Jukebox und steigen auf große Berge, darum schielen wir durch ein Mikroskop auf ein Tröpfchen Walrosssamen, gehen nach New York und kehren nach Texas zurück.

Vierundzwanzig Stunden Zeit zu sterben, dachte ich. Das könnte mehr sein, als die meisten von uns brauchen.

12

Die nächsten Tage auf der Ranch waren voller Aktivität. Die Jungen und Mädchen, die im Sommer das kleine grüne Tal bevölkerten, waren natürlich verschwunden. Genauso wie die Kolibris. Aber die drei Esel Roy, Gabby und Little Jewford besuchten die Lodge ziemlich häufig, was seitens der Friedmans immer eine kleine Explosion von Gebell und Aufregung auslöste. Ich hielt das Feuer im alten Kamin rund um die Uhr am Brennen. Um Earl Buckelew zu paraphrasieren, ich verbrannte Holz wie eine Witwe. Und ich hatte auch guten Grund dazu. Tief im Herzen fühlte ich, wie die Wärme der Welt davon glitt.

Ich fragte mich, wie die Menschen ohne ein Feuer, das hell im Kamin brannte, leben konnten. Wie konnten sie ohne eine Katze, die rachsüchtig überall auf den Boden kackte oder eine lesbische Tanzschule, die unablässig auf den Boden stampfte, in einem leeren Loft leben? Wie konnten überall auf der Welt Menschen ohne kubanische Zigarren oder Kona Kaffee leben? Wie konnten sie überhaupt leben? Ich hatte darauf keine Antworten, aber andererseits hatte ich auch nicht so viele Fragen. Die meiste Zeit schien ich einfach das Feuer zu beobachten, wie die Menschen das seit tausenden von Jahren getan hatten, alles in einem Augenblinzeln.

Die Tage vergingen. Zwei, um genau zu sein. Ich saß in dem bequemen Sessel am Feuer, um den Perky und ich uns permanent stritten, und tagträumte davon, den Ayers Rock in Australien gemeinsam mit Miss Texas zu besteigen. Es war nicht wichtig. Nur sehr wenig war tatsächlich wichtig, sobald es einmal im Rückspiegel deines neuesten Schwanzes auf vier Rädern immer kleiner wurde. Erst später, in deinen Träumen, wird es wieder größer und die Räder fallen von deinem Schwanz auf vier Rädern ab und dann wird dein Penis immer größer und bald brauchst du einen großen Sessel am Kamin nur für deinen Penis, und du und dein Penis und Perky streiten sich permanent um diesen Sessel. Wie auch immer, diese bukolische Idylle wurde von einem Geräusch aus der neuzeitlichen Realität, in Form des Telefonklingelns, gestört.

»Konteradmiral Rumphumper«, sagte ich. »Wie kann ich es Ihnen besorgen? Ich meine, wie kann ich Ihnen *helfen*?«

»Du kannst mir helfen, indem du dich für den Rest deines Lebens nie mehr auf diese Art am Telefon meldest.«

Es war eine vertraut klingende Stimme mit New Yorker Akzent. Die Stimme strahlte eine starke Autorität aus. Wenn ich mich nicht täuschte, war es tatsächlich die Stimme der Autorität höchstpersönlich. Es war mein alter manchmal Freund, manchmal Nemesis, Detective Sergeant Mort Cooperman vom NYPD. Aber warum zum Teufel rief er mich in Texas an?

»Hast du die Zeitungen gesehen, Tex?«

»Ich habe die *Times* gesehen. Die *Kerrville Times*, heißt das. Ich hab die *Mountain Sun* gesehen und die *Bandera Bulletin*. Ich hab die Blätter gesehen, mit denen Willie Nelson sein Dope raucht. Sie sind größer als die Menükarte im Carnegie Deli. Natürlich ist in Texas alles ein bisschen größer.«

Ich weiß auch nicht, warum es mir immer so maßlose Freude bereitete, Cooperman zu ärgern. Er war schließlich nur ein Beamter, der seinen Job machte. Manchmal ein bisschen zu übereifrig, aber mein Gott. Wie auch immer, meine Bemerkung schien ganz gut gesessen zu haben. Die Stille in der Leitung war länger als üblich. Dann begann Mort Coopermans Knurren mir wieder ein Ohr abzukauen.

»Tex, ich habe keine Zeit für diesen Mist, also halt mal für eine Minute die Luft an, ja? Leg dich nicht mit mir an, Tex, oder ich leg dich aufs Kreuz und das wird dir nicht gefallen. Die Zeitung, von der ich rede, ist die *Daily News*, und mir ist klar, dass du sie da unten in Texas nicht bekommst, aber ich dachte, dein Freund McGovern hätte dir vielleicht was erzählt.«

»Was erzählt?« spielte ich den Dummen. Es war nicht zweckdienlich, Cooperman auf die Palme zu bringen. Es machte mir aber Spaß, ihn ein bisschen zu zwicken, ähnlich wie die Miezekatze Tweety früher in den Cartoons, die sich die Kinder ansahen, bevor es Videospiele gab, die die Unschuld aus jeder Kindheit katapultiert hatten. Cooperman erinnerte mich mehr als jeder andere an Yosemite Sam.

»Laut McGovern hattet ihr eine ziemlich wilde Party. Der Typ kommt zu dir, vierundzwanzig Stunden später ist er tot und du hast dich nach Texas abgesetzt.«

»Haben Sie mich so gefunden? Hat McGovern Ihnen die Nummer gegeben?«

»Ich hab deine Nummer schon immer gehabt. Aber jetzt, wo du fragst, nein, wir haben deine Nummer nicht von McGovern bekommen. Wir sind in dein Loft gegangen, genau wie das vierte Mordopfer. Wir haben erst überlegt, ob wir uns einen Durchsuchungsbefehl besorgen sollen, aber dann dachten wir, wir reden erst mal mit dir. Als wir gerade keine Lust mehr hatten zu warten, begegnete uns deine freundliche Nachbarin von oben und sagte, sie würde bei dir nach dem Rechten sehen. Sie gab uns deine Telefonnummer in Texas.«

»Alle meine kleinen Helferlein.«

»Richtig. Jetzt musst du uns helfen, Tex. Sie hat uns gesagt, wie sie die Geldbörse des toten Typen in deinem Loft gefunden hat. Und jetzt?«

»Hören Sie, Sergeant. Ich würde Robert Scalopini nicht erkennen, wenn ich über ihn stolperte.«

»Dafür kennst du seinen Namen aber ziemlich gut. Ich habe den Namen des Opfers dir gegenüber gar nicht erwähnt.«

»Natürlich kenne ich seinen Namen«, sagte ich, und wurde jetzt selbst langsam ärgerlich. »McGovern hat ihn mir gesagt und Winnie ebenfalls.«

»Winnie Katz, richtig? Ist sie deine Freundin?«

Im Leben musste man einfach manchmal tief durchatmen und so tun, als sei man Buddhist oder ein toter Teenager oder so ähnlich. Wenn man mit einem Bullen spielt, sollte man sehr gut aufpassen, dass man die Polizeiabsperrung nicht überschreitet.

»Sie ist eine der überzeugtesten Lesben New Yorks«, sagte ich schließlich.

»Ja, ich glaub mir ist in der Richtung schon mal was zu Ohren gekommen. Sie findet also die Geldbörse der Leiche auf dem Boden deines Lofts. Das sieht aber gar nicht gut aus. Ich sehe mich gezwungen, dich noch mal zu fragen, Tex: wie ist sie dorthin gekommen?«

»Wie zur Hölle soll ich das wissen? Hören Sie, Sergeant, ich hab den Kerl nicht umgebracht. Ich hab den Kerl nicht gekannt. Soweit ich mich erinnere, hab ich den Kerl niemals getroffen. Vielleicht weiß McGovern mehr, als er mir erzählt hat.«

»Das ist mein Problem, Tex. Dein Kumpel McGovern erinnert sich ebenfalls nicht daran, den Typ gekannt zu haben. Er sagte, er glaubt, er habe ein paar Typen mit zu dir gebracht, aber er weiß nicht, ob unser Vögelchen einer davon war.«

»Wenn McGovern derjenige ist, der aller Wahrscheinlichkeit nach den Typen mit in meinen Loft geschleppt hat, warum versuchen Sie nicht, *seine* Erinnerung etwas aufzufrischen? Warum stellen Sie nicht *ihm* diese Fragen?«

»Weil der Geldbeutel der Leiche nicht auf dem Boden *seines* Apartments aufgetaucht ist. Er tauchte auf dem Boden *deines* Apartments auf. Capisce?«

Es gibt da etwas, das sich »Bullenlogik« nennt und das unweigerlich den rationalen Verstand verwirrt. Klar, es hatte Fälle gegeben, die Coopermans Verstand verwirrt hatten und die schließlich, manchmal unter großem Medienrummel, vom Kinkster gelöst worden waren. Dennoch hatte es auch Zeiten gegeben, in denen Cooperman und ich mit guten Ergebnissen zusammen gearbeitet hatten. Warum sollte er also unser beider Zeit darauf verschwenden, mich zu grillen, als sei ich sein Hauptverdächtiger, und mich nicht dazu motivieren, ihm helfen zu wollen, sondern mich in den Wahnsinn treiben? Man hatte also den Geldbeutel des Toten in meinem Loft gefunden. Scheiß große Sache.

»Also, Sergeant«, sagte ich, »ich hab Ihnen schon gesagt, dass ich den Typ nie kennen gelernt habe. Genauso wenig wie sein Portemonnaie...«

»Versuch, mich zu verstehen, Tex. Wenn du deine Erinnerung daran, dass der Typ bei dir im Loft war, wie McGovern behauptet, nicht wieder auffrischst, werden die Dinge für dich nicht besser. Tex, ich will dich morgen hier auf der Wache sehen.«

»Sergeant, seien Sie vernünftig. Ich bin hier unten in Texas und Texas ist ein sehr großer Bundesstaat. Wenn ich jetzt zum Flughafen losfahre, ist es nicht mal sicher, dass ich morgen dort ankomme.«

»Okay, Kumpel. Du hast achtundvierzig Stunden. Wenn du bis dahin nicht hier bist...«

»Sie glauben nicht ernsthaft, dass ich diesen Typen kalt gemacht habe?«

»Wenn du bis dahin nicht hier bist, stelle ich deinem Sheriff dort unten einen Haftbefehl für dich aus. Wahrscheinlich ist er der Typ aus *Rauchende Colts*, aber du kannst deinen Arsch darauf verwetten, Tex, er wird dich einlochen.«

»Jesus Christus.«

»Wenn der einen Geldbeutel hätte, würde ich ihn auch einlochen.«

13

Ich war sauer auf McGovern, sauer auf Winnie, sauer auf die ganze verdammte Welt. Ich hatte gerade angefangen, mich zu entspannen und hier in Texas meine Angelschnur abzuwickeln, und nun war der Pferdemist gegen den Ventilator geklatscht. Ich wusste nicht genau, wie der Geldbeutel ins Loft geraten war, aber wenn ich im Wettgeschäft wäre, würde ich mein Geld darauf setzen, dass McGovern das menschliche Strandgut aus dem Corner Bistro mitgebracht hatte, ohne die Identität der jeweiligen Individuen zu kennen. McGovern, der sich sogar mal die Haare gekämmt hatte, bevor er ein Rennpferd traf, war eine vertrauensvolle Seele. Aber dieses Mal war er zu weit gegangen. Trotz seiner Fehleinschätzung hatte er noch einen drauf gesetzt und die ganze *Megilla* in der *Daily News* veröffentlicht. Warum hatte er nicht einfach die Finger davon lassen können? Ich kannte den Toten nicht. Ich hätte ihn bei einer Gegenüberstellung nicht identifizieren können. Was könnte ich Cooperman möglicherweise auf den Tisch bringen, indem ich meinen Arsch in Windeseile nach New York transportierte? Ich hatte McGoverns Artikel natürlich nicht gelesen, aber ich konnte mir vorstellen, wie großzügig er die Situation ausgeschmückt hatte, damit Cooperman sich so dicht an meine Fersen heftete. Und auch Winnie war eine große Hilfe gewesen. Sie hatte es ihrem lokalen Gesetzesvollstrecker ermöglicht, problemlos mit mir in Kontakt treten zu können. Hatte ihm gesagt, sie hätte die Geldbörse des Toten in meinem Loft gefunden. Scheiße ja, das klang übel. Und hier stand ich jetzt, unschuldig wie das Christkind, ich kannte das Opfer nicht, ich wusste nicht, wie sein Scheißgeldbeutel in mein Loft gekommen war, ich versuchte nur am Feuer zu sitzen und vierundzwanzig

Stunden täglich Fox Network News zu sehen. Das passiert also, wenn man sich um seine eigenen Angelegenheiten kümmert. In wachsender Wut wählte ich McGoverns Nummer.

»MIT! MIT! MIT! Du Arschgesicht!« schrie ich.

»Wer spricht dort bitte?«

»McGovern, was zur Hölle hast du in dieser Story *gesagt*?«

»Du meinst ›Vierundzwanzig Stunden Zeit zu Sterben‹?«

»In vierundzwanzig Stunden gehe ich *dir* an den Arsch.«

»Worüber regst du dich so auf? Ich habe nur die Wahrheit erzählt. Die Story ist auf große Resonanz gestoßen.«

»Das ist mir bewusst. Sergeant Cooperman hat mich gerade angerufen.«

»Cooperman hat dich angerufen? Auf der Ranch?«

»Das ist korrekt. Und er hat nicht Gabby Hayes gesucht. Ich glaube meine gute Freundin Winnie Katz hat ihn ermutigt und Beihilfe geleistet, mich zu finden. Und der Katalysator für diese ganze Sache war deine lächerliche Story.«

»Ich habe lediglich die Wahrheit geschrieben!«

»Weißt du, was die Türken sagen? Sie sagen, ›Wenn du die Wahrheit sagst, setzt du besser schon mal einen Fuß in den Steigbügel.‹«

»Du *hattest* einen Fuß im Steigbügel, Kink. Du bist nur nicht weit genug geritten. Cooperman will dir vermutlich nur ein paar Fragen stellen. Das ist alles. Kein Grund sich so aufzuregen.«

»Hör mal, Cooperman will mir nicht nur ein paar Fragen stellen. Cooperman will Antworten. Antworten, die ich nicht habe. Wenn man Cooperman zuhört, klingt es so, als hätte ich den Typ umgebracht. Wie kommt er denn auf diese Idee?«

In der Leitung herrschte langes Schweigen. Ich wusste, dass McGovern mich nicht absichtlich in eine derartige

Situation bringen würde. Trotzdem schien es so, als hätte er genau das getan, und das wussten wir beide. Die Wahrheit blieb natürlich die Wahrheit. Aber was zur Hölle war die Wahrheit? Ich wollte die Antwort auf diese Frage so dringend wie McGovern.

»Lass uns das mal rational betrachten«, sagte McGovern. »Wir wenden ein wenig analytisch-rationales Denken an, wie es auch dein Phantasiekindheitsfreund Sherlock tun würde, wäre er hier.«

»Er ist hier.«

»Okay. Keiner von uns hat die Geldbörse eines Mordopfers in deinem Loft gelassen, also muss es der Typ selbst gewesen sein, bevor er sich hat umlegen lassen.«

»Wie umsichtig von ihm.«

»Der Punkt ist, ich glaube, ich weiß, welcher es war. Es sind nur drei Typen mit mir in dein Loft gekommen, und ich glaube, der große dürre war Scalopini. Das muss er gewesen sein, wie hätte der Geldbeutel sonst dort hinkommen sollen. Es war also korrekt, zu sagen, das Opfer, nicht wissend, dass es nur noch vierundzwanzig Stunden zu leben hatte, war bei einer Party in Kinky Friedmans Loft.«

Ich wusste nicht, ob ich mich umbringen oder zum Frisör gehen sollte. Es war, als hätte mir jemand mit einem Hammer auf den Kopf geschlagen. Ich hätte im Stehen scheißen können. Die Gedanken wirbelten durch meinen Kopf wie eine starke texanische Kaltfront. Eines der wenigen Male in meinem Leben war ich absolut sprachlos.

»Kink. Kink? Bist du da?«

Ich war da, ja. Ich war hier und da und überall, wo ich nicht sein wollte. Ich überlegte, dass das ganze Szenario irgendwie kafkaesk war. Dadurch, dass ich New York verlassen hatte, hatte ich den Anschein erweckt, stärker in die ganze Sache involviert zu sein, als wenn ich geblieben wäre. Die Schuld war eine merkwürdige Angelegenheit. Sie hatte die eigenartige, gehässige Angewohnheit, sich an einem festzuheften, einen ganz zu überspülen, auch wenn man tief im Herzen wusste, dass man so unschuldig war wie am Tag seiner Geburt.

Als Jude konnte man in der Abteilung für Schuld jedoch nie auf allzu viel Nachsicht hoffen. Es half mir natürlich auch nicht, dass halb New York die Neuigkeit, das letzte Mordopfer hatte in sozialem Kontakt mit dem Kinkster gestanden und sich nur wenige Stunden vor seinem unschönen Ableben in seinem Loft aufgehalten, mit kollektiv hochgezogener Augenbraue interessiert las. Klar war Cooperman neugierig. Und ich? Der große Detektiv hatte keine Ahnung. Mir ging gerade ziemlich schnell der Charme aus. Also schmiss ich den protestierenden McGovern aus der Leitung und kreiste Rambam ein.

»Geheime Spezialleitung.«

»Ja. Ich glaube, ich habe ein Problem.«

»Problem ist mein zweiter Vorname. Was ist passiert? Hast du einer Kuh den Finger rein gesteckt?«

»Rambam, es ist ernst. Hast du McGoverns Artikel in der *Daily News* gelesen?«

»Wer hat den nicht gelesen. Erinnere mich daran, nie zu einer Party in deinen Loft zu gehen.«

»Es war *keine* Party. Ich war vermutlich der Gastgeber, und ich erinnere mich kaum, dabei gewesen zu sein.«

»Das sind die besten. Wenn die Leute sagen, sie hatten Spaß.«

»Tja, im Augenblick habe ich gerade nicht so viel Spaß. Cooperman hat mich angerufen.«

»Er hat dich auf der Ranch angerufen?«

»Nein, Rambam, er hat mich in meinem Chalet in Gstaad angerufen und der Anruf wurde via Satellit zur Ranch rüber gebeamt.«

»Cooperman hat dich tatsächlich auf der Ranch angerufen. Woher hatte er die Nummer?«

»Nachdem er McGoverns wunderbare Story gelesen hatte, ist er offensichtlich ein bisschen in der Vandam Street herumgeschlichen. Dabei ist ihm offensichtlich

Winnie Katz über den Weg gelaufen, er hat ihr ein bisschen auf den Zahn gefühlt und sie hat ihm wie jede gute Staatsbürgerin die Geldbörse und offensichtlich meine Nummer gegeben.«

»Ein bisschen viele offensichtlichs. Unterm Strich steht, vertraue keiner Lesbe.«

»Das sagst du mir.«

»Trau auch niemand anderem. Okay, Cooperman hat also den Geldbeutel. Was will er noch?«

»Das ist das, was mich leicht beunruhigt. Er will meinen Arsch in New York – und zwar gestern. Um genau zu sein, hat er mir achtundvierzig Stunden gegeben.«

»Wow! Vierundzwanzig Stunden zum Sterben. Achtundvierzig Stunden um nach New York zurückzukommen. Wir arbeiten hier mit vielen Zeiteinheiten. Was passiert laut Cooperman, wenn du dich entschließt nicht zurück zu kommen?«

»Er ruft den Sheriff hier an und lässt mich zurückbringen.«

»Vermutlich mit Haftbefehl als wichtiger Zeuge. Nun sag nicht, du wärst nicht gefragt. Wenn man zwischen den Zeilen liest, würde ich sagen, jemand hat sich zwischen deinen kleinen texanischen Two-Step gestellt.«

»Heißt?«

»Heißt, dein Urlaub ist vorbei, bevor er angefangen hat. Du hast doch schon vom langen Arm des Gesetzes gehört? Dieser hier packt dich an den Eiern, Bruder. Mit einem Haftbefehl ist nicht zu spaßen. Sie finden dich und bringen dich zurück, glaub mir. Und vergiss nicht, im Moment bist du nur ein wichtiger Zeuge. Cooperman kann dich jederzeit upgraden.«

»Heißt?«

»Heißt, du könntest jederzeit vom wichtigen Zeugen zur Zielperson der Ermittlung werden. Abhängig von den Umständen könntest du sogar ein Upgrade zum Hauptverdächtigen bekommen. Gemeinhin ist die Nomenklatur ziemlich bedeutungslos, aber in den Augen eines Cops kann sie sehr fein nuanciert sein. Das wird vermutlich nicht passieren, aber du könntest auch eine ›Person von Interesse‹ sein. Und das willst du *ganz* bestimmt nicht. Cooperman hat nichts von einem Durchsuchungsbefehl gesagt, oder?«

»Nicht, dass ich mich erinnere.«

»Dann kannst du davon ausgehen, er hat einen und sie haben deine Wohnung schon auf den Kopf gestellt. Vermutlich gibt es dort nichts wirklich Belastendes. Möglicherweise haben sie ein paar längst vergessene Geheimverstecke mit Dope von einem deiner dämlichen Freunde Chinga oder McGovern gefunden. Oder ein nicht abgegebenes Buch aus der Bibliothek von 1957.«

»1957 bin ich zur Edgar Ellen Poe Grundschule in Houston, Texas gegangen.«

»Okay, also hat es dir jemand untergeschoben.«

Während ich weiter mit Rambam redete, stand ich von dem gemütlichen Sessel am Feuer auf und ging in die Küche, wo ich mir noch eine Tasse Kona Kaffee einschenkte. Ich öffnete den Küchenschrank und betrachtete einen Augenblick lang die Flasche Jameson, dann schloss ich die Tür wieder. Komisch, zur Zeit schien ich nicht soviel zu trinken. Wenn man mit dem NYPD zu tun hatte, konnte einen das natürlich zum Trinken bringen.

»Hör mal«, sagte ich schließlich zu Rambam. »Ich habe niemanden getötet. Ich habe keine Beweise für ein Verbrechen unterschlagen. Warum fühle ich mich trotzdem ein winziges bisschen schuldig?«

»Zwei Gründe«, sagte Rambam. »Der eine ist der ganze Druck, den du von Cooperman bekommst, und der zweite ist, weil du ein verdammter Jude bist. Ganz normal unter diesen Umständen.«

»Ich denke, ich komme zurück und seh mir an, wo die Musik spielt.«

»Du hast keine andere Wahl. Und glaub mir, die Musik wird klingen als käme sie aus einer Jukebox in der Hölle. Du wirst dir wünschen, du könntest Barry Manilow hören.« Ich beendete das Telefonat mit Rambam, ging zurück ins Wohnzimmer und sah ins Feuer. Aus irgendeinem Grund kamen mir die Worte eines alten Cowboysongs in den Kopf: »Ich gehe weg aus Texas / das Langhornrind wird nicht mehr gebraucht / Sie haben meine Weide gepflügt und eingezäunt / Und all die Leute sind so seltsam hier.«

Ich ging näher ans Feuer und dachte, ich könnte mich noch einen Moment entspannen, bevor ich mich abmühen musste, einen Last-Minute Flug zu buchen. Ich wollte mich gerade hinsetzen, als ich merkte, dass das nicht möglich war. Perky hatte es sich bereits im Sessel gemütlich gemacht.

14

Genau wie ein Krankenhaus, ein Busbahnhof oder ein Bordell eine spezielle institutionalisierte Atmosphäre haben, hat das zweifellos auch ein Revier. Ich wartete im Gang, saß auf einem der allgegenwärtigen Plastikstühle, auf dem vor mir schon so viele sorgenvolle Seelen gesessen hatten. Die echt bösen Jungs gingen mit Sicherheit sofort rein. Es sind Typen wie ich, die auf dem Weg dazu sind, Personen von Interesse zu werden, an denen die Cops aber scheinbar überhaupt kein Interesse haben. Ich dachte über all dies nach und wünschte, ich könnte mich immer noch mit Perky um den Sessel am Feuer streiten.

Zu diesem Zeitpunkt war mein Ärger über McGovern und Winnie schon verflogen. Um meinen Vater zu paraphrasieren, sie waren einfach Menschen, die versuchten, das Richtige zu tun. Unter denselben Umständen hätte ich an ihrer Stelle vielleicht auch nicht anders gehandelt. Und außerdem waren wir in Amerika und ich brauchte mir um nichts Sorgen zu machen, denn ich hatte nichts mit einem

Verbrechen zu tun, das mit gestohlenen Geldbörsen oder Mord in Zusammenhang stand. Natürlich war ich nicht komplett unschuldig. Ich habe in meinem Leben ein paar wertvolle Menschen enttäuscht. Ich habe ein paar wunderschöne Herzen gebrochen, die man jetzt nicht mehr zusammenfügen konnte. Ich hatte fast rituell miese Aloha-Shirts auf Hawaii gekauft. (Irgendjemand muss sie schließlich kaufen.) Ich war nicht perfekt. Aber ich war nicht so schuldig, wie Cooperman mich hinstellte. Tatsächlich war ich überhaupt nicht schuldig. Es sei denn, es war schuldbehaftet, ein menschliches Wesen zu sein. Darüber konnte man sich natürlich streiten. Wenn man wollte.

Während ich so da saß, kamen und gingen Bullen, alle mit ihren kleinen Besorgungen beschäftigt. Einige schauten mich kurz an. Andere kümmerten sich gar nicht. Keiner sagte »Guten Morgen.« Natürlich war es eigentlich schon nicht mehr Morgen. Als ich hergekommen war, war es noch Morgen gewesen. Mittlerweile war es ein paar Haare und Sommersprossen nach Gary-Cooper-Zeit und ich wartete immer noch in diesem verdammten Plastikstuhl. Gut, dachte ich, wie heißt es in der Guinness-Werbung so schön: »Die guten Dinge erleben die, die warten.« Die schlechten natürlich auch.

Zumindest hatte ich in der Zeit, die ich dort wartete, die Chance, die ganze Geschichte noch mal zu sortieren. Meine Version war, dass Scalopini oder wie zum Teufel er hieß, gemeinsam mit McGovern und ein paar anderen Typen, die ich nicht kannte, in der Nacht vor meiner Abreise vorbeigekommen war. Sie waren alle schon gut angetrunken gekommen und am Ende des Abends ging ich ebenfalls auf dem Zahnfleisch. Der Typ, der bald tot sein würde, musste seinen Geldbeutel irgendwann in dieser Zeit verloren haben und war zu betrunken gewesen, um dessen Nichtmehrvorhandensein zu bemerken. Und natürlich war der Rest von uns zu blau, um sein Vorhandensein zu bemerken. Vielleicht war er neben den Tresen oder unter den Schreibtisch gefallen. Vielleicht hatten wir ihn auch stundenlang hin- und hergekickt wie einen Fußball. Woher zum Teufel sollte ich das wissen. Egal, ich hatte ihn jedenfalls nicht gesehen. Und dann war ich nach Texas geflogen. Das war meine Geschichte und bei der blieb ich auch.

»Hallo Tex«, sagte eine mir wohlbekannte Stimme. »Komm rein. Mir war nicht klar, dass du schon so lange im grünen Salon gewartet hast. Tut mir Leid! Der Tag war total anstrengend und dabei hat er noch nicht mal richtig angefangen.«

Die Stimme und natürlich das Gefäß, in dem sie wohnte, gehörten keinem Geringeren als Detective Sergeant Buddy Fox, einem Mann, der nicht gerade für angenehme Plaudereien bekannt war. Ton und Auftreten waren freundlich, gesprächig, fast leicht, weit entfernt von Coopermans unverblümter, schikanierender, kassandrarufgleicher Telefontechnik. War das der Auftakt zum »Guter-Bulle-böser-Bulle-Spiel?« Ich fragte mich, warum er sich bei einem Typen wie mir mit einer solchen Charade aufhielt. Scheiße, ich war noch nicht mal eine Zielperson der Ermittlungen. Oder doch?

»Danke, dass du so schnell zurückgekommen bist, Tex«, sagte Fox, während er mich einen langen, engen Korridor entlang führte und mich in einen kleinen, schäbigen Raum wies, dessen einzige Bewohner Aktenschränke zu sein schienen. »Ich persönlich möchte schon seit dem Tag, an dem ich die Marke angelegt habe, Urlaub machen. Ich streng mich verdammt an, aber ich komm nicht weg. Und weißt du warum, Tex?«

»Warum?«

»Wegen der elenden Mistkerle, die die menschliche Rasse ausmachen und sich gegenseitig umbringen. Vermutlich machen sie das nur, um mich davon abzuhalten, mit meiner Familie ins Sea World zu fahren. Ich hatte seit dreißig Jahren keinen Urlaub mehr. Die Kinder sind erwachsen. Sie wollen nicht mehr ins Sea World. Ich bin der einzige, der noch ins Sea World will. Aber die Arschlöcher hören nicht damit auf, sich gegenseitig umzubringen.«

»Das ist bitter.«

»Wenn du willst, kannst du ruhig rauchen, Tex. Ich rauch auch eine. Wenn wir schon niemand anderen töten, können wir uns wenigstens selbst umbringen. Richtig?«

»Richtig«, sagte ich. Ich zog eine Zigarre aus der Tasche und knipste das Ende ab. Bevor ich sie anzünden konnte, gab mir Fox wie ein aufmerksamer Kellner mit seinem Zippo Feuer. Anschließend zündete er seine Zigarette an. Fox inhalierte und atmete extravagant wieder aus – und auch irgendwie traurig, dachte ich, als ob er den Rauch des Lebens ausatmete.

»Mort wird in einer Minute hier sein«, sagte Fox beiläufig. »Mach's ihm nicht so schwer, Tex. Er ist heute ziemlich mies gelaunt.«

»Vielleicht bräuchte er auch einen Ausflug ins Sea World.«

»Vielleicht«, sagte Fox. Dann sagte er eine Weile lang nichts. Er sah einfach geradeaus, als versuche er, Blickkontakt zu einem der umstehenden Aktenschränke aufzubauen.

Der kleine Raum schien sich spürbar zu verdunkeln, als Cooperman schließlich eintrat. Er hatte die mittlerweile mehrere Tage alte *Daily News* bei sich, aufgeschlagen auf der Seite mit McGoverns Story und der fetten Überschrift »Vierundzwanzig Stunden Zeit zu Sterben«. Er warf mir die Zeitung rüber und hievte seinen großen Körper auf einen Schreibtisch.

»Lies«, war alles, was er sagte.

Ich studierte den Artikel pflichtbewusst. Das Foto von Scalopini schien einem der drei Weisen, die McGovern in mein Loft geschleppt hatte, vage zu ähneln, aber ganz sicher war ich mir nicht. Offensichtlich war er kein mustergültiger Bürger gewesen. Vor über zwanzig Jahren hatte er wegen eines Sexualdeliktes an einer Minderjährigen gesessen. Seit er wieder draußen war, hatte er immer mal wieder als Türsteher, Schuhverkäufer, Chauffeur gearbeitet. Er war zweimal verheiratet und wieder geschieden. Und natürlich hatte er in der letzten Nacht seines Lebens Kinky Friedman einen geselligen kleinen Besuch abgestattet. Mehr war nicht. Musste ja auch nicht sein.

»Ist das der Kerl?« knurrte Cooperman. »Der Typ, der bei deiner Party war?«

»Es war keine Party, es war...«

»Ist er das?«

»Ich glaube, das ist er. Aber ich bin mir nicht sicher.«

»Du *glaubst*, er ist es. Was *glaubst* du noch?«

»Nicht allzu viel«, sagte ich und betrachtete skeptisch das Foto des Typen in der Zeitung.

Plötzlich traf mich etwas in der Brust und schreckte mich aus der Abwehrlähmung, in die man für gewöhnlich fällt, wenn man von den Cops in die Zange genommen wird, auf. Es tat nicht wirklich weh. Es kam nur etwas überraschend. Ich sah sofort, was es war und fing es auf. Der Geldbeutel des Typen.

»Jetzt weiß ich, wie es sich anfühlt von einem beschleunigten Geldbeutel getroffen zu werden«, sagte ich.

»Schon mal gesehen?« fragte Cooperman scharf, jetzt gar nicht mehr humorig.

»Nie zuvor«, sagte ich. »Der Typ muss ihn verloren haben...«

»Bei der Party, die es nicht gab?«

»Hören Sie, Sergeant, ich hab diese Typen nicht eingeladen. Ich wollte sie nicht sehen. Ich wollte eigentlich noch nicht mal McGovern treffen.«

»Schau dir den Geldbeutel genau an. Schau dir seinen Führerschein an. IST DAS DER TYP?«

»Ich denke, das könnte er sein.«

»Du denkst, das könnte er sein? Du *denkst*, das könnte er sein? Erkennst du den Geldbeutel nicht?«

»Nein.«

»Willst du wissen, wie er starb?«

»Klar, sag's mir.«
»Sag's ihm, Fox.«
»Gefesselt und mit seinem abgeschnittenen Schwanz geknebelt. Verblutet. Ganz langsam.«
Es wurde plötzlich ganz still. Ich sah mir das Foto auf dem Führerschein noch mal an. Ganz gut getroffen. Sah dem Bild in der *Daily News* allerdings nicht sehr ähnlich, aber man sollte sowieso nicht alles glauben, was in der Zeitung steht. Was zum Teufel machte ich hier eigentlich?
»Denk gut nach, Tex«, knurrte Cooperman. »Du hast den Geldbeutel noch nie gesehen.«
»Nie«, antwortete ich wahrheitsgemäß und fragte mich, warum Cooperman so hartnäckig war. Worauf, zum Teufel, wollte er hinaus?
Ich kam nicht dazu, es herauszufinden, denn Coopermans Geldbeutelfetisch wurde durch ein lautes Klopfen an der Tür unterbrochen. Eine Uniform kam herein und gab ihm einige Papiere. Er las sie mit ernstem Gesichtsausdruck durch und hob dann sein großes Gesäß abrupt vom Schreibtisch.
»Sieht aus, als hätten wir ein fünftes Opfer, Tex. Ist sehr spät letzte Nacht in Chelsea passiert. Dieser hier wurde mit einer Stricknadel, die man durch seine Nase ins Gehirn gerammt hatte, gefunden.«
»Was passiert wohl als nächstes?« sagte Fox.
»Du bist heute Morgen hier angekommen, korrekt, Tex?« sagte Cooperman.
»Das ist korrekt. Ich hab ein Taxi vom Flughafen hierher genommen und nur kurz bei mir angehalten, um meinen ruinierten Koffer abzuwerfen.«
»Wir müssen jetzt rüber nach Chelsea, aber ich will hier eins klarstellen: Du verlässt unter keinen Umständen die Stadt. Hast du mich verstanden, Tex?«
»Was bin ich?« sagte ich. »Ein Zeuge? Ein Verdächtiger?«
Cooperman sah mich mit obsidianfarbenen Augen kalt

an, die schon eine Menge Scheiße in dieser Stadt gesehen hatten und wussten, dass sie noch mehr sehen würden. Er lächelte ein Lächeln, das keines war; es war eine eigensinnige, verbitterte und hämische Grimasse.

»Was du bist?« fragte er spöttisch. »Du bist, was wir wollen, das du bist. Ich verrate dir jetzt mal ein kleines Geheimnis, Tex. Dein Freund McGovern liegt falsch. Dieser tote Typ, Scalopini?«

»Schwanzloses Wunder«, sagte Fox. Cooperman schenkte ihm keine Beachtung.

»Dieser tote Typ, Scalopini?« wiederholte er. »Er war niemals in deinem Loft. Er war in dieser Nacht noch nicht mal in der Stadt. Er war bei einem Skiausflug in Vermont. Als er am nächsten Tag zurückkam, überraschte ihn der Killer, als er sein Appartement betrat. Ich nehme den Geldbeutel jetzt wieder.«

Ich sah auf den Geldbeutel in meiner Hand runter. Dann gab ich ihn Cooperman zurück.

»Und wie...?« wollte ich fragen.

»Genau das wollen wir wissen«, sagte Cooperman.

15

Später am Nachmittag im Second Avenue Deli war Ratsos großes, leicht birnenförmiges jüdisches Gesäß förmlich nur noch auf der Stuhlkante, als ich ihn mit meinen morgendlichen Abenteuern im Bullenbüro erfreute. Der Bullenslang über »Opfer« und »Täter« schien Ratsos Neigung, sich tief in die psychologische Natur des kriminellen Verstandes zu versetzen, zu befeuern. Aber unglücklicherweise, oder vielleicht glücklicherweise, abhängig vom Standpunkt des Betrachters, war Ratso absolut einer von den Guten. Und die Guten sind kaum, wenn überhaupt dazu in der Lage, bedeutende Einsichten in den kriminellen Verstand zu gewinnen. Trotzdem machte Ratsos Enthusiasmus häufig seine spirituelle Unzulänglichkeit wett.

»Das ist es, Alter«, rief er, als der Kellner die Matzoballsuppe brachte. »Das ist der große Fall, auf den wir gewartet haben, Sherlock!«

»Außerdem hat er den Vorteil«, sagte ich, »dass ich darin involviert bin, ob mir das gefällt oder nicht.«

Ratso, noch nie ein Typ für ironische Zwischentöne, oder Zwischentöne im Allgemeinen, schlürfte seine Suppe und nickte wiederholt mit einer spürbaren Aura von Befriedigung vor sich hin. Ich wollte keine Vermutung wagen, ob das eine Reaktion auf die Situation oder auf die Suppe war.

»Glaubst du, sie ist Zufall?« fragte er.

»Was glaube ich, was Zufall ist?«

»Die Mordserie natürlich, Sherlock. Die vier Morde im Village.«

»Kein Mord ist zufällig, im wahrsten Sinne des Wortes, mein lieber Watson. Oder, man könnte sehr wahrscheinlich auch sagen, dass alle zufällig sind.«

»Aha«, sagte Ratso und starrte wieder intensiv auf seine Matzoballsuppe.

»Was suchst du?« fragte ich. »Matzoballblätter?«

»Nein, ich denke nach, Sherlock. Glaubst du es war bei allen Morden derselbe Täter?«

»Der Nähe von Zeit und Ort nach zu urteilen, Watson, würde ich sagen, ist die Wahrscheinlichkeit, dass alle vom selben Täter begangen wurden, ziemlich groß. Ich bin dem noch nicht genau nachgegangen.«

»Aber ich, Sherlock.«

»Heißt?«

»Ich bin dem nachgegangen«, sagte Ratso mit einem nicht unbeträchtlichen Maß an Stolz. »Natürlich hatte ich keine Unterhaltung mit den Cops wie du, McGovern und diese bösartige Kampflesbe, Winnie Katz.«

»Ach Watson, du bist mit einer so nachsichtigen Natur

gesegnet. Nur weil sie dich aus dem Lesbentanzkurs geworfen hat.«

»Eine BSE-kranke Kuh wurde nach ihr benannt.«

»Schließlich *ist* es eine lesbische Tanzschule. Oder zumindest war es eine. Ich glaube, sie hat beschlossen, eine Pause zu machen.«

»Ich würde am liebsten Joe, die Hyäne engagieren, um ihr die Beine zu brechen.«

»Sie spricht sehr gut von dir, Watson«, sagte ich, als der Kellner ein großes Corned Beef-Sandwich für mich und ein großes Reuben-Sandwich für Ratso mit einer großen Schale Essiggurken brachte. »Ich sitze selbst sozusagen gerade im Essig, wegen dieser seltsamen Sache mit der Geldbörse.«

»Deswegen ist es so perfekt, Sherlock! Welche Rache wäre besser? Wir lösen den Fall selbst direkt vor der Nase von Fox und Cooperman. Das haben wir schon geschafft! Und wir schaffen es auch wieder!«

»Vielleicht bist du an etwas dran, Watson. Du sagst, du bist dem nachgegangen? Fabelhaft! Und welche Erkenntnisse hast du gewonnen?«

»Tja, ich bin sicher, dass die Cops mehr wissen, als sie uns sagen, aber ich habe die Zeitungen gelesen, und die Berichterstattung im Fernsehen und Internet gecheckt.«

»Wie raffiniert von dir, Watson! Und du hast was genau entdeckt, wenn ich fragen darf?«

»Naja, zum einen, das ist natürlich offensichtlich, waren alle Opfer Männer.«

»Watson! Nichts entgeht deinem forschenden Blick.«

»Wenn sich herausstellt, dass alle Opfer Schwuppen waren, könnte es sich um einen homophoben Täter handeln. Oder eine Schwuppe, die andere Schwuppen killt.«

»Die Hand des Mörders, sozusagen aus dem gebrochenen Handgelenk heraus? Das möchte ich bezweifeln, Watson.«

»Außerdem sind drei der vier Mordopfer geschieden. Das liegt leicht über dem landesweiten Durchschnitt.«

»Clever, Watson, clever! Kein Detail ist zu oberflächlich oder lächerlich, um von deinem Adlerauge aufgespürt zu werden. Vielleicht ist der Mörder ein missgelaunter Eheberater.«

»Ich tendiere zur Homosexuellen-Theorie.«

»Tendiere nicht zu weit, Watson! Tendiere nicht zu weit!«

Bei Kaffee und Käsekuchen vermittelte ich Ratso die leckeren Häppchen bezüglich des Schwanzabschneidens und Stricknadel-die-Nase-Hochrammens. Er kannte diese Details natürlich noch nicht und es bedurfte eines kurzen Moments, bis er diese neuen und ziemlich bildlichen Informationen verarbeitet hatte. Ratso machte für gewöhnlich den fatalen und ziemlich enervierenden Fehler, alles, was passierte, als »Hinweis« zu betrachten. Die Hinweise, die ihm nicht passten, ignorierte er einfach. Diejenigen, die ihn ansprachen, nahm er ohne nachzudenken begeistert an und verfolgte sie unbarmherzig, so ähnlich wie manche Männer ihrem Penis durch die ganze Welt folgten. Das ist natürlich ein aussichtsloses Unterfangen, und, wenn man ihm lange genug nachgeht, endet man unweigerlich damit, dass man sich selbst in den eigenen, jüdischen, leicht birnenförmigen Arsch fickt.

Trotzdem, um meine Schwester Marcie zu paraphrasieren, verachte keine Sache und nenne keinen Menschen nutzlos. Es gab immer etwas, was irgendein trauriger Sherlock von einem der Watsons dieser Welt lernen konnte. Eines der wichtigsten Dinge, die ich gelernt hatte, war, mich nie darauf zu verlassen, dass sie die Rechnung bezahlen.

»Vielleicht ist da irgendwas dran an dieser Homosexuellengeschichte, Watson«, bemerkte ich, während ich mir draußen auf der Straße eine Zigarre anzündete. »Vielleicht sollten wir damit anfangen, dass ich McGovern interviewe und du Winnie.«

»Das ist so scheißbrillant, Sherlock. Sie hasst mich wie die Pest.«

»Habe ich dir nicht bereits gesagt, Watson, dass sie sehr anerkennend von dir spricht. Sie hat gesagt, du hast mehr Eier in der Hose als jeder andere Schüler mit dem sie je gearbeitet hat. Natürlich sprechen wir von einer lesbischen Tanzschule.«

»Meinst du das Ernst, Sherlock?«

»Ich meine es immer Ernst, Watson. Deswegen bin ich Sherlock. Um Billy Joe Shaver zu paraphrasieren, ich bin eine ernste Seele, die niemand ernst nimmt.«

»Ich nehme dich ernst.«

»Deswegen bist du Watson«, sagte ich.

Und so ward es beschlossen, wir beide würden uns wieder aufmachen, hinein in diesen Kessel eingebildeter Dringlichkeit, der New York war, um den Kampf aufzunehmen gegen die kriminellen Elemente und die Mächte, die uns begegnen würden. Ich hatte keinen Hinweis – oder soll ich sagen keine Ahnung? –, wer hinter dieser hässlichen kleinen Mordserie steckte. Tatsächlich gab es nur einen Punkt, in dem sich Watson und Sherlock vollkommen einig waren. Wir hatten endlich wieder einen Fall.

16

Am nächsten Morgen traf ich McGovern in einer kleinen Frühstücksbar namens La Bonbonniere im Village. Sie wurde von einem charmanten Franzosen namens Charles geführt, der gegenwärtig der einzige Franzose war, den ich kannte oder mochte. Es sei denn, man wollte Victor Hugo oder Jeanne d'Arc mitzählen, wobei letztere technisch gesehen natürlich kein Franz*OSE* war, obwohl sie sich bestimmt ziemlich gut in Winnie Katz' lesbischer Tanzschule gemacht hätte, sofern diese noch Unterricht gegeben hätte. Ich hatte keine Ahnung, was La Bonbonniere bedeutete und ich wollte es auch nicht wissen. Das Essen war gut, die Atmosphäre in Ordnung und das Café lag ziemlich genau in der Mitte zwischen McGoverns Wohnung und meinem Loft. Deswegen frühstückten der große Ire und ich an diesem Morgen auch dort. Natürlich gab es da auch noch diese kleine, unerledigte Angelegenheit zwischen uns.

»Hör mal, es tut mir Leid«, sagte McGovern. »So ein Scheiß passiert, wenn man auf Redaktionsschlusszeiten hinarbeitet. Der Typ war im Skiurlaub. Er ist nie in deinem Loft gewesen. Wir haben schon einen Widerruf gedruckt.«

»Einen Widerruf drucken«, sagte ich. »Das löst alle Probleme dieser Welt, oder?«

»Natürlich nicht«, sagte McGovern einsichtig, während er die Speisekarte genauestens untersuchte, als hätte er sie nicht schon tausend Mal gesehen.

»Ich glaube, du hast jetzt ein noch größeres Problem.«

»Was ich bestellen soll?«

McGovern lachte sein lautes irisches Lachen. Mehrere benachbarte Gäste schauten herüber. McGovern schien das nicht zu bemerken.

»Ich wünschte, das wär' dein Problem, Kink«, sagte er schließlich. »Ich glaube, dein Problem ist für uns beide genauso offensichtlich wie für die Cops auch. Wenn das Mordopfer im Skiurlaub war und kurz nach seiner Rückkehr in die Stadt getötet wurde, wie kommt dann sein Geldbeutel in dein Loft?«

»Wenn ich darauf eine Antwort hätte, würde ich nicht in einem schrägen kleinen Café mit einem großen jovialen Iren frühstücken.«

»Ich bin jovial? Das solltest du mal meiner Ex-Frau sagen.«

»Um Himmels Willen, McGovern, ich wusste ja nicht mal, dass du verheiratet warst.«

»Es hat nur eine Woche gedauert. Wir haben alles versucht. Nichts hat geholfen.«

Ich wartete darauf, dass McGovern lachte. Aber das passierte nicht. Er machte lediglich dem Kellner ein Zeichen und bestellte Rühreier, Würstchen und ein Croissant. Ich lachte innerlich – ein stilles jüdisches Lachen. Dann bestellte ich zwei Eier, die mich anschauen, wie mein Vater immer sagte, und einen getoasteten Mohnbagel. Oscar Wilde hatte Recht, dachte ich, während der Kellner wieder verschwand. Die menschliche Seele war unergründlich.

»Was willst du also wegen des Geldbeutels unternehmen?« fragte McGovern, während er an seinem Kaffee schlürfte.

»Nichts«, sagte ich. »Er ist bei den Bullen.«

»Das weiß ich. Wie Ratso sagen würde: ›Ich habe meine Quallen.‹«

»Was weißt du noch?«

»Frag nach Details, Kink. Der Schatten kennt sie.«

»Weißt du etwas über den fünften Mord?«

»Den in Chelsea mit der Stricknadel? Wo zum Teufel kriegt man überhaupt eine Stricknadel her?«

»Aus einem Strickheuhaufen? Weißt du, wie das vierte Opfer umgebracht wurde?«

»Ja«, sagte McGovern, »aber lass uns nicht gerade jetzt darüber reden, der Kellner bringt mir gerade mein Würstchen.«

»Ich verstehe«, sagte ich.

Und natürlich verstand ich. McGovern wusste wie jeder gute journalistische Veteran im Feld eine Menge Dinge, die er nicht unbedingt preisgeben wollte. Zum einen war sein Wissen der Klebstoff, der seine Existenz zusammenhielt, zum anderen musste er immer auf der Hut sein und seine »Quallen« schützen. Außerdem vermutete ich, dass McGovern immer noch irgendwie beleidigt war, weil ich anfänglich mein Desinteresse gegenüber der Untersuchung ausgedrückt hatte und nun zugegebenermaßen auf ihn zurückgriff, um Informationen aus ihm herauszupressen. Wenn ich hier seine Hilfe wollte, musste ich mich sensibel verhalten. Und Sensibilität war nicht unbedingt meine starke Seite.

»Hör mal, du großes stures Arschloch«, sagte ich. »Warum können wir nicht gemeinsam an diesem Fall arbeiten?«

»Ach, jetzt möchtest du gemeinsam mit mir an diesem Fall arbeiten? Jetzt wo ich meine Quellen Tag und Nacht bearbeitet habe. Nachdem du das Schiff verlassen hast und nach Texas gegangen bist und mich mit dem Gepäck oder Geldbeutel, wie der Fall liegt, stehen gelassen hast. Nachdem ich mich fünfundzwanzig Jahre lang für dich abgerackert habe, versuchst du jetzt, unsere Ehe zu retten.«

»McGovern, es ist mir ernst. Du frühstückst gerade mit jemandem, der leicht zur Zielperson der Ermittlungen der NYPD werden könnte. Glaub mir, dieser Fall ist ziemlich dicht an mir. Ich brauche deine Hilfe.«

»Auf diese Worte habe ich gewartet«, sagte McGovern, während er in sein Würstchen schnitt. »Also, wie kann ich dir helfen?«

Ich nannte McGovern einige vorstellbare Richtungen, in welche ich die Untersuchung lenken wollte und einige der Informationen, die ich dafür benötigen würde. Ich sagte ihm, mit fünf Morden, für die er sich die Medaillen umhängen könne, würden wir sozusagen schon unter Druck anfangen, den Mörder aufzuspüren. McGovern fragte mich ziemlich spitz, wessen Fehler das war. Ich sagte ihm, er solle die Schuldzuweisungen Gott überlassen, oder Betrunkenen oder kleinen Kindern, während ich, ohne es zu erwähnen, dachte, dass McGovern sich im Grunde wie jeder der drei Genannten benehmen konnte. Nichtsdestotrotz nahm McGovern es persönlich und sagte, das sei Rufmord an seiner Persönlichkeit und ich wies ihn darauf hin, dass ich schon zu Nuklearwaffen greifen müsste, wenn ich seine Persönlichkeit ermorden wollte.

Unser kleiner Brunch endete dann doch freundschaftlich, McGovern versprach, die Ermittlungen in jeder ihm möglichen Weise zu unterstützen und ich blies ihm die Eier ein wenig auf, indem ich ihm versicherte, wie zentral seine Rolle dabei sei. Wir hatten diese Scharade scheinbar schon viele Male durchgespielt und sie war immer ein wenig ermüdend gewesen. Ungeachtet dieser Langwierigkeiten waren die Ergebnisse, die wir dabei erzielten, unumstritten. Ob es einem gefiel oder nicht, McGovern und ich waren ein Team.

»Ich melde mich bei dir, Watson«, sagte ich, als ich ging.

»Das habe ich befürchtet«, sagte er.

Ich ging zurück in meinen leeren Loft zu meinem leeren Leben, aber zumindest hatte ich jetzt etwas, womit mein Verstand sich beschäftigen konnte. Um Sherlock zu paraphrasieren, der Mensch ist nichts, die Arbeit ist alles. In New York hatte jeder ein Projekt und ich war keine Ausnahme von dieser Regel. Ich würde diesen Mörder, der bereits fünf Leben gefordert hatte, fangen. Das war mein Projekt. Für ein Hobby war es ziemlich kalt und lieblos, aber für ein Projekt sehr leidenschaftlich.

Ich rief Rambam an und wie das Schicksal es wollte, erreichte ich ihn auf seinem Schuhtelefon. Wie das Schicksal ebenfalls wollte, war er gerade um die Ecke. Das war gut, denn ich wusste zum Teufel noch mal einfach nicht, wo ich den Hebel bei diesem Fall ansetzen sollte und war persönlich nur ein paar Schritte davon entfernt, Selbstmord zu begehen, indem ich durch den Deckenventilator sprang. Das war ungünstig, denn ich brauchte alle Ventilatoren, die ich kriegen konnte.

»Ich bin gleich da«, sagte er. »Es hat mir schon immer Spaß gemacht, mit Leuten abzuhängen, die Zielpersonen von Morduntersuchungen sind.«

»Danke, Alter«, sagte ich.

Draußen war ein sonniger, kalter Tag. Drinnen im Loft schien es dunkel und taub und bedrohlich zu sein, so ein merkwürdiges Gefühl, das man nur unbestimmt in den Knochen spürte. Ich setzte mich an den Schreibtisch, zündete eine Zigarre an und betrachtete Sherlock auf der Suche nach Antworten. Er hatte keine. Ich auch nicht. Ich verlor meine Haare und meinen Verstand und das bisschen Vertrauen, das ich noch in meine Mitmenschen hatte. Ich verliere, hatte Frank Sinatra kurz bevor er starb gesagt. Ich verliere auch, dachte ich. Und das merkwürdige war, es interessierte mich eigentlich einen Scheißdreck. Zu dem Zeitpunkt, als Rambam auftauchte, war es zehn Minuten zu spät, um noch einen Unterschied zu machen.

»Scheiße!« sagte Rambam. »Hier ist nicht nur eine Atmosphäre wie in einem Grab, es ist auch kalt wie in einem Grab.«

»Ist mir gar nicht aufgefallen.«

»Jesus! Hier gibt es keine Anzeichen von Leben!«

»Oh bitte. Setz dich doch.«

»Ich meine, die Katze ist weg.«

»Brillant. Was verrät dir deine Beobachtungsgabe noch?«

»Ich höre noch nicht mal eine lesbische Tanzklasse, die gegen die Decke stampft.«

»Winnie macht mit ihrer Tanzschule eine Pause. Sie verbringt ihre Freizeit jetzt damit, mit den Cops zusammen zu arbeiten.«

»Traue keiner Lesbe.«

»Das kannst du laut sagen.«

»Traue keiner Lesbe.«

Ich sah Rambam an, der mir auf dem Besucherstuhl, der so lange leer gewesen schien, am Schreibtisch gegenüber saß. Keine Frage, dies war die Art von Fall, für die jeder Privatdetektiv seine Mattglastür hergeben würde, um sich darin festzubeißen. Der Mörder, ganz klar ein Psycho, war zumindest einfallsreich. Rambam sah gut aus, aufgeräumt, gepflegt, effizient. Er sah aus wie der Archie Goodwin des denkenden Mannes. Und wenn er Archie Goodwin war, dann musste ich Nero Wolfe sein. Sherlock war dünn und Wolfe war fett, die einzige Eigenschaft, die sie gemeinsam hatten, war ihre Leidenschaft für die Wahrheit und die Tatsache, dass sie beide sehr einsame Menschen waren.

»Okay, Archie«, sagte ich. »Berichte.«

»Das meinst du nicht Ernst.«

»Archie Goodwin war ein großartiger Ermittler. Er war Nero Wolfes Augen, Beine und manchmal sogar sein Herz.«

»Ich bin wahrscheinlich der einzige deiner Freunde, der überhaupt weiß, wer Archie Goodwin war.«

»Deswegen bist du auch er.«

»Irgendwie bist du echt aus der Kurve geschossen, weißt du das!«

»Archie! Berichte!«

»Okay Mr. Wolfe, fangen wir an. Wir haben einen Scheiß. Wie ist es damit? Wir müssen uns auf ihren Trinkbruder McGovern und die Bullen verlassen, was Informationen anbelangt und die Cops sagen nichts. Um es kurz zu machen, Mr. Wolfe, wir sind am Arsch.«

»Kaum, Archie. Du weißt genauso gut wie ich, dass wir weit davon entfernt sind, am Arsch zu sein. Vielleicht bist du nur träge und stinkfaul. Es gibt eine Myriade von Fällen, bei deren Aufklärung das NYPD versagt hat und die wir uns im Folgenden quasi als metaphysische Kerbe in den Gürtel ritzen konnten.«

»Und das ist ein verdammt großer Gürtel.«

»Hör auf zu murmeln, Archie. Ich kann dich nicht verstehen.«

»Das ist krank«, sagte Rambam, während er gefährlich klingend in sich hineinlachte und mich mit unverhohlenem Mitleid in den Augen ansah.

»Wie Sie schon bei vielen Gelegenheiten gesagt haben, Mr. Wolfe, die Cops haben Personal und Ressourcen und wir können in diesen Modussen nicht mithalten.«

»Der lateinische Plural ist ›Modi‹.«

»Was wir tun müssen, um die deinerseits notwendigen Sit-ups mal außen vor zu lassen, ist, diesen Fall von einem Blickwinkel aus anzugehen, den die Cops ignoriert haben. Vielleicht sollten wir ihn einfach von hinten anpacken.«

»Das ist jetzt kein Vorschlag, Analsex zu haben?«

»Alles was ich sagen will, du kranker, sesshafter Bastard, ist, dass ich den alten hart gesottenen Computer anschmeiße und wir dann mal sehen werden, was er uns über den Hintergrund der fünf Opfer zu sagen hat. Die Cops haben dieses Terrain natürlich schon abgesteckt, aber es gibt immer etwas, was man beim ersten Rundgang übersieht. Ich bin mir sicher, ein Mann mit deinem Genie ist dazu in der Lage, die Details zu sehen, die ihnen entgangen sind. Du müsstest hierfür vielleicht deine Sandsteinvilla verlassen, weil ich etwas Rückendeckung brauche.«

»Schlägst du jetzt Analsex vor?«

»Ich schlage vor, du gehst jetzt besser nach oben und wässerst deine Tulpen, bevor ich dir auf die Nase haue.«

»Orchideen, Archie. Nicht Tulpen. Tulpen sind so gewöhnlich. Ich glaube, ich gehe nach oben und wässere meine Orchideen.«

»Ich werde Winnie warnen.«

»Vielleicht schaue ich nur auf ein Bier vorbei. Danke Archie. Du bist entlassen.«

»Scheiße«, sagte Rambam, während er Richtung Tür ging. »Das reicht fast, dass man dich vermisst, Sherlock.«

»Recht hast du, Watson«, sagte ich.

»*Fast*«, sagte er.

17

Ich habe den berühmten texanischen Strafverteidiger Racehorse Haynes mal gefragt, ob er bereit wäre, kostenlose Rechtsberatung bei einem Fall, in den ich involviert war, zu leisten. Noch bevor Racehorse antworten konnte, machte unser gemeinsamer Freund, der brillante Anwalt David Berg den Mund auf: »Die Worte ›Racehorse‹ und ›kostenlos‹ werden nie im selben Satz genannt.«

So ähnlich war es auch mit Rambam. Mir war natürlich bewusst, dass Rambam ein Recht darauf hatte, sich seinen Lebensunterhalt zu verdienen. Obwohl die Arbeit, die er für mich und mit mir geleistet hatte, sich auf spirituelle Weise auszahlte, würde sie ihm nicht helfen, die Miete zu bezahlen. Das Problem war, dass Rambams andere Arbeit eher globaler Natur war und er genau in dem Moment abberufen wurde, um das Rätsel der *Riesenratte am unteren Pavianarsch* zu lösen, in dem ich ihn am dringendsten hier im guten alten New York City brauchte. Ich neidete Rambam nie, dass er einen bezahlten Job annahm, aber als Freund und Koermittler ärgerte mich manchmal das Timing seiner Reisen. Es erschien mir jedoch undankbar, mich zu viel zu beklagen, vor allem wenn man bedachte, wie oft er schon für den Kinkster sein Leben aufs Spiel gesetzt hatte.

Daher kam es nicht überraschend, dass Rambam mir einige Tage später, als ich ihn in Chinatown traf, mitteilte, er habe gute und schlechte Nachrichten. Wir waren in einem neuen Restaurant, das Rambam vorgeschlagen hatte, und das Rindfleisch Choi Fun mit Schwarzbohnensauce und die gesalzenen Garnelen waren definitiv der Hammer. Big Wong's bekam jedoch immer noch Bestnoten für die Suppe. Eine Schüssel Wan Tan Mein bei Big Wong's konnte fast alle Übel dieser Welt heilen. *Fast* alle Übel dieser Welt. Es war ein weiterer kalter, trostloser Nachmittag in der Stadt und die Stimmung ihrer Bewohner entsprach dem Wetter ziemlich genau. Rambam schien jedoch in für seine Verhältnisse aufgekratzter, fröhlicher Gemütsverfassung zu sein. Mit Hilfe meines geschulten analytisch-rationalen Denkens folgerte ich, dass er schon bald in sonnigere Gefilde aufbrechen würde. Das waren vermutlich die schlechten Neuigkeiten. Was die guten anbelangte, hatte ich keine Ahnung.

»Dieser verdammte Laden hier schlägt Big Wong's mit links«, sagte Rambam, während er sich über die ganze gedämpfte Flunder hermachte, die fast die Hälfte des Tisches beanspruchte.

»Du bist nur sauer, weil dich ein Kellner dort mit heißem Tee bespritzt hat. So waschen sie die Tische. Sie bespritzen sie mit heißem Tee. Das ist eine der farbenfrohen Traditionen, die ich an Big Wong's so mag. Du hast einfach nur den Fehler gemacht, dich hinzusetzen, bevor sie mit der Reinigung des Tisches fertig waren.«

»Ein Fehler, den ich nicht mehr machen werde, ist dort jemals wieder hinzugehen.«

Rambam war ein gewisses ethnisches Charaktermerkmal zu eigen, das ihn davon abhielt, das auszusprechen, woran wir beide dachten, bis nicht das Essen auf dem Tisch stand und auch weitgehend konsumiert worden war. Vielleicht gefiel es ihm auch einfach, seine Karten möglichst dicht an seiner Hummerserviette zu halten. Jedenfalls beschloss Rambam schließlich, das jährliche Treffen der Brüderschaft der Flammenden Arschlöcher zu eröffnen. Seine einleitenden Worte waren kurz.

»Willst du zuerst die gute Nachricht?« frage er, »oder die schlechte?«

»Ich bin Jude«, sagte ich, »zuerst die schlechte.«

»Ich breche morgen nach Kambodscha auf. Ich hatte gehofft, das verschieben zu können, aber es hat nicht geklappt. Das ist ein dringender und sehr lukrativer Fall.«

Rambam reiste mit schöner Regelmäßigkeit um den Globus und es war nichts Neues, dass er so kurzfristig abreiste, das einzige, was mich also überraschte, war, wie wenig diese Neuigkeit mich überraschte. Ich nahm sie sehr stoisch auf.

»Grüß Angkor Wat von mir«, sagte ich.

»Wat?« rief Rambam. »Ich versteh dich nicht, ich hab ein Stäbchen im Ohr.«

»Okay«, sagte ich, »und was ist die gute Nachricht?«

»Die gute Nachricht ist, dass der hart gesottene Computer uns nicht im Stich gelassen hat. Ich hab ihn mit den Namen der fünf Opfer gefüttert und er hat eindeutig bestätigt, dass drei der fünf Drecksäcke sind.«

»Das *ist* wirklich ein hart gesottener Computer.«

»Der Punkt ist, wenn sich herausstellt, dass drei der fünf Opfer Drecksäcke sind, ist das sogar in New York statistisch gesehen sehr unwahrscheinlich.«

»Definiere ›Drecksack‹.«

»Für unsere Zwecke heißt das, es sind Individuen mit Strafregistern, die voll von Gewalt gegen Frauen sind. Ich spreche von Vergewaltigung, erzwungener Analsex, jeglicher Form von häuslicher Gewalt, die du dir vorstellen kannst. Es geht hier allerdings nur um drei der Leichen. Die anderen beiden scheinen im Moment sauber zu sein. Aber glaub mir, das ist rein hypothetisch. Verdammt hypothetisch.«

»Hypothetisch bezüglich was?«

»Wie zum Teufel soll ich das wissen? Archie Goodwin pfeift morgen um drei ab nach Kambodscha und ich hab noch nicht einmal meinen Tropenhelm eingepackt. Es ist jetzt an dir, Mr. Wolfe. An dir und Ratso, deinem Lieblingswatson.«

»Kommst du da mit den Metaphern gerade etwas durcheinander? Man braucht für das Gleichgewicht einen dünnen und einen dicken Typen, und Wolfe und Watson sind sich von der körperlichen Konstitution her zu ähnlich. Also bin ich Sherlock und Ratso ist Watson.«

»Junge, ich wette, wenn der Mörder das hören könnte, würde er vor Angst in seinen Stiefeln schlottern.«

Es hörte sich wirklich ziemlich lächerlich an, überlegte ich, während ich die letzte gesalzene Garnele vor Rambams gierigem Zugriff aufschaufelte. Was zum Teufel sollte das Ganze überhaupt? Die ganze Angelegenheit würde zehnmal so schwierig, wenn Rambam nicht mehr mit von der Partie war. Es stimmte natürlich, dass Ratso und ich mehr als nur ein paar hochkarätige Fälle allein gelöst hatten, aber dieses Mal war der Täter mit Sicherheit ein Serienpsycho, der an einer hyperaktiven Vorstellungskraft litt. In Zeiten wie diesen brauchte man jeden verfügbaren Mann an Bord, das ganze Team musste zusammenarbeiten, um die Metaphern mal nicht durcheinander zu bringen. Und wir befanden uns im modernen New York und nicht im viktorianischen London. Die Sherlock-Watson Geschichte mochte ein effektives therapeutisches Spielchen für Ratso sein – scheiße, und vielleicht auch für mich –, aber alles analytisch-rationale Denken half im Kampf gegen das brutale, gewalttätige, durchgeknallte, destruktive, nicht entkoffeinierte Böse nur wenig. Sogar mit Rambam im Boot kam es rüber wie ein einziger Horror aus dem Abgrund der Hölle.

»Was denkst du, wo wir ansetzen sollten?« fragte ich.

»Du fängst bei den beiden Mordopfern an, die sauber zu sein scheinen. Im Moment haben wir es lediglich mit einem unwahrscheinlichen statistischen Zufall zu tun. Damit es ein Muster gibt, muss es ein Muster geben. Capisce?«

»Glaub schon.«

»Also, wenn die beiden angeblich sauberen Typen wirklich sauber sind, dann kann dieses spezielle statistische Universum einfach hübsch weiter in der Schüssel kreisen. Wenn du und dein kleiner Nager nichts über diese beiden Typen ausgraben könnt, ist das, was wir über die anderen drei haben wahrscheinlich irrelevant. Es gibt einen Grund, warum jemand systematisch fünf Leute um die Ecke bringt. Er muss nicht zwingend logisch sein. Oder sofort offensichtlich. Aber glaub mir, es gibt ihn. Das hier sind keine Son of Sam Serienmördergeschichten oder willkürliche Morde, um sich einen Kick zu verschaffen. Der Wahnsinn dieses Typen hat Methode.«

»Auch seine Methode hat so ihren Wahnsinn«, sagte ich.

»Kein Scheiß, Sherlock«, sagte Rambam erbittert. »Werd bloß nicht leichtsinnig.«

Bevor wir an diesem Nachmittag auseinander gingen, fasste Rambam in die Innentasche seiner Jacke und gab mir einen Umschlag, der, wie er sagte, alles enthielt, was der hart gesottene Computer bezüglich dieser Fälle ausgespuckt hatte. Der Umschlag schien nicht allzu dick zu sein. Vielleicht hatte der hart gesottene Computer gerade andere Dinge im Kopf. Das sagte ich auch Rambam. Ich sagte ihm ebenfalls, dass alle Computer meiner Meinung nach Teufels Werk seien. Nein, sagte er, Teufels Werk sei, was Ratso und ich in Kürze untersuchen würden.

Schließlich ging Rambam zurück, in das weit entfernte Königreich namens Brooklyn und ich ging allein nach Hause. Auf dem Weg hatte ich die ganze Zeit einen Refrain aus dem Billy-Joe-Shaver-Song »Freedom's Child« im Kopf: »Fillin' up the empty space, left by one who's gone.« Das Problem war nur, dass es mittlerweile in meinem Leben so viele Löcher gab, dass ich bald einen verdammten Tiefbagger brauchen würde.

18

Ich glaubte, ich hätte diesen Morgen Rambams Flugzeug über mich hinweg fliegen gehört, aber vielleicht war es auch nur ein Mülllaster. Was mich anbelangte, hätte es auch eine Nuklearrakete sein können, die aus meinen Augen Gelee gemacht hätte. Ich war in der voran gegangenen Nacht bei einer Flasche Jameson's lange wach gewesen und hatte über die ziemlich dürftigen Ergebnisse gegrübelt, die der hart gesottene Computer – meiner Meinung nach ziemlich unwillig – ausgespuckt hatte. Rambam hatte mir relativ deutlich gesagt, der hart gesottene Computer sei im Grunde lediglich eine umfangreiche Datenbank für Kriminalfälle, der aber wichtige, sogar Bahn brechende Informationen fehlen konnten, genauso wie den Cops. Es ist nicht die Bibel, hatte Rambam gesagt. Was dann, hatte ich gefragt. Stell es dir als einen Routenplaner in die Hölle vor, hatte Rambam geantwortet. Ich hatte es zu diesem Zeitpunkt Rambam gegenüber nicht erwähnt, aber warum brauchte man einen Routenplaner, wenn man schon da war?

In aller Frühe an diesem Morgen, so gegen Mittag, rief ich Ratso an und wurde vom Klang seiner lauten, nagerähnlichen Stimme belohnt, die sich mir wie eine Bohrspitze in den Kopf fräste. Wir beschlossen, die Ausdrucke noch mal gemeinsam durchzugehen und Ratso, dessen Einsiedlerdasein, wie es schien, im Laufe der Jahre noch ausgeprägter geworden war, konnte mich tatsächlich überreden, meine jährliche Pilgerfahrt in sein Appartement zu unternehmen. Er würde Tee machen, wenn ich Gebäck von gegenüber mitbringen würde. Ratsos Appartement war nicht gerade ein gemütliches Plätzchen im Grünen, um Tee und Gebäck zu sich zu nehmen, aber logistisch gesehen machte es Sinn. Einer der beiden fraglichen Morde hatte in Soho stattgefunden, nur ein paar Blocks von seiner Wohnung in der Prince Street entfernt.

Die Sonne spähte hinter den Wolken und Hochhäusern hervor, als ich an diesem Nachmittag zu Ratso rüber lief und ich musste zugeben, dass es fast einem schönen Tag nahe kam, mit all den Taxis, Tauben und Menschen, die wie unberechenbare Sterne in einem auf angenehme Weise kaputten Universum durcheinander wimmelten. Laufen ist immer ein gutes Transportmittel, weil es den Kopf frei macht und man dabei manchmal sogar nachdenken kann. Ich dachte gerade, dass die Dinge möglicherweise manchmal gar nicht so schlimm waren, wie ich in jüngster Vergangenheit vielleicht geglaubt hatte. Klar, die Katze war weg. Daran konnte ich nichts ändern, so lange ich nicht selbst über den Regenbogen ging und sie am anderen Ende wieder sah. Aber davon abgesehen, war ich immer noch frei wie ein Vogel, und mein Flugverhalten brachte mich genau dahin, wo ich gerne sein wollte, mitten ins dunkle Herz einer Morduntersuchung. Es schien, wie die Beatles schon gesagt hatten: »Happiness is a warm gun.«

Um meinen Vater zu paraphrasieren, es fühlte sich fast gut an, am Leben zu sein. Wenn Ratso und ich jetzt also ein bisschen herumstocherten und vielleicht ein paar Schönheitsfehler im Vorleben der beiden »sauberen« Opfer finden würden, könnte uns das in dieser Angelegenheit echt nach vorn bringen. Aufgrund der bloßen Natur der Morde, konnte ich praktisch einen Racheengel, der die Verbrechen verübt hatte, vor meinem inneren Auge sehen. Vermutlich ein Verwandter, Bruder, Freund eines der Opfer von sexuellem Missbrauch. Das würde absolut Sinn machen, vorausgesetzt, die beiden Opfer hätten keine weiße Weste mehr, nachdem Ratso und ich mit ihnen durch waren. Scheiße, dachte ich, nichts war mehr sauber, wenn Ratso damit durch war.

Wie ich mit nicht allzu großem Erstaunen feststellte, fiel auch sein Appartement in diese Kategorie. Coladosen und alte Pizzakartons vermüllten den Kaffeetisch und ungefähr neunundvierzig Hockeyschläger, die offenbar sorgfältig gegen den Türrahmen gelehnt worden waren, landeten auf meiner Zigarre, als ich Ratsos stinkenden Luftraum betrat. Ratso kam aus seinem Versteck, er trug immer noch einen knallgrünen Pyjama, der überall Dollarzeichen hatte. Ich kam jedoch nicht dazu, seinen Aufzug zu kommentieren, hauptsächlich, weil ich immer noch versuchte, mich von all den Hockeyschlägern zu befreien.

»Großartig«, rief er enthusiastisch. »Mein Alarm funktioniert noch.«

»Du hättest auch einfach die Tür abschließen können«, sagte ich nicht ganz unbegründet.

»Ach, das mach ich auch. Ich schließe immer dreimal ab, weil ich mein Lebenswerk an Zeug hier habe. Aber als ich dich unten rein gelassen hatte, musste ich plötzlich scheißen, also habe ich die Tür aufgeschlossen, während du im Fahrstuhl hochgefahren bist, bin dann scheißen gegangen und das Ergebnis kannst du jetzt sehen. Nicht das des Scheißhaufens, meine ich, sondern deines versuchten Eindringens ins Appartement. Was hältst du davon, Sherlock?«

»Absolut genial, Watson, absolut genial! Wenn ich jetzt den Hockeyschläger entfernen darf, der sich mir ins Skrotum gegraben hat, könnte ich vielleicht dein verdammtes Appartement betreten.«

Wenn man erst das ganze Durcheinander hinter sich gelassen hatte, konnte ein Streifzug durch Ratsos kleines Appartement durchaus eine Bildungsmaßnahme sein, vor allem, wenn die Interessensschwerpunkte auf Pornographie, Jesus, Bob Dylan oder Hitler lagen. Im Moment lief tatsächlich gerade ein ziemlich derber Porno auf einem von Ratsos vielen Fernsehern, der Ton war glücklicherweise leise gestellt. Eine lebensgroße Statue der Jungfrau Maria sah ebenfalls in stoischem Schweigen zu. Auf dem Küchentresen stand neben den Überresten von geliefertem chinesischem Essen, das dort schon mehrere Wochen verbracht haben musste, ein großer geflochtener Korb voller kleiner schwarzer Puppenköpfe, alles Brüder und Schwestern des Puppenkopfs, der gegenwärtig auf dem Kaminsims in der 199B Vandam Street residierte. Der Korb war so auffällig positioniert, dass man meinen konnte, sein Inhalt seien Äpfel für Marsmenschen. Nicht, dass viele Erdlinge in Ratsos Gemächer kämen. Ich vermute, er glaubt, dass zu viele Besucher ein Sicherheitsrisiko darstellen könnten. Und dann gab es da noch die Bücher – Regale über Regale, die jeden Blickwinkel und Aspekt der jeweiligen Leben von Hitler, Jesus und Bob Dylan beinhalteten. Ich fragte mich, welche Gemeinsamkeit die drei hatten. Wahrscheinlich nur die, dass Larry »Ratso« Sloman sie hingebungsvoll sammelte.

»Ich sehe schon, das Mägdlein ist diese Woche nicht gekommen«, sagte ich, als mein Blick auf Ratsos alte unehrenhafte Couch mit den Spermaspuren fiel. »Oder hast du sie getötet und direkt zu deinem Herren gebracht?«

»Sie kam ganz gut«, sagte Ratso mit einem gewissen Maß an Stolz, »direkt da auf dem Sofa.«

Ich konnte kaum glauben, dass ich einmal dieses schmutzige, heruntergekommene Sofa mein Zuhause genannt hatte. Es war allerdings noch schwieriger zu glauben, dass Ratso der Mann war, den das Schicksal als meinen Dr. Watson gewählt hatte. Trotzdem hatte er auch viele gute Eigenschaften, von denen mir gerade keine einfiel während ich ihn ansah, wie er so in seinem grünen Pyjama mit den Dollarzeichen darauf inmitten seines kranken, versauten, kleinen Appartements stand. Du sollst keinen Menschen nutzlos nennen, dachte ich.

»Lass uns zum Geschäftlichen übergehen, Sherlock«, sagte er schließlich. »Wo ist das Gebäck?«

Nach einem äußerst zivilisierten kontinentalen Tee- und Gebäckbrunch in Ratsos armseligem Quartier, hatte ich meine grobe Einschätzung, welchen Wert der Mann für die weiteren Ermittlungen hatte, nach oben korrigiert.

Er war vielleicht nicht nur mit dem Leben auf der Straße etwas zu vertraut, sondern kannte auch noch jemanden, der im selben Gebäude wie eines der beiden Opfer wohnte. Für einen Privatdetektiv, besonders einen Amateur wie mich, war das wie ein Vogelnest auf dem Boden. Die Cops konnten jederzeit und überall einfach so durchwalzen, aber sogar ein lizenzierter Privatdetektiv hatte Probleme, die Freunde, Nachbarn und Verwandten der Toten zu befragen.

Du sollst keinen Menschen nutzlos nennen, dachte ich, während Ratso und ich die Prince Street in Richtung des neuesten Tatorts entlang liefen. Appartements wechseln in New York schnell die Hände und der Mord hatte vor über einer Woche stattgefunden, es war also durchaus möglich, dass die ganze Angelegenheit trotz Ratsos Kontakt in dem Gebäude schon wie ausradiert wäre. Zum jetzigen Zeitpunkt konnte die Wohnung des Opfers bereits gereinigt, gestrichen und von irgendeinem Mitglied einer weit verzweigten pakistanischen Familie oder Will und Grace bewohnt sein.

»Wie heißt dein Freund noch mal?« fragte ich, während wir den Gehsteig entlang liefen.

»Harry Felcher. Er ist Performance-Künstler.«

»Findest du nicht, wir sollten ihn anrufen und fragen, ob er überhaupt zuhause ist?«

»Er ist ein Geschöpf der Nacht. Tagsüber ist er immer zuhause. Er ist ein bisschen wie du, Sherlock. Vielleicht etwas exzentrischer.«

»Das ist unmöglich, Watson.«

»Nicht unbedingt. Er hat als Frauendarsteller angefangen, in letzter Zeit scheint allerdings eine Überidentifikation mit seinem Studienobjekt statt gefunden zu haben. Mittlerweile glaubt er wirklich, er sei Nina Simone oder Billie Holiday.«

»Er ist also schwarz?«

»Nein. Er ist so verdammt weiß wie peruanisches Marschierpulver.«

»Geht etwas weit, oder, Watson? Wie kommt er damit klar, nicht schwarz zu sein?«

»Genauso, wie er damit klar kommt, keine Vagina zu haben«, sagte Ratso, als er an der Ecke links abbog.

Das Gebäude selbst wirkte wie die Art von Bau, in dem kürzlich ein Mord stattgefunden haben könnte. Ich glich die Adresse mit Rambams Ausdruck ab. Das war das Haus, soweit so gut. Aber das hätte man auch ohne den Ausdruck gewusst. Alles was man dazu brauchte, war ein gewisses Maß an angeborener Sensibilität. Es war so, wie die Augen einer Person, von der man wusste, dass sie tot war, auf einer Fotografie anzuschauen.

»Ich klingel bei Harry, Sherlock«, sagte Ratso, während er über die Straße lief.

»Prima, Watson, prima.«

Innerhalb von Sekunden ging der Summer und wir fuhren in einem kleinen Fahrstuhl, der erträglicher roch als der in Ratsos Haus, in den vierten Stock. Natürlich macht kubanischer Zigarrenrauch alles besser. Harry Felcher traf uns am Fahrstuhl. Er trug einen knallrosa Kimono und jede Menge Lippenstift und Make-up. Er sah aus wie eine tote Diva, womit ich vielleicht nicht ganz daneben lag, denn wir kamen sofort in den Genuss der ersten Zeilen von »Over the Rainbow«, während er uns in sein Boudoir führte.

Soweit das überhaupt sein konnte, war der Raum noch bizarrer als Harry. Er sah aus wie ein Miniatur Neondschungel mit Schaufensterpuppen, Perücken und hochhackigen Stilettos, Unterwäsche jeder nur vorstellbaren Art, einfach alles, was ein netter jüdischer Junge aus New York in seinem Appartement so brauchte. Altmodische, irgendwie ziemlich gespenstische Ballsaalmusik lief auf einem echten Victrola-Phonographen. Alles roch nach abgestandenem Parfüm.

»Schöne Wohnung«, sagte Ratso.

»Uns gefällt sie«, sagte Felcher.

Wer »uns« war, war nicht ganz klar, da es keinerlei

Anzeichen gab, dass noch eine weitere Person das kleine Appartement bewohnte. Ratso, der sich sozial weniger anmutig verhielt als ich, stellte die Frage als Erster.

»Uns?« fragte er.

»Mir und Judy«, sagte Felcher.

Für einen Moment oder auch zwei füllte ein unbehagliches Schweigen den Raum. Es wurde von Felcher gebrochen, der zu tanzen und zu singen anfing: »If tiny little bluebirds fly ov-er the rainbow, why, oh, why can't I?« Ratso und ich spendeten ihm schuldbewusst eine Runde leichten Applaus. Dann war es schon halb nach, um endlich zum Geschäft zu kommen.

»Letzte Woche wurde in diesem Gebäude ein Mord verübt«, sagte Ratso, »kanntest du das Opfer?«

»Das Opfer?« fragte Felcher.

»Das Opfer«, sagte Ratso verärgert. »Don Rossetti?«

»Ich kannte Don und seine Frau Celeste«, sagte Felcher, wobei er seine schauerliche Judy Garland Stimme und Manierismen beibehielt.

»Irgendeine Idee, wer ihn umgebracht hat?«

»Nein, nein Nanette!« ejakulierte Felcher. »Ich denke nicht gerne über solche Dinge nach.«

»Niemand denkt gerne über solche Dinge nach«, sagte Ratso, etwas geduldiger, »außer Sherlock natürlich.«

»Schön, Watson, schön«, murmelte ich.

Jetzt waren wir wirklich auf einem Narrenschiff, dachte ich. Da waren Ratso und ich, die Sherlock Holmes und Dr. Watson spielten und diesen Harry Felcher interviewten, der, um es mal vorsichtig auszudrücken, Judy Garland spielte. Vielleicht spielte auch keiner von uns irgendwas. Vielleicht war dies das wahre Leben. Vielleicht war das einzig Reale der Typ, der in diesem Gebäude gestorben war.

»Rossetti steht nicht auf dem Klingeltableau«, sagte Ratso. »Weißt du, welches ihr Appartement hier ist?«

»Aber natürlich«, sagte Felcher mit einem hochtheatralischen Schwung seines Arms. »Direkt den Gang runter.«

»Sag uns alles, was du über sie weißt«, sagte Ratso. »Das ist wichtig, Judy. Ich meine Harry.«

»Ich höre auf beides«, sprudelte Felcher. »Tja, was soll ich sagen. Sie waren ein komisches Paar. Sie war Tänzerin und wie alle Tänzerinnen war sie ein Tollpatsch. Sie brach sich ständig einen Finger oder einen Arm oder fiel die Treppen runter und hatte eine Gehirnerschütterung.«

An diesem Punkt sah Ratso mich wissend an. Felcher bemerkte das in seiner totalen Selbstfixierung natürlich nicht. Er plapperte weiter, was mir nur recht war. Ich habe es schon immer genossen, wenn Judy Garland-Imitatoren einer Welt, die gar nicht erleuchtet werden möchte, die Wahrheit, wie sie sie sehen, sagen.

»Don war so ein stiller Typ, der ständig vor sich hinbrütete. Hat nicht viel gesagt, trotzdem hatte er etwas Merkwürdiges an sich, man fühlte sich in seiner Gegenwart unwohl. Aber Celeste war ein Engel. Sie ist ein paar Wochen bevor es passiert ist ausgezogen. Keine Ahnung warum. Mittlerweile ist sie aber wieder zurück und räumt das Appartement aus. Ich glaube jedenfalls, dass sie das gesagt hat.«

Dieses Mal sahen Ratso und ich uns an. Den Gang runter war möglicherweise die Frau, die der hart gesottene Computer übersehen hatte, was bedeutete, dass die Cops sie ebenso gut übersehen haben könnten. Don Rosettis sauberer Leumund war im Begriff ein kleines bisschen schmutziger zu werden. Aber das war nur eine Vermutung. Wenn man im Appartement eines komplett aufgebrezelten Judy Garland-Imitators stand, war die ganze Welt unweigerlich eine Vermutung.

»If tiny little bluebirds fly...« fing Felcher wieder an. Aber dieses Mal unterbrach Ratso ihn ziemlich abrupt.

»Hör auf, Judy«, sagte er, freundlich, aber bestimmt. »Ist Celeste im Augenblick im Appartement des Toten?«

»Es ist Nummer-4C-rechts«, sang Judy, wobei sie genau der Melodie folgte.

Dann endete sie mit einem Tusch und drehte in dem

kleinen, voll gestopften, Fetisch überladenen Wohnzimmer eine ungestüme Pirouette. Ratso und ich standen phlegmatisch daneben und beobachteten sie mit den Augen von Männern, die mit ansehen, wie ein Spielzeugzug zu Bruch geht.

»Why – oh – why – can't – I?« sang sie mit einer fast unheimlichen Ähnlichkeit zum Original.

Vielleicht war sie so dicht am Original, wie jeder von uns jemals kommen konnte.

»Ich glaube, wir haben, was wir brauchen, Watson«, sagte ich.

19

Celeste Rosetti war, wie wir feststellten, nicht nur zuhause, sie war auch sehr offen und entgegenkommend, was Informationen über den ihr entfremdeten Ehemann anbelangte, der ihr natürlich seit seinem Tod noch stärker entfremdet war. Sie sagte, sie habe Verwandte außerhalb des Bundesstaats besucht und daher noch nicht mit den Cops gesprochen. Anlässlich dieser Offenbarung schenkte Ratso mir einen langen, bedeutungsvollen Blick, fast wie ein Geliebter. Das ärgerte mich verständlicherweise, denn er telepathierte der Interviewten einen totalen Scheiß, der den ganzen Vorgang schneller entgleisen lassen konnte, als Gott Wal-Marts erschuf. Ich ignorierte Ratso und versuchte Celeste zu fokussieren. Sie war eine attraktive und intelligente Frau und nach meinem Dafürhalten eine gute Kandidatin für eine Missbrauchsbeziehung. Es dauerte auch nicht lange, bis sie meine Vermutungen bestätigte.

Don Rosetti war zuckersüß gewesen, so lange er sie noch umworben hatte, aber nach der Heirat hatte er seinen Job bei der Stadt verloren und von da an schienen die

Dinge für sie sauer zu werden. An diesem Punkt begann sich die dunkle Seite ihres Mannes zu zeigen.

»Ich habe gehört, du bist Tänzerin«, meldete sich Ratso zu Wort, »welche Art von Tanz?«

»Ich liebe alle Arten von Tanz«, sagte sie. »Im Moment tanze ich nicht allzu viel, nach der Heirat und dem Albtraum, der mit Don passiert ist. Aber ich fange wieder an. Ich habe sehr moderne, experimentelle Sachen gemacht.«

»Schon mal von Winnie Katz gehört?« beharrte Ratso.

»Das glaub ich nicht!« rief Celeste. »Ich hab eine Weile bei ihr Unterricht genommen.«

»Ich auch«, sagte Ratso.

»Natürlich ist Don eingeschritten und hat mich dazu gebracht aufzuhören«, sagte Celeste kläglich.

»Genau das ist mir auch passiert«, sagte Ratso.

»Dein Mann hat gesagt, du sollst aufhören?« fragte Celeste Ratso und blinzelte mir dabei auffällig zu.

»Nein«, sagte Ratso, eine Spur Bitterkeit schwang dabei mit. »Winnie hat mich rausgeschmissen.«

Ich habe schon seit langem die Amateurprivatdetektivtheorie, dass Schauspielerinnen, Models, Sängerinnen, Performancekünstlerinnen und Tänzerinnen Magnete für Männer sind, die sie missbrauchen. Ich bin mir nicht sicher, ob es daran liegt, dass sie Halt suchen oder dass sie es irgendwie gut ertragen. Aber Judy Garlands Beschreibung von Celestes Verletzungen und die Tatsache, dass sie Tänzerin war, und die Tatsache, dass ihr Mann in einem Zug mit drei nachweislichen Frauenmissbrauchern ermordet worden war, reichten mir, um direkt zum Punkt zu kommen.

»Hat dich dein Mann körperlich missbraucht, Celeste?« fragte ich nicht unfreundlich.

»Oh Gott, ja!« antwortete sie sofort. »Und wie.«

Ratso grinste nun breit, eine Reaktion, die dem, was gerade vor sich ging, überhaupt nicht angemessen war. Bei Ratso war das, was man sah, natürlich auch das, was man bekam. Er war der perfekte Dr. Watson, absolut frei von jeglicher Falschheit. Ich würde mit ihm darüber reden müssen, dass er sich in Zukunft stärker darum bemühte, ein Poker-Face aufzusetzen.

»Was hast du unternommen?« fragte ich.

»Ich habe daran gedacht, zur Polizei zu gehen, aber dann bin ich im Biosupermarkt einem Psychiater begegnet. Ein sehr netter und verständnisvoller Mann namens Dr. Goldfine. Ich hatte Termine bei ihm und dann hatte ich Termine mit ihm, wenn du verstehst. Und sobald ich hier fertig bin, ziehe ich bei ihm ein.«

Ratso hatte jetzt einen Gesichtsausdruck, den man nur als anzüglich beschreiben konnte. Es war für einen Psychoheini zwar etwas unprofessionell, eine seiner Patientinnen zu bumsen, aber vermutlich passierte das ständig. Manchmal hatte sogar ein Privatdetektiv Glück.

»Gut«, sagte ich, »ich glaube, wir haben alles. Du hast keine Ahnung, wer deinen Mann getötet hat?«

»Keine«, sagte sie und begann Geschirr in einen Karton zu stapeln.

»Dann wünschen wir dir und Dr. Goldfine für die Zukunft alles Gute«, sagte ich.

»Danke«, sagte sie, »nächste Woche machen wir eine Kreuzfahrt auf Hawaii.«

»Ich denke, wir haben alles, Watson«, sagte ich.

20

Auf eine gewisse Art machten wir nur Beinarbeit, hoben die Stücke des Puzzles auf, die die Cops und der hart gesottene Computer womöglich übersehen hatten. Realistisch gesehen waren wir nicht näher dran, den Fall zu lösen oder den Mörder zu identifizieren als vorher, aber plötzlich hatte sich uns eine Art Versprechen eröffnet. Wenn die Cops Celeste übersehen hatten, was hatten sie sonst noch übersehen? Das NYPD hatte die Mittel und das Personal, klar, aber es war weit davon entfernt, unfehlbar zu sein. Ich war mir mittlerweile ziemlich sicher, dass der Ansatz mit dem Missbrauch betreibenden Ehemann oder Freund auch auf das fünfte Mordopfer zutreffen würde, genauso wie bei den vier vorangegangenen. Fünf von fünf würde unleugbar ein Motiv für diese manische Mordserie abgeben. Und ein Motiv war ein ebenso guter Ausgangspunkt wie alles andere.

Ich beschloss, Ratso nicht über seine Tischmanieren während der Interviews zu belehren. Der Erfolg mit Celeste Rossetti hatte ihm totalen Auftrieb gegeben und, um ganz aufrichtig zu sein, ich war ebenfalls ein wenig überrascht, wie einfach es gewesen war. Eigentlich hätten wir den Tatort des einzigen noch verbliebenen Opfers gar nicht überprüfen müssen, aber ich vermute, wir waren einfach in Gang gekommen. Es handelte sich um das jüngste Opfer, den Typ aus Chelsea, den die Polizei mit einer Stricknadel, die durch die Nase ins Gehirn gerammt war, gefunden hatte. Ich hatte keinen Zweifel daran, dass wir etwas Dunkles und Böses finden würden, das im Vorleben des Opfers lauerte. Aber während die Dinge weiter voranschritten, wurde sogar ich aus heiterem Himmel von dem getroffen, was wir bald entdecken sollten.

Es war schon später Nachmittag, als wir in Chelsea ankamen, wobei Ratso das starke Bedürfnis hatte, in Chinatown eine Lunchpause zu machen. Ich sagte ihm, wir würden, vorausgesetzt wir kämen in das Gebäude, den fünften Tatort ganz schnell abarbeiten. Anschließend würden wir nach Chinatown gehen und unser nächstes Amüsement planen. Das Gebäude sah genauso wie alle anderen in der Straße aus. Man hätte nicht geglaubt, dass noch keine Woche vergangen war, seit einem Typ genau in diesem Haus eine Stricknadel in den Kopf gerammt worden war. Aber manchmal bleibt eine Tat auf unmerkliche, kaum spürbare Weise am Tatort.

Auch hier hatten wir Glück. Der Name des Typen stand

auf dem Klingeltableau: Jordan Skelton. 6E. Wir wussten natürlich nicht, ob jemand antworten würde. Könnten schon neue Mieter sein. Könnte der Geist eines Mannes mit einer Stricknadel in seiner Medulla oblongata sein. Könnte auch keiner zuhause sein. Du schmeißt den Würfel und spielst ihn, wenn er liegt.

Ich drückte auf die Klingel. Nichts passierte. Ich klingelte erneut. Wir warteten einen Augenblick und dann klingelte ich ein drittes Mal. Nichts. Also drückte ich auf andere Klingeln des Gebäudes. Einen Moment später summte der Türöffner.

Wir gelangten in die Lobby, nur um festzustellen, dass der Fahrstuhl außer Betrieb war. Also stiegen Ratso und ich in den sechsten Stock hoch, währenddessen wir wahrhaftig zu verstehen begannen, woher der Begriff »Beinarbeit« wirklich stammte. Vielleicht hätten wir das hier vom Deli aus in Angriff nehmen sollen. Auf der anderen Seite lässt ein guter Privatdetektiv kein Detail unerforscht, keinen Zeugen unbefragt, keine Straße unbefahren. Manchmal verfolgst du eine Ermittlung, manchmal scheint die Ermittlung dich zu verfolgen. Aber jede dieser beiden Möglichkeiten kann extrem ermüdend sein.

Es war kein Problem, Jordan Skeltons ehemaligen Wohnsitz zu finden. Wir gingen den verlassenen Flur bis zur 6E hinunter. Keinerlei Anzeichen irgendwelcher Aktivität. Keine polizeilichen Geschenkbandtatortabsperrungen. Wir klopften an die Tür. Kein Geräusch aus dem Appartement war zu hören. Keiner ging an die Tür. Keine Geräusche auf dem Gang, außer Ratso der mir ins Ohr quengelte, *jetzt* nach Chinatown gehen zu wollen. Das hätte sehr wohl das Ende sein können, aber der Herr befahl mir, hartnäckig weiter an eine der Himmelstüren zu klopfen. Ich lauschte noch mal, dieses Mal etwas intensiver, und wusste, dass ich vom alten Gott der Hebräer entweder gesegnet oder verflucht worden war. Das würde die Zeit natürlich zeigen. Unterdessen konnte ich erstickte Geräusche von drinnen hören.

»Ja?« sagte eine zaghafte weibliche Stimme. »Wer ist da?«

»Richard und Larry«, sagte ich. »Freunde von Jordan. Wir wollten nur sehen, ob es irgendwas gibt, was wir tun können. Können wir reinkommen?«

Geräusche einer Kette, die von der Tür abgenommen wird. Die Tür öffnet sich. Eine trauernde, geisterhafte Erdbeerblonde steckt ihren schönen Kopf in den Gang hinaus. Kein Make-up. Nichts außer Courage und Glorie.

»Ich wusste gar nicht, dass Jordan Freunde hatte«, sagte sie.

»Männerrunde«, sagte ich. »Wahrscheinlich hat er es nicht erwähnt.«

»Das übliche«, warf Ratso ein, »Hockey, Poker, Basketballkorbwerfen, ab und an Bowlingabende.«

»Das klingt nicht nach Jordan«, sagte sie. Ich verspürte den Drang, Ratso eine Stricknadel ins Gehirn zu rammen.

»Manchmal wissen wir nicht alles von den Menschen, die wir glauben am besten zu kennen«, sagte ich. »Wie heißen Sie?«

»Heather«, sagte sie, und ließ die Tür offen, damit wir ihr in den Raum folgen konnten. »Heather Lay.«

Sie ging mit einer geformten Grazie, eine geordnete kleine Gestalt, wie ein Vogel erfüllt von einer Gottgegebenen Sicherheit, dass er sicher durch den Sturm fliegen konnte. Wir folgten ihr ins Wohnzimmer und setzen uns aufs Sofa.

»Ihr seid meine ersten Besucher, seit die Polizei hier war, sagte sie, eine einfache Tatsache. »Also macht es euch gemütlich.«

Also hatten die Cops sie offensichtlich befragt, und Jordan Skeletons Hintergrund war bestenfalls immer noch ein Fragezeichen, zumindest was den hart gesottenen Computer anbelangte. Heather Lay war smart, das war offensichtlich. Smart und tapfer und stark. Ich stellte fest, dass ich sie dafür bewunderte, dass sie scheinbar dazu in der Lage war, sich Churchhills Credo zu eigen zu machen: »Wenn du durch die Hölle gehst, lauf weiter.« Aber das ist zweifelsohne leichter gesagt als getan.

»Ich sag euch mal, was ich jetzt tun werde«, sagte Heather, »ich mache Tee für uns.«

»Nur keine Umstände«, sagte ich, »wir sind nur...«

»Das macht gar nichts«, sagte sie, »eigentlich habe ich Lust dazu. Ihr beide scheint sehr nett zu sein und ich würde gerne etwas über Jordan hören.«

Ratso verdrehte fast noch in Sichtweite der Frau die Augen und als sie in die Küche ging, machte er mit der Hand eine unbestimmte Masturbationsgeste. Ich musste zugeben, dass das ein Problem werden könnte. Sollten wir uns auf eine Ebene mit der armen Frau begeben und dabei riskieren, ihr Vertrauen zu verlieren? Oder sollten wir ihr einfach weiterhin etwas vorschwindeln, genau wie die meisten von uns das die meiste Zeit ihres Erwachsenenlebens tun. Ehrlichkeit mag manchmal die beste Politik sein, aber im Zweifelsfall spiel einfach etwas vor, und genau das wollten wir tun. Wenn wir Heather dazu brächten, über Jordan zu sprechen, würde sie, so hofften wir, gar nicht merken, dass wir den Typ nicht einmal erkannt hätten, wenn wir über ihn gestolpert wären, was jetzt natürlich nicht mehr möglich war, da er unter der Erde lag. Das war jedenfalls der Plan und irgendwie funktionierte er.

Die Dinge plätscherten die nächsten zehn Minuten so vor sich hin, wobei Heather immer wieder in die Küche ging und Bemerkungen über die Sachen machte, die sie an Jordan gar nicht gekannt hatte, während Ratso, der sich für seine neue Rolle als Jordans Freund erwärmt hatte, der trauernden Freundin immer wieder einen Krümel hinschmiss. Schließlich schien er sich dermaßen exponiert zu haben, dass es mir an der Zeit schien, einzuschreiten. Ich berief mich auf die Tatsache, dass es, genauso wie es viele Dinge gab, die Heather nicht von ihrem verstorbenen Freund wusste, sicherlich auch einige Sachen gab, die Richard und Larry nicht von ihm wussten. Vielleicht könne sie uns etwas über die andere Seite von Jordan Skelton erzählen. Ich hoffte, dies würde den dualen Effekt haben, Ratso dazu zu bringen, die Klappe zu halten und Heather anzuspornen, sich ein wenig zu öffnen.

»Jordan ist immer missverstanden worden«, sagte sie. »Er war eigentlich ein Genie, aber er ist immer aus seinen Jobs geflogen. Er hat so hart gearbeitet, aber seine Chefs haben das gar nicht anerkannt. Er hat alles versucht, der Ärmste. Niemand hat ihm je eine echte Chance gegeben. Seine Familie nicht, seine Ex-Frau nicht. Er dachte, alle seien gegen ihn. Er hatte einfach kein Glück. Er hat sich so bemüht, der Ärmste.«

Ich habe schon seit längerem die Theorie, dass Frauen, die ihre Typen mit »der Ärmste« bezeichnen, ihre Männer eigentlich nicht allzu gut kennen. Außerdem rezitierte Heather ihre Zeilen über den lieben Dahingeschiedenen fast wie eine der *Frauen von Stepford*. Sie sollte es aber besser wissen. Als sie mir eine Tasse Tee brachte, konnte ich das Gesicht eines Engels aus allergrößter Nähe sehen. Ihre Augen schienen nur darauf zu warten, anzufangen zu funkeln. Trotzdem waren ihre Worte typisch für die einer missbrauchten Frau gewesen, die das wahre Wesen ihres Mannes verleugnet. Sie war smart, schön, gefühlvoll und jeder meiner Instinkte sagte mir, dass dieser Typ ziemlich übel mit ihr umgegangen war. Ich fragte mich, warum Drecksäcke, um eines von Rambams Lieblingsworten zu benutzen, so oft so wunderbare Frauen wie Heather hatten. Lag es an etwas in der Natur der Frau? Oder lag es an etwas in der Natur des Mannes?

»Aber um auf deine Frage nach Jordans ›anderer Seite‹ zurückzukommen – Scheiße, ich weiß nicht...« sagte Heather kläglich, während wir alle unseren Tee nippten. »Ich versuche seit zwei Jahren, endlich die Augen aufzumachen und meinen Arsch hochzukriegen, die Wahrheit ist also, dass ich nicht weiß, welche Seite überwiegt.«

Diese Bemerkung ließ die kleine Teeparty aufhorchen. Mir zeigte sie jedoch eine Stärke und Entschlossenheit, die Heather zweifellos während der meisten Zeit ihrer Beziehung mit dem Drecksack vor der Tür hatte parken müssen. Trotzdem waren es genau diese Eigenschaften, die sie davor bewahrt hatten, zu einer total gebrochenen Frau zu werden und die hoffentlich bald dazu beitragen würden, dass sie wieder in Ordnung kam und mit ihrem Leben weitermachen konnte.

»Ich nehme mal an«, sagte ich, »das bedeutet, dass er dir physischen Schaden zu gefügt hat?«

Heather, die, wie ich jetzt feststellte, wunderschöne Sommersprossen hatte, fixierte mich mit Augen, die irgendwie Blickkontakt zu meiner Seele herstellten. Sie war ganz offensichtlich, aber nicht auf unangenehme Art dabei, bei diesem Mann Maß zu nehmen. Dieser Mann war natürlich ich. Es fühlte sich überraschend gut an, von Heather fokussiert zu werden. Wie hatte eine Frau wie diese nur jemals auf so einen Drecksack hereinfallen können?

»Ich nehme mal an«, sagte sie, »das bedeutet, dass ihr nicht wirklich Freunde von Jordan seid.«

»Nein«, sagte ich, und musste ausnahmsweise keine Ernsthaftigkeit vortäuschen. »Wir sind *deine* Freunde.«

Ich kann mich nicht mehr genau an den Small Talk erinnern, der danach geführt wurde. Sie sammelte die Tassen und Unterteller wie ein kleines Mädchen ein, das Hausfrau spielt. An einer Stelle gab ich ihr meine Karte und war praktisch kurz davor, sie regelrecht anzubetteln, mich anzurufen. In der Tür wollte sie uns die Hand geben, umarmte uns dann aber beide, ein unerwarteter Zug, der Ratso überraschte und mich noch mehr, denn er trieb mir fast eine Träne ins Auge.

Während wir die Massen von Treppenabsätzen hinunterliefen und uns weiter und weiter von Heather Lay entfernten, sprachen Ratso und ich kein Wort. Tatsächlich sagte keiner von uns etwas, bis wir wieder auf der Straße standen. Auf dem ganzen Weg nach unten waren wir beide in unserer kleinen Welt gewesen, als hätten wir die Synagoge oder Kirche nach einer Hochzeit verlassen, oder den Friedhof nach einer Beerdigung. Soweit ich wusste, hatte Ratso über Chinatown nachgesonnen. Ich für meinen Teil hatte darüber nachgesonnen, wie man Heather Lays Augen wieder ein wenig zum Funkeln bringen konnte.

»Glaubst du, sie ruft an?« fragte Ratso schließlich.

»Das bezweifle ich«, sagte ich. »Zu stolz.«

»Was mich interessieren würde ist«, sagte Ratso, »wie kann es eine so stolze Frau zulassen, dass sie missbraucht wird?«

»Genauso«, sagte ich, »wie ein tapferer Mann sich fürchten kann.«

21

Die Tage flogen vorbei wie Doppeldecker und die Nächte wie faule Glühwürmchen. Ich fühlte mich irgendwie leicht und entspannt, was ich darauf zurückführte, Heather Lay begegnet zu sein. Nicht dass ich erwartete, sie oder ihre glorreichen Sommersprossen jemals wieder zu sehen, aber allein das Wissen, das es jemanden wie sie auf dieser Welt gab, der sechs Stockwerke hoch neben einem defekten Fahrstuhl wartete, verlieh meiner verrückten Existenz die nötige Zuversicht. Jetzt war es nicht mehr einfach die Kerze an beiden Enden anzünden; jetzt war im wächsernen Antlitz dieser eingebildeten Kerze etwas, das ich noch nie zuvor gesehen hatte: ein Schimmer Hoffnung.

Ich war mir ziemlich sicher, dass Heather, obwohl sie verbal nicht so viel Aufhebens darum gemacht hatte, missbraucht worden war. Sie war mir wie ein Rohdiamant erschienen, und das Rohe war vermutlich wirklich roh. Was ich in ihr sah war die rohe, edle Menschlichkeit, die übrig blieb, wenn man alles andere verloren hatte. Wie schon Oscar Wilde gesagt hatte: »Was das Feuer nicht zerstört, wird gehärtet.« Aber trotzdem, sie war nicht hart. Sie war eine Frau, die zu einer schönen, dunklen Blüte gereift war, etwas was Nelson Algren als »erworbene Unschuld« bezeichnete. Nicht die Unschuld, mit der ein Baby geboren wird oder die kleine Kinder häufig besitzen, sondern die Unschuld einer Frau, die man viele Male krankenhausreif geprügelt hatte, ganz zu schweigen von den subtileren und viel tödlicheren, seelenaushöhlenden Erfahrungen, die für ein Missbrauchsverhältnis typisch sind. Die mutige Unschuld einer Frau, die einen schlechten Mann verloren hat, den sie geliebt hat und die jetzt weiterleben muss. Und wenn Heather das nach all den Herzschmerzen, Enttäuschungen und Tragödien, die ihr das Leben geschickt hatte, schaffte – wenn Heather das schaffte, dann konnte ich das auch.

Also wirf noch einen Juden ins Feuer. Wärme deine Hände, die von den gebrochenen Fingern des Lebens gezeichnet sind. Wenn die Unschuld, mit der du geboren wurdest verschwunden ist, ist das, was noch übrig ist, wert es zu behalten.

Zur Hölle, dachte ich, als ich eines Morgens einen Espresso in dem spröden Sonnenlicht schlürfte, das schräg durchs Küchenfenster fiel, ich wünschte, die Katze wäre hier zum Reden. Sie war so eine großartige Gesellschafterin! Sie fing nie Streit an. Sie hörte nie mit etwas anderem als ihrem Herzen zu. Sie tat nie so, als sei sie interessiert, wenn sie es nicht war. Sie sagte nie irgendeinen verdammten Scheiß. Die Menschen konnten eine Menge von Katzen lernen. Vermutlich konnten sie sogar eine Menge von Mistkäfern lernen. Wenn man genauer darüber nachdachte, waren wir alle Novizen des Lebens, und mit all unseren Erfahrungen wurden wir kaum erfahrener. Oder vielleicht wurden wir auch erfahrener, aber kaum weiser. Ich war weise genug, um letztendlich zu realisieren, dass die Katze nun an einem besseren Ort war. Unabhängig davon, ob das eine weit entfernte Mülltonne oder jenseits des Regenbogens war. Ich wusste, sie war auf den Füßen gelandet. Jetzt war es an mir, dasselbe zu tun.

Ich nahm eine Epikur Nummer 2 aus Sherlocks Kopf, knipste das Ende mit einer im Laufe der Jahre durch häufige Praxis erworbenen Leichtigkeit ab und bereitete ihre Entzündung vor. Ich riss ein Küchenstreichholz kräftig an meinen Stiefeln an und machte sie damit an. Scheiße, ich war so gut darin, ich hätte es im Schlaf tun können, wäre da nicht die offensichtliche Brandgefahr. Ich lehnte mich im Sessel zurück und wollte gerade anfangen, den Rauch nach oben in Richtung lesbische Tanzschule zu blasen, als mir klar wurde, dass sie gar nicht da war. Scheiße, scheiße, es gab eine Menge Dinge, die nicht mehr da waren. Die Jahre waren vorbei gerutscht wie junge Frauen über mein Gesicht.

Dergestalt war die Natur meiner weltlichen und nicht weltlichen Gedanken, als ich vom Klingeln der beiden roten Telefone unterbrochen wurde. Ich paffte ein paar Mal existenziell an der Zigarre und nahm dann den linken Hörer auf.

»Schieß los«, sagte ich.

»MIT! MIT! MIT!«

»Mit wem spreche ich bitte?«

Offensichtlich war es McGovern. Offensichtlich gab es irgendein Problem irgendeiner Art. Ich paffte noch mal geduldig an der Zigarre.

»Sitzt du gerade?« fragte er.

»Nein. Ich hänge kopfüber von meinem umgedrehten Tisch. Was ist so verdammt wichtig?«

»Ich dachte nur, es würde dich interessieren, dass der Mörder gestanden hat.«

22

McGovern hatte zwar noch ein bisschen mehr, aber es war nicht die Welt. Laut seiner Quellen im Bullenbüro hatten sie eindeutig den Mörder in Haft. Der Typ hatte ein schriftliches Geständnis unterzeichnet und die Cops waren überzeugt davon, den richtigen Mann zu haben, obwohl McGovern seinen Namen bislang noch nicht kannte. Aber sobald die Nachricht im Village eingeschlagen hatte, würde es einen langen kollektiven Seufzer der Erleichterung geben. Das war natürlich verständlich, aber etwas vorschnell. Es ist ein weit verbreiteter Irrglaube, Unschuldige würden keine Verbrechen gestehen, die sie nicht begangen hätten. Diese Ansicht ist schlichtweg falsch. Falsche Geständnisse sind tief in der Natur des Menschen verwurzelt. So haben zum Beispiel mehr als zweihundert Menschen gestanden, das Lindbergh Baby gekidnappt zu haben. Die Cops hatten in dem berühmten Fall der Schwarzen Dahlie im Los Angeles der späten 40er Jahre über dreißig unterschriebene, schriftliche Geständnisse. In diesem Fall, der Ermordung und Verstümmelung der Schauspielerin Elizabeth Short, ist der wahre Täter bis heute nicht bekannt. Dann gibt es da noch die gut dokumentierte Zeit, in der der feige Krautfresser Himmler glaubte, seine Lieblingspfeife verloren zu haben. Er fand sie schließlich auf dem Sitz seines Lasters wieder, wo er sie vergessen hatte, aber in der Zwischenzeit hatten sechs Insassen des Konzentrationslagers schriftliche Geständnisse unterzeichnet, sie hätten sie gestohlen. Wenn ich Himmler in der Hölle treffe, nehme ich seine verdammte Pfeife und ramme sie ihm in den Arsch. Wie auch immer, auf Grund von Verhörmethoden, des Wunsches nach dem verdammten Lächeln der Zustimmung auf dem verdammten Gesicht des verdammten

Cops, des Ehrgeizes, die uns zustehenden fünfzehn Minuten der Scham zu bekommen, oder der Tatsache, dass viele von uns einen Scheiß darauf geben, ob wir leben oder sterben, so lange wir einen guten Tisch im Restaurant bekommen, ist eine unchristliche Anzahl falscher Geständnisse in Umlauf gekommen. DNA-Tests beweisen jeden Tag, dass dies der Fall ist.

Ich bin kein katholischer Priester; ich glaube nicht an Geständnisse. Wie Sherlock Holmes glaube auch ich nur an unwiderlegbare, unleugbare, unverzeihliche Beweise. Ich ging rüber zu der großen, glänzenden Espressomaschine, zog mir noch eine Tasse heißen bitteren Espressos und begleitete sie zurück zum Schreibtisch. Ich war selbst sozusagen in heißer, bitterer Stimmung. Ich dachte an meine erste Begegnung mit Max Soffar, der seit dreiundzwanzig Jahren in Einzelhaft im Todestrakt in Texas sitzt. Ein stummer Kommentar, was ein Geständnis anrichten kann, wenn es in die gut geölte Maschinerie eines kaputten Systems gerät. Es ist eine Erinnerung daran, dass die unterste Schicht der Gesellschaft nicht die Kriminellen sind. Die unterste Schicht der Gesellschaft sind die, die die Kriminellen bewachen. Im folgenden ein paar Seiten aus dem Fallbuch des Kinksters.

Ich hatte noch nie jemanden interviewt, der im Todestrakt saß, bis zu diesem Januar als ich einen Hörer aufnahm und durch eine durchsichtige Plastiktrennscheibe die geisterhafte Spiegelung meiner eigenen Menschlichkeit in den Augen von Max Soffar sah. Max hat nicht viel Zeit, ebenso wenig wie ich, also fasse ich mich kurz und komme auf den Punkt. »Ich bin kein Mörder«, sagte er mir. »Ich will, dass die Menschen wissen, dass ich kein Mörder bin. Das bedeutet mir mehr als alles andere. Es bedeutet mir mehr als die Freiheit.«

Irgendwo auf der Strecke war sein Leben durch die Ritzen gefallen. Nachdem er in der sechsten Klasse die

Schule abgebrochen hatte, durch IQ-Tests zu einem mental retardierten Borderliner stigmatisiert wurde, wuchs er in Houston auf, wo er als kleiner Einbrecher, Idiot-Savant des Autodiebstahls und auf niedrigster Ebene als höchst erfinderischer Polizeispitzel aktiv war. Er verbrachte als Kind vier Jahre »in der Klapsmühle in Austin«, seine Worte, wo die Wärter menschliche Hahnenkämpfe anzettelten: sie sperrten zwei Elfjährige in eine Zelle, stachelten sie auf und schlossen Wetten darauf ab, welcher der beiden am Ende noch in der Lage war, aufrecht hinauszugehen. Max lief davon und seitdem ging es ziemlich steil bergab.

In den letzten dreiundzwanzig Jahren, seit seinem Geständnis, einen kaltblütigen Dreifachmord in einer Bowlingbahn in Houston begangen zu haben, ist die Polunsky Unit in Livingston, Texas die letzte Station auf seinem Weg. Er hat schon vor langer Zeit sein Geständnis widerrufen und viele Leute, einschließlich einer wachsenden Zahl von Vollzugsbeamten aus der Umgebung von Houston, glauben, er habe das Verbrechen nicht begangen. Sie sagen, er habe den Cops nach dreitägiger Befragung, bei der kein Anwalt zugegen war, nur erzählt, was sie hören wollten. Sie sagen, zumindest sei Max' Fall ein Beispiel dafür, das mit dem System etwas nicht stimmt. Oder, in den Worten meines Freundes Steve Rambam, der Max' kostenloser Privatdetektiv ist: »Ich bin kein Gegner der Todesstrafe, ich bin lediglich ein Gegner davon, dass der falsche Typ hingerichtet wird.« Ein weiterer besorgter Beobachter ist Harold R. DeMoss jr., Richter am 5. Appelationsgericht des Landes, der 2002, nachdem er Max' letzte Berufung gehört hatte, schrieb: »Ich habe nächtelang wach gelegen und mich mit den Rätseln, Widersprüchen und Unklarheiten« in der Akte gequält.

Das wichtigste dieser Kafkaesken Elemente ist die Tatsache, dass Max' Pflichtverteidiger der verstorbene Joe Cannon war, berühmt-berüchtigt, weil er manchmal während der Hauptverhandlungen zu den Kapitalverbrechen seiner Mandanten einfach geschlafen hat. Es war Cannon zwar gelungen, während Max' Verhandlung wach zu bleiben, aber er hat sich nicht die Mühe gemacht, den einzigen überlebenden Zeugen zu befragen, der Max vielleicht hätte entlasten können. Zufälligerweise sitzen zehn Männer im Todestrakt, die alle Mandanten von Cannon waren.

Dann gibt es noch einen Beweis – respektive die totale Ermangelung eines solchen. Jim Schropp, ein Anwalt aus Washington, D.C., der sich seit über zehn Jahren ebenfalls auf ehreamtlicher Basis mit Max' Fall beschäftigt, sagt, es schien alles in Sack und Tüten, als wir den Fall zunächst überprüften. »Aber je genauer wir hinsahen«, erzählte er mir, »desto weniger stimmten die Gegebenheiten mit dem Geständnis überein.« Schropp entdeckte, dass es keine technischen Beweise gab, die Max mit dem Verbrechen in Verbindung brachten. Keine Augenzeugen, die ihn am Ort des Verbrechens, geschweige denn bei seiner Ausführung gesehen hatten. Keine Fingerabdrücke. Keine Ballistik. Zwei polizeiliche Gegenüberstellungen, in denen Max durch den Zeugen nicht identifiziert wurde. Bestandene Lügendetektortests, die nun verloren gegangen waren. Schropp sagte, wenn den Geschworenen diese Tatsachen damals dargelegt worden wären, hätte keiner geglaubt, der Ankläger des Staates habe jedweden berechtigten Zweifel ausgeräumt. »Wenn man die Schichten der Zwiebel abzieht«, sagte er, »stößt man auf den fauligen Kern.«

Okay, aber was hat es mit dem Geständnis auf sich? Rambam sagt, als Max am 5. August 1980 geschnappt wurde, weil er mit einem gestohlenen Motorrad die Geschwindigkeitsbegrenzung überschritten hatte, war dies bereits das dritte oder vierte Mal, dass er wegen eines Gesetzesverstoßes verhaftet wurde, und er hatte geglaubt, er könne sich auch dieses Mal wieder herausmogeln. Die Bowlingbahnmorde hatten jede Menge Publicity bekommen und Max sah ein Phantombild des Täters, von dem er glaubte, es ähnele einem Freund und Spießgesellen. Max und der Freund hatten Stunk gehabt – sie hatten vereinbart, die Häuser ihrer Eltern auszurauben, der Freund hatte ihn sitzen lassen – und um sich also zu rächen und sein persönliches Anliegen zu befördern, hatte Max bereitwillig erzählt, er wisse etwas über die Morde. Unglücklicherweise hatte er sich, in dem Versuch, seinem Freund etwas anzuhängen, selbst am Tatort platziert und so dauerte es nicht lange, bis er zur Zielperson der Untersuchung wurde. »Die Cops kauten Max die Informationen vor und er gab ihnen was sie wollten«, sagt Rambam. »Er war eine Geständnismaschine. Hätte er geglaubt, es würde ihm helfen, hätte er auch gestanden, das Lindbergh Baby gekidnappt zu haben.« (Das Lindbergh Baby kommt echt rum.)

Das Problem ist, Max' Geständnis – tatsächlich machte er drei unterschiedliche Geständnisse – enthielt widersprüchliche Informationen. Zuerst hatte er behauptet, außerhalb des Bowlingcenters gewesen zu sein, als die Morde passierten und lediglich die Schüsse gehört zu haben. Dann hatte er gestanden, er sei drinnen gewesen und habe alles gesehen. Danach sagte er, sein Freund habe zwei Menschen erschossen und ihm dann den Revolver rüber geworfen, woraufhin er die anderen beiden erschossen hätte; es war wie eine Szene aus einem alten Western. Laut Max' schriftlichem Geständnis gab es zwei Schützen, ihn selbst und seinen Freund; das einzige überlebende Opfer, also der Zeuge, den Joe Cannon sich nicht die Mühe gemacht hat, zu befragen, sagte, es gab nur einen Schützen. Max hatte den Cops auch erzählt, er und sein Freund hätten einige Leute ermordet und sie auf einem Feld begraben. Die Cops arbeiteten mit Methangasmessgeräten und Hunden und fanden rein gar nichts. Er behauptete weiter, sie hätten mehrere Supermärkte ausgeraubt, von denen nicht ein einziger jemals ausgeraubt worden war. Das Beste war, dass Max, als die Cops ihm erzählten, es sei in der vorangegangenen Nacht im

Bowlingcenter eingebrochen worden, auch diese Tat gestand. Was er nicht wusste war, dass die Einbrecher schon verhaftet worden waren.

»Wir brauchen dieses Geständnis gar nicht«, hatte ihm der Ermittler der Mordkommission Berichten zufolge gesagt. Nachdem er das Mordgeständnis unterzeichnet hatte, fragte Max die Beamten: »Kann ich jetzt nach Hause?«

Man fragt sich jetzt, was mit dem Freund geschah. Er wurde lediglich auf der Grundlage von Max' Geständnis verhaftet, aber dann wieder frei gelassen, weil es keine Beweise gab (dieselben »Beweise« reichten aber später dazu aus, Max in den Todestrakt zu bringen). Nichtsdestotrotz sagte der Ankläger bei Max' Verhandlung den Geschworenen, die Polizei wisse, dass der Freund beteiligt war und dass man beabsichtige, ihn zur Strecke zu bringen, sobald man mit Max fertig sei. Aber das ist nie passiert und in den letzten dreiundzwanzig Jahren hat der Freund – Sohn eines Houstoner Cops – frei wie ein Vogel gelebt, zum gegenwärtigen Zeitpunkt in Mississippi, ohne dass der lange Arm des texanischen Gesetzes jemals die Hand nach ihm ausgestreckt hätte.

Warum? Gute Frage.

»Es war nicht schwer, ihn zu finden und ihm einen Besuch abzustatten«, sagt Rambam. »Ich habe seinen Namen aus dem Telefonbuch.«

Warum sollte jemand ein Verbrechen gestehen, dass er nicht begangen hat? Ein Schrei nach Hilfe? Ein drogeninduzierter Todeswunsch? Vielleicht hat es auch etwas damit zu tun, was der Dichter Kenneth Patchen einst schrieb: »Es gibt so viele kleine Tode, es ist egal welches der endgültige ist.«

Als mein Interview mit Max langsam dem Ende zuging, drückte er seine Hand gegen die Scheibe und ich machte dasselbe.

Er sagte, er würde sich wünschen, ich käme zu seiner Exekution, wenn sie denn stattfände. Ich zögerte: »Du bist so weit gekommen«, sagte ich, »warum solltest du auf halber Strecke schlapp machen?«

Ich versprach ihm, da zu sein. Ein Versprechen, das ich nicht so gerne halten würde.

23

»Du machst Witze, Sherlock«, sagte ein enttäuschter Ratso, als ich ihn anrief. »Die ganze Arbeit, die wir rein gesteckt haben, und jetzt haben die Cops den Fall geknackt?«

»Watson, Watson, Watson«, sagte ich. »Es besteht ein himmelweiter Unterschied dazwischen, einen ›Fall zu knacken‹, wie du sagst, und jemanden, der ein Geständnis ablegt. Denk dran, über zweihundert Leute haben gestanden, das Lindbergh Baby gekidnappt zu haben, obwohl das natürlich nach unserer Zeit war. Aber wenn alle diese Geständnisse wahr und richtig wären, hätte eine ganz schöne Menschenansammlung vor dem Fenster der Lindberghs gestanden.«

»Scheiß drauf«, sagte Ratso. »Lindbergh war ein Nazi.«

»Ah Watson, du triffst die Dinge direkt im Kern. Der Zug der Gedanken braucht an deinem Bahnhof nicht anhalten, mein teurer Freund.«

»Danke, Sherlock. Warum die ganze Aufregung um das Lindbergh Baby?«

»Weil ich das Lindbergh Baby *bin*. Aber im Moment bin ich damit beschäftigt, Sherlock zu sein, und ich habe allen Grund zu der Annahme, dass dieses gegenwärtige Geständnis falsch ist.«

»Du machst Witze? Woher willst du das wissen? Weißt du etwas über den Mann, der gestanden hat?«

»Noch nicht mal seinen Namen, Watson. Nicht einmal

der große McGovern, manchmal auch ›Der Schatten‹ genannt, kennt den Namen des Bekenners.«

»Wie kannst du dir dann so sicher sein, dass das Geständnis falsch ist.«

»Watson, du kennst meine Methoden. Ich bin leidenschaftlich analfixiert. Und ich lege meine Methoden prinzipiell weder Juden noch Iren offen. Wie Brendan Behan einst sagte, ›Die Juden und die Iren teilen keine gemeinsame Kultur, sie teilen eine gemeinsame Psychose.‹ Also werde ich diese Information zu diesem Zeitpunkt weder mit dir noch mit McGovern teilen. Es handelt sich um privilegierte Informationen und sie müssen so lange privilegiert bleiben, bis alles andere unmöglich ist.«

»Du bist unmöglich.«

»Watson, wenn ich dir die Überlegungen mitteilen würde, warum ich stark davon ausgehe, dass das Geständnis falsch ist, würdest du lachen und sagen, das sei so einfach, dass jeder darauf hätte kommen können. Aber es hätte eben nicht jeder darauf kommen können, Watson! Nur der große Sherlock konnte so früh in dieser Ermittlung über die Wahrheit stolpern. Und Sherlocks einsame Geheimnisse müssen Geheimnisse bleiben.«

»Blas mir den Schuh auf.«

»Ach, mein teurer Watson, dein bodenständiger Humor ist immer erhebend, sogar in der dunkelsten Stunde der Menschheit.«

»Naja, ich will einfach nicht, dass die ganze Beinarbeit umsonst war, Sherlock. Wenn du es mir nicht sagen willst, dann zapfe ich meine eigenen Quallen an. Du weißt ja, ich habe auch Quallen. Dann vergleiche ich meine Ergebnisse mit denen von McGovern. Dann schaue ich später am Nachmittag bei dir vorbei und vielleicht behandelst du deinen teuren Freund Watson dann ja etwas entgegenkommender.«

»Prima, Watson, prima.«

Ich glaube, ich habe es schon vor einer Weile erwähnt, Ratso war mittlerweile zu einem Reizstoff in meinem

Leben geworden. Weil er praktisch keinerlei Einfühlungsvermögen in einen kriminellen Verstand hatte, ging er, wie voraus zu sehen war, bei jeder sich bietenden Gelegenheit der falschen Spur nach. Wie wir alle war er ein Mann mit eingeschränkten Gewohnheiten. Unglücklicherweise war er auch ein Mann mit unangenehmen Gewohnheiten. Vielleicht liegt es auch in der Natur aller menschlichen Beziehungen. Was wir anfänglich als erfrischend betrachtet haben, wird mit der Zeit ziemlich nervtötend. Aber ich war gegenwärtig über weit mehr als nur über Ratso verärgert. Ich war davon überzeugt, dass die Cops ein falsches Geständnis erkauft hatten. Sollten sie den Fall nun als abgeschlossen betrachten, wäre das sehr bedauerlich. Es würde bedeuten, dass der wahre Mörder noch frei rum liefe.

Ich traf mich mit meinem Freund Chinga Chavin im Second Avenue Deli und zog es vor, ihn nicht mit den Einzelheiten des Falls zu belasten. Es war angenehm, sich zur Abwechslung mal mit jemand anderem außer Ratso zu treffen. Mir fielen keine kleinen Pflaster an Chingas Schläfen oder um seine Daumen auf. Das war gut. Es bedeutete, dass er sich nicht kratzte und biss wie ein Affe auf Crack. Chingas Psychoheini hatte dieses Verhalten als einen »aus dem Ruder gelaufenen Putzmechanismus« bezeichnet. Das ist fast genau dasselbe, dachte ich, was im Kopf eines Killers abläuft. Fast. Was tatsächlich abläuft, konnte nur der Mörder selbst sagen und im vorliegenden Fall bezweifelte ich ernsthaft, dass er je gestehen würde.

Es war schon fast halbfünf, als ich zurück in der Vandam Street war. Ratso saß auf der Treppe vor dem Gebäude und wirkte wie ein großer, schleimfarbener, giftiger Pilz.

»Wo zur Hölle bekommt man in New York einen schleimfarbenen Trainingsanzug?« fragte ich.

»Hadassah Thrift Shop«, antwortete er. »Willst du den Namen des Mörders wissen?«

»Des Mörders oder des armen Teufels der ein Verbrechen mit großer Öffentlichkeitswirksamkeit gestanden, aber nicht begangen hat?«

»Das NYPD glaubt, es handelt sich um ein- und denselben, Sherlock.«

»Dann liegt das NYPD falsch«, sagte ich, als ich die Tür zum Gebäude aufschloss.

Wie in Heather Lays Haus auch, funktionierte der kleine Lastenaufzug mit der einen schaukelnden Glühbirne nicht. Im Gegensatz zu dem in Heathers Gebäude, hatte dieser hier nicht mehr funktioniert, soweit ich mich zurückerinnere. Genauso wenig wie ich.

»Ein Killer, dessen Modus Operandi ist, teuflische, dramatisch inszenierte Todesschauplätze zu hinterlassen«, fuhr ich fort, während wir das düstere Treppenhaus hoch stiefelten, »begibt sich nicht ins nächste Bullenbüro und stellt sich. Weit gefehlt, Watson. Im Moment ist der Mörder sicher weit davon entfernt, Reue zu zeigen, sondern aalt sich wahrscheinlich in diesem falschen Geständnis...«

»Sherlock, du weißt doch gar nicht, dass es falsch ist! Ich hab dir noch nicht einmal den Namen des Typen gesagt. Barry Russell, übrigens. Bisher kein Strafregister.«

»Ein institutionalisierter Verstand, der sich nichts sehnlicher wünscht, als wieder ins Gefängnis zu kommen, Watson, ist nur einer der Gründe, ein falsches Geständnis abzulegen. Zu viele Treppen hoch zu steigen, könnte auch einer sein. Nein, nein, nein, Watson. Der Mörder ist noch hier, direkt im Village, und wir müssen daran arbeiten, die Ermittlung voranzubringen, weil wir mit uns mit jedem Schritt, den wir machen, dem Unhold nähern. Hörst du mich, Watson?«

»Ich habe einen persischen Pantoffel im Ohr.«

»Du hast gleich einen persischen Pantoffel im Arsch, wenn du dich nicht ein bisschen schneller bewegst.«

Die Wahrheit war, dass wir dem Killer immer näher kamen. Der Kopf hinter den fünf Morden hatte sich mittlerweile ziemlich demaskiert. Es handelte sich meiner festen Überzeugung nach um die Form von Psyche, die nie zufrieden wäre, so lange der Mörder nicht gefasst wird.

Wir waren noch nicht mal so lange im Loft, wie die Espressomaschine brauchte, um »My Old Kentucky Home« zu brummen, als wir ein unerwartetes Klopfen an der Tür hörten. Ich sah Ratso an, der mit den Schultern zuckte, und sah dann Sherlock an, der nicht mal zwinkerte. Dann paffte ich in Ruhe an meiner Zigarre und war im Begriff, zur Tür zu gehen, als unsere Besucher sich selbst vorstellten.

»Polizei. Öffen Sie die Tür«, sagte eine Stimme.

»Tex«, sagte eine andere, vertrautere Stimme. »Hier ist Mort Cooperman.«

Wenn die Bullen fünf Minuten nach dir eintreffen, ist das niemals ein gutes Zeichen. Es bedeutet, sie haben ihre kleinen Knopfaugen genau auf dein Kommen und Gehen fokussiert und vielleicht sogar auf dein Zuhausebleiben. Ich wusste natürlich, dass dieser Besuch kommen würde. Ich wusste nur nicht, ob Cooperman eine Tasse Zucker brauchte oder ob er mir etwas verkaufen wollte. Ich ging rüber und öffnete die Tür.

»Tut mir Leid, Sie warten zu lassen«, sagte ich, als Cooperman und ein Bulle in Zivil, den ich nicht kannte, an mir vorbei ins Zimmer stürmten.

»Kein Problem«, sagte Cooperman ganz jovial. »Wir waren in der Gegend. Ich dachte, ich schau mal vorbei und leih mir eine Zigarre, wenn ich darf.«

»Ich wusste gar nicht, dass Sie Zigarre rauchen«, sagte ich.

»Tue ich auch nicht«, sagte Cooperman.

Sein Benehmen war nicht so schroff wie sonst, natürlich war er ein ewiger Griesgram, aber irgendwie wirkte er ein bisschen niedergeschlagen. Er stellte mir den anderen Typ vor, irgendein spezieller Techniker namens David Anderson. Der andere Typ spazierte durch den Loft, während Cooperman zu meinem Schreibtisch ging. Ich behielt meine Position bei und lungerte zwischen Schreibtisch und Tür herum. Das war Bullenetikette. Sie konnten herumspazieren, wo immer sie herumspazieren wollten und ich konnte herumlungern wo zum Teufel ich wollte, so lange ich nur nicht mit ihnen mitkommen musste, wenn sie gingen. Cooperman schien gerade im Begriff zu sein, etwas zu sagen, als Ratso gerade lange genug den Kopf aus dem Kühlschrank nahm, um sich aufzuplustern.

»Hey, Glückwunsch, Officer«, sagte er. »Ich habe gehört der für diese fünf Morde Verantwortliche hat gestanden.«

»Vergiss es«, sagte Cooperman und schoss Ratso einen so knallharten Blick zu, dass der sofort die Kühlschranktür schloss.

»Ja«, sagte Ratso abwesend, »aber dieser Barry Russell. Ich dachte, er sei in Gewahrsam.«

»Ist er«, sagte Cooperman. »Aber es gab einen weiteren Mord.«

24

Es hatte also noch einen weiteren Mord gegeben und Coopermans grimmige Stimmung sprach Bände, dass es wieder ein Knaller war. Cooperman war bereits eine Weile im Rennen und hatte praktisch alles schon gesehen. Hätte ich es nicht besser gewusst, hätte ich gesagt, er wirkte durch die jüngsten Ereignisse ziemlich mitgenommen. Für einen Profi wie ihn war das ziemlich ungewöhnlich. Er fühlte uns eine Weile auf den Zahn, wo wir letzte Nacht gewesen wären, wo wir diesen Morgen gewesen wären, was wir gemacht hatten, mit wem wir es gemacht hatten. Vielleicht lag es an mir, aber ich hatte den Eindruck, als sei er nicht ganz bei der Sache. Aber das sollte sich ändern. Und zwar ziemlich schnell.

»Der Name des Opfers war Ron Lucas«, setzte Cooperman an. »Lebte hier in der Bank Street. Ist irgendwann zwischen Mitternacht und den frühen Morgenstunden gestorben.«

»Woher wissen Sie, dass dieser Mord mit den anderen Morden in Verbindung steht?« fragte Ratso.

»Dazu kommen wir gleich Kumpel«, sagte Cooperman und hob seine Hände wie ein Verkehrspolizist, um Ratso dazu zu bringen, die Klappe zu halten.

Bis zu diesem Punkt hatte mir Ratsos Anwesenheit im Loft irgendwie ein gewisses Maß an Trost gespendet, obwohl sie natürlich keinen Einfluss auf die Methodik der Bullen gehabt hatte. Anderson schnüffelte weiter, nachdem er eine gewisse Zeit dafür gebraucht hatte, den Puppenkopf wieder richtig auf dem Kaminsims zu positionieren. Cooperman nahm sich wie immer, wenn er wirklich etwas auf Lager hatte, genüsslich Zeit. Aber Ratso hatte so eine Art Pufferfunktion, sonst wäre die Überprüfung des Kinksters sicherlich intensiver ausgefallen. Leider wusste er nicht genau, wann oder wie man mit einem Cop redete. Er betrieb mit ihnen Konversation, als ob sie normale Menschen wären, was natürlich immer ein tragischer Fehler ist.

»Wie viele Zigarren hast du im Moment?« fragte Cooperman plötzlich.

»Genug«, sagte ich. »Ich weiß es nicht genau. Sie sind in Sherlocks Kopf.«

»Sie sind wo?«

»Auf dem Schreibtisch. In Sherlocks Kopf.«

»Nur kubanische?«

»Ja«, sagte ich. »Aber ich unterstütze deswegen nicht ihre Wirtschaft, ich verbrenne lediglich ihre Felder.«

»Hast du die, die eine Form haben wie Torpedos?«

»Ja.«

»Wie heißen die gleich noch?«

»Eine Menge kubanischer Zigarren haben die Form von Torpedos. Was ich auf Lager habe, das sind Montecristo No 2. Was wird das? Eine Zollkontrolle?«

»Kann ich mir eine davon mal ansehen?«

»Kein Problem«, sagte ich und ging rüber zum Schreibtisch, hob den Deckel von Sherlock hoch und schielte in den leeren Raum, wo jeder, der gerne Privatdetektiv wäre, sein Gehirn hat. Mir gefiel die Art nicht, wie Cooperman die Angelegenheit in die Länge zog. Es irritierte mich leicht, weil ich befürchtete, es würde sich zu etwas verdichten, das ich mir nicht in die Pfeife stopfen und rauchen wollte. Es waren weniger Zigarren da, als ich gedacht hatte, aber irgendwie war das immer so. Wenn man unaufhörlich raucht, neigt man dazu, die Kontrolle zu verlieren. Ich fand eine Monte 2, ging mit ihr rüber zu Cooperman und gab sie ihm.

»Keine Zigarrenbanderole?« fragte er. »Warum nicht?«

»Sie werden abgenommen, bevor sie verschifft werden, damit sie durch den Zoll kommen. Das ist illegal, Sergeant. Brauche ich jetzt einen Anwalt?«

»Noch nicht«, sagte er.

Cooperman rief Anderson rüber und legte die Zigarre mit spitzen Fingern in einen Beweisbeutel aus Plastik. Um Bob Dylan zu paraphrasieren, irgendetwas ging vor sich und ich wusste nicht was. Ich schielte zu Ratso rüber. Er zuckte wieder mit den Schultern. Anderson fuhr damit fort, im Loft herumzuschlendern, strich den Staub von Oberflächen, setzte sich in Sessel, rückte Möbel zurecht, er benahm sich wie ein potenzieller Käufer oder Bauaufsichtsbeauftragter. Es machte den Eindruck, als wäre es sein Loft und Ratso und ich wären potenzielle Untermieter. Aber man kann einen Cop nicht davon abbringen, ein Cop zu sein. Das erweckt nur den Anschein, man hätte etwas zu verbergen.

Man konnte die Kohle, die in Coopermans Kopf verbrannte, förmlich riechen, sie fütterte die Maschinerie des Zweifels und der Wahrheitsfindung und des Fortschritts bei dieser Ermittlung. Wie Sherlock, wie ich selbst, schloss er nichts und niemanden aus. Das musste man ihm zugute halten, dachte ich. Jetzt konnte man fast sehen, wie ihm der Dampf aus den Ohren kam. Er hatte mit sich gerungen, wie viel er sagen sollte.

»Möchte jemand einen Espresso?« sagte Ratso mit einem übertriebenen Trällern in der Stimme. Er fand keine Abnehmer. Coopermans etwas entspanntere Körpersprache schien jedoch darauf hinzudeuten, dass er zu einer Art Entscheidung gekommen war. Ich bezweifelte jedoch, dass er uns wirklich ins Vertrauen ziehen würde. Es war wahrscheinlicher, dass er uns entweder genug Leine lassen würde, um uns selbst aufzuhängen oder einen Neuanfang mit einer Leinenfabrik zu machen.

»Der Mörder scheint mehr und mehr in einen Blutrausch zu kommen«, sagte Cooperman. »Der letzte Mord war ein halber Zoo. Überall lag Reis verstreut.«

»Eis?« fragte Ratso.

»Reis, du Idiot!« sagte Cooperman in einem spontanen Kontrollverlust.

»Sie liest den Reis von dem Ort auf, an dem die Hochzeit war«, rezitierte ich.

»So ungefähr«, sagte Anderson, der von der anderen Ecke des Raumes aus zugehört hatte.

»Wir brauchen die Zigarre zu Vergleichszwecken. Das Labor wird uns bald sagen können, ob die Zigarren, die bei den Morden benutzt wurden, kubanische Zigarren waren.«

»Wie bringt man jemanden mit Zigarren um?« fragte ich nicht ganz unbegründet.

Cooperman sah zu Anderson rüber. Jetzt war es an Anderson mit den Schultern zu zucken. Cooperman ging ans Fenster und sah grimmig auf die dämmerige Straße. Als er endlich sprach, hatte seine Stimme einen weichen, lebensüberdrüssigen Klang.

»Es klingt komisch, wenn man es nicht mit eigenen Augen gesehen hat. Ein Typ, dessen Hände mit Isolierband hinter seinem Rücken zusammen geklebt waren. Drei Zigarren hatte man ihm die Kehle runter geschoben, eine im Mund war angezündet gewesen, aber ausgegangen. Je eine in jedes Nasenloch gebohrt. Eine in den Arsch geschoben. Je eine in jedes Ohr. Neun insgesamt. Neun torpedoförmige Zigarren ohne Banderole, die genauso aussehen, wie die, die du uns gerade gegeben hast und die, die du gerade rauchst, also vermuten wir, dass sie kubanisch sind. In jeder verdammten Körperöffnung eine Zigarre. Todesursache, Erstickung durch Zigarre oder mehrere Zigarren, die die Kehle hinunter geschoben wurden.«

»Das ist nicht Ihr Ernst«, sagte Ratso. »So bringt niemand jemanden um.«

»Letzte Nacht hat das jemand auf der Bank Street gemacht«, sagte Cooperman.

»Und was hat der Reis damit zu tun?« insistierte Ratso.

»Wissen wir nicht«, sagte Cooperman. »Wir haben am Tatort eine Packung Uncle Ben's Instantreis neben der Leiche gefunden. Die Schachtel war merkwürdig bekritzelt und wir sind uns nicht im Klaren, was, wenn überhaupt, es bedeutet. Dort wo ›Uncle Ben's‹ steht, ist das ›U‹ oben zu einem ›O‹ geschlossen worden und das ›n,‹ das ›c‹, und das ›e‹ sind durchgestrichen. Auch das Apostroph und das ›s‹ am Ende von ›Ben's‹ sind durchgestrichen. Also steht da ›Ol Ben‹, was auch immer das heißen mag. Könnte wichtig sein, könnte aber auch gar nichts bedeuten.«

Ich hatte schon befürchtet, dass Ratso das aufgreifen würde. Ich hatte gehofft, er hätte genug Verstand, um es für sich zu behalten, aber dem war natürlich nicht so. Ich war gerade im Begrifft zu sagen, »Jetzt hätte ich gern einen Espresso«, um ihm von seiner Idee abzubringen, aber er hätte mir wahrscheinlich ohnehin nicht zugehört. Sein Watson-ähnliches Gesicht glühte schon vor Aufregung, weil er zwei und zwei zusammengezählt hatte und jetzt auf Catch-22 gekommen war. Er war so ahnungslos, dass es nichts gab, was ihn aufhalten konnte, wenn er dachte, er hätte eine Ahnung.

»Hey, Moment mal!« rief Ratso. »Der Name des Typen war Lucas?«

»Das ist richtig«, sagte Anderson, der wieder zurück gewandert war. »Ron Lucas.«

»Das ist es!« rief Ratso wieder. »Darum wurde der Uncle Ben's Reis benutzt! Die Buchstaben wurden zur Ol Ben geändert und der Nachname des Typen war Lucas!«

»Und?« sagte Cooperman, er fing langsam an, sich über Ratso zu ärgern.

»Kapiert ihr das nicht?« krähte Ratso. »Das bedeutet ›Ol' Ben Lucas‹! Einer der berühmtesten Songs des Kinkstahs! Der erste Song, den er je geschrieben hat!«

»Es ist ein dämlicher Song«, sagte ich in dem Versuch, ihn irgendwie von der Fährte abzubringen.

»Das bedeutet, der Mörder kannte Kinkys Song!« plauderte Ratso, total ignorant der Tatsache gegenüber, wie tief ich mich dadurch in dem Fangnetz von Coopermans Verstand verstrickte.

»Ol' Ben Lucas«, sagte Cooperman langsam. Er probierte, ob es passte.

»Vielleicht hat der Song damit etwas zu tun, dass der Mörder die Zigarren in Lucas' Nasenlöcher gebohrt hat?« schlug Ratso vor.

»Vielleicht hat er auch damit was zu tun, dass der Killer ihm die Zigarre in den Arsch geschoben hat«, sagte ich.

Aber niemand hörte mehr zu. Ratso brach sich fast den Arm dabei, sich selbst dafür auf den Rücken zu klopfen, einen wichtigen und entscheidenden Hinweis entdeckt zu haben. Zu meinem Entsetzten schienen die beiden Morddezernatsschnüffler Ratso plötzlich ein ganzes Stück ernster zu nehmen.

»Ol' Ben Lucas«, sagte Cooperman ein weiteres Mal und richtete seine volle Aufmerksamkeit auf Ratso. »Kannst du mal ein paar Takte summen?«

»Eigentlich brauchen wir auch den Text«, warf Anderson ein, während er sich näher an Ratso schob.
»Na, ich weiß nicht«, sagte Ratso mit aufgesetzter Bescheidenheit. »Ich kann nicht so gut singen.«
»Es ist ein dämlicher Song«, sagte ich. Keiner hörte zu.
»*Kennst* du den Song?« fragte Cooperman Ratso.
»Natürlich!« sagte Ratso. »Jeder kennt ihn.«
»Zumindest du und der Killer kennen ihn«, sagte Cooperman, »und natürlich unser Tex hier, der, sagst du, ihn *geschrieben* hat?«
»Als er elf Jahre alt war«, sagte Ratso und strahlte in der Gefallsucht eines stolzen Vaters.
»Komm schon«, sagte Cooperman zu Ratso. »Sing uns mal was vor.«
»Okay«, sagte Ratso wie ein nervöser Kandidat bei einer Talentshow. »Es geht los.«
Mit diesen Worten sang er den Bullen den Refrain des Liedes vor. Ich musste zugeben, es war eine einwandfreie Performance. Jeder Fünfjährige hätte das aber auch schaffen können.
Was Ratso sang, lautete:

>*»Ol' Ben Lucas, Had a lotta mucus*
>*Comin' right outta his nose.*
>*He'd pick and pick 'til it made you sick*
>*But back again it grows.«*

»Das war's?« sagte Cooperman nach einer langen Pause. Er sah aus, als hätte ihm jemand mit dem Hammer eins übergebraten.
»Ja«, sagte Ratso, »das war der Refrain.«
»Ein hübscher kleiner Ohrwurm«, sagte Cooperman und stachelte Ratso noch auf. »Und wer hat behauptet, du könntest nicht singen? Du warst ganz großartig. Oder, Sergeant?«
»Das Beste, was ich gehört hab, seit Joey Ramone tot ist«, sagte Anderson.

»Das war also der Refrain«, sagte Cooperman. »Wie viele Strophen gibt es denn?«

»Eine«, sagte Ratso leicht defensiv, hatte ich den Eindruck.

»Eine Strophe, ein Refrain«, sagte Cooperman, fast fröhlich.

»Okay, den Refrain hatten wir schon, jetzt lass mal die Strophe hören. Nicht so schüchtern. Lass es krachen.«

Einen Moment lang hatte ich das Gefühl, Ratso begann vage zu dämmern, dass die ganze Sache doch keine so gute Idee gewesen war. Vielleicht konnte er mich im Hintergrund sehen, wie ich ihm das Messer-über-die-Kehle-Zeichen gab. Vielleicht war er auch von selbst drauf gekommen, dass dieses Publikum keine Gruppe von Verwandten auf einer Bar Mitzwa Party war, sondern das buchstabentreue, analfixierte, humorlose, farblose, kulturverwurzelte, park-innerhalb-der-Markierungen-Gesetz. Ich erkannte an seinem Augenausdruck, dass er sich nicht ganz sicher war, ob dies sein Publikum war. Aber mittlerweile war es zu spät. Es war gelaufen.

»›When it's cotton-pickin' time in Texas‹«, sang er, »›it's booger-pickin' time for Ben.‹«

Cooperman klatschte aufmunternd in die Hände und nickte Anderson auffordernd zu, mitzumachen. Und in meinem Kopf schwirrte nur ein einziger Gedanke: Der Mörder kannte den scheiß Song.

> »*He'd raise that finger, mean and hostile*
> *Stick it in that waiting nostril.*
> *Here he comes with a green one once again.*«

Cooperman applaudierte herzlich. Sergeant Anderson fiel ein. Ratso war wieder Ratso. Einmal mehr vertraute er der Menge. Er sonnte sich in diesem Spektakel, wie Wayne Newton in einer Samstag Nacht in Vegas, er warf seinem Publikum sogar kleine Grüße zu. Küsse von der Handfläche zu pusten, konnte er sich gerade noch verkneifen. Plötzlich hörte Cooperman auf zu applaudieren und wandte sich mir zu.

»Verdammte Scheiße, Tex«, sagte er reuevoll. »Ich hab fast geglaubt, du wärst draußen.«

25

Die gute Nachricht war vermutlich, dass Cooperman mich nicht in dieser Nacht noch in Handschellen mitnahm. Er warnte mich nur ein weiteres Mal, die Stadt nicht zu verlassen. Den meisten New Yorkern erscheint eine derartige Warnung natürlich unnötig, um nicht zu sagen überflüssig. Die meisten glauben nämlich, sie würden direkt von der Erdscheibe fallen sobald sie die Stadt verlassen. Soweit ist es also schon gekommen. Ich selbst war, was die vorliegende Angelegenheit betraf, auch schon ziemlich weit gekommen. Ich hatte meine eigenen Vorstellungen davon, wohin die Untersuchung der sechs Mordfälle führte und die Cops hatten ihre. Sie glaubten, ich oder einer meiner Günstlinge seien der Täter. Merkwürdigerweise konnte ich ihnen nicht ganz widersprechen.

Der »Ol' Ben Lucas Hinweis«, wie Ratso ihn nannte, war geradezu lächerlich oberflächlich. Auf der ganzen Welt gab es Menschen, die von ihren hippen Eltern der Baby-Boomer Generation mit dem Song praktisch aufgezogen worden waren. Die Eltern waren zweifelsohne jenseits des Altersprofils von Serienmördern. Aber Kinder aus den Siebzigern und Achtzigern, deren Familien Kinkster-Fans gewesen waren, passten perfekt in diese Altersgruppe. Und der Song, trügerisch einfach, was Musik und Text anbelangte, wie ein leicht pervertierter Kinderreim, blieb einem das ganze Leben lang im Ohr. Bedauerlicherweise war er in den letzten Jahren nur selten im Radio gelaufen, sondern wurde lediglich in mündlicher Tradition von den Eltern an ihre Kinder weitergegeben. Deswegen brachte er auch leider keine finanziellen Annehmlichkeiten für den Kinkster mit sich.

Während der Song an sich eher absurd war, sowohl als Song wie auch als Schlüssel zu einer entsetzlichen Mordserie, könnte er doch, so überlegte ich, der perfekte Soundtrack für einen psychopathischen Verstand sein. Wenn man dann den »Tod durch Zigarre«-Blickwinkel zum »Ol' Ben Lucas«-Hinweis addierte, landete man bedenklich nahe bei der Postleitzahl des Kinksters. Versuchte jemand, mich darin zu verwickeln? Oder versuchte jemand lediglich, meine gepriesenen Beobachtungsfähigkeiten als gefeierter Amateurprivatdetektiv zu verhöhnen? Oder war es möglich, dass in diesem Universum ein Serienmörder existierte, der in den Begrifflichkeiten von Musik und Zigarren unterschied und dem es irgendwie gelungen war, seinen offensichtlich ziemlich bitteren Sinn für Humor zu wahren?

Da gab es noch etwas, womit ich in den Tagen nach Coopermans Besuch haderte. Meine stärker werdende Überzeugung, dass ich unter Beobachtung des NYPD stand. Man könnte es natürlich auch Paranoia nennen und damit nicht ganz Unrecht haben, aber es gab zu viele kleine verräterische Hinweise, um diese Idee vollständig auszuschließen. Ich will gar nicht behaupten, dass sie mich schon seit meiner Kindheit verfolgten, obwohl, wenn man Fox und Cooperman kannte, schien auch das nicht ausgeschlossen; ich fragte mich nur, warum sie nicht an Ratso herangetreten waren, als er vor dem Haus auf mich wartete. Die logische Antwort darauf war, dass sie mich zu diesem Zeitpunkt bereits beschatteten, was auch zu Coopermans schnellem Klopfen an der Tür nur ein paar Minuten nach meiner Rückkehr passen würde.

Und wo zum Teufel steckte Fox? Ich hatte Cooperman gefragt und er hatte sehr ausweichend reagiert. Und Anderson war offensichtlich irgendein Techniker. Nicht dass dieses Verhalten besonders unbullenmäßig gewesen wäre, aber er war durch den ganzen Loft spaziert, genau in der Manier von jemandem, dessen Job es war, heimlich eine Wanze anzubringen – und ich spreche nicht über Ungeziefer. Je mehr ich darüber nachdachte, desto mehr war ich davon überzeugt, dass der Loft verwanzt war. Das wäre natürlich nicht das erste Mal. Auch Rambam hatte den Loft schon mal genauso heimlich verwanzt anlässlich der Affäre, die McGovern wahrheitsgemäß aufgezeichnet und *Ballettratten in der Vandam Street* betitelt hatte. Eine elektronische Wanze könnte Probleme mit sich bringen, aber zumindest sollte ich überprüfen, ob wirklich eine da war und, sofern ich fündig wurde, sie entweder entfernen oder möglicherweise zu meinem Vorteil nutzen.

Meine Beschattung war noch eine ganz andere Geschichte. Ich wusste, dass Rambam ein Meister darin war, einen Beschatter zu entdecken, sich ihm zu entziehen und natürlich oft beschattet zu werden. Unglücklicherweise war Rambam zum gegenwärtigen Zeitpunkt irgendwo in Kambodscha damit beschäftigt, einen anspruchsvollen Fall von Wasserbüffeldiebstahl in großem Stil zu lösen. Ich konnte ihn nicht einfach auf dem Schuhtelefon anrufen, also musste ich mich auf meine eigenen rudimentären Fähigkeiten in Bezug auf Überwachungen verlassen. Oder auch nicht. Einer plötzlichen Eingebung folgend rief ich Kent Perkins, meinen Privatdetektiv an der linken Küste an, der bei einem kürzlichen Abenteuer, das McGovern genauestens untersucht und *Der Gefangene in der Vandam Street* benannt hatte, eine wegweisende Rolle gespielt hatte. Ich konnte Kent natürlich nur schlecht vom Loft aus anrufen, um mit ihm darüber zu sprechen, dass ich verwanzt war, wenn ich tatsächlich verwanzt war. Also zog ich meinen alten farbenfrohen indianischen Mantel an, setzte meinen Cowboyhut auf und nahm mir ein paar Zigarren aus Sherlocks Kopf. Ich würde ziemlich leicht zu verfolgen sein, aber zur Hölle damit. Ich wollte nur einen zügigen Spaziergang zu einem öffentlichen Telefon machen und wenn sie mich dabei erkannten, konnte ich sie vielleicht auch erkennen. Zu schade, dass es keine Rückspiegel für Cowboyhüte gab.

Ich wollte gerade der Katze das Kommando übergeben, als ich ein weiteres Mal realisierte, dass das nicht mehr möglich war. Es ist schon komisch, wie wir alle Dinge, die wirklich wichtig sind, zu internalisieren scheinen. Kreaturen mit eingeschränkten Gewohnheiten. Kreaturen mit traurigen Gewohnheiten.

Ich lief die Treppen hinunter und raus auf die Straße. Es war mitten am Nachmittag und etwas, das wie ein getarntes Einsatzfahrzeug wirkte, parkte etwa 100 Meter zu meiner linken. Der Typ im Wagen sah beiläufig hoch und wandte dann seine Aufmerksamkeit vielleicht etwas zu schnell wieder dem Lesen einer Zeitung zu. Ich machte einen linken Haken und marschierte um die Ecke.

26

»Diese Ol'-Ben-Lucas-Geschichte ist entweder ein unglaublicher Zufall«, sagte Kent Perkins, »oder jemand versucht, dich richtig reinzureiten.«

»Du bist der Privatdetektiv«, sagte ich. »Was glaubst du?«

»Ich glaube nicht an Zufälle«, sagte Kent. »Wo bist du jetzt?«

»Ich bin an einem öffentlichen Fernsprecher, eineinhalb Blocks vom Loft entfernt und tue so, als würde ich einen Typ in einem unauffälligen Einsatzfahrzeug nicht sehen, der so tut, als würde er mich nicht sehen. Ich fürchte, ich habe nicht wirklich geglaubt, dass sie mich beschatten würden und habe mich dementsprechend nicht anlassgemäß gekleidet. Ich trage einen schwarzen Cowboyhut und einen langen, roten, indianischen Mantel, der aus einer Decke aus dem Reservat gemacht ist. In diesem Outfit könnte mich vermutlich sogar der blinde Scheich Abdul bin Bubba verfolgen.«

»Könnte zu deinem Vorteil sein. Du könntest eine Variation zu dem alten Cowboyhut-auf-dem-Stock-hinter-dem-Felsbrocken-Trick ausarbeiten. Bei Tom Mix hat das immer funktioniert.«

Kent fuhr damit fort, die urbane, moderne Version einer alten List direkt aus einem Western darzulegen. Es klang ziemlich grotesk, aber es könnte abgefahren genug sein, um zu funktionieren, sagte ich Kent, während ich meinen Beschatter dabei beobachtete, wie er so tat, als würde er die Adresse des nächsten Gebäudes suchen. Was für eine wunderbare Welt. Hier stehe ich in New York, werde offensichtlich vom krankesten Psycho der ganzen Stadt in die Pfanne gehauen, während mein Kumpel Kent Perkins vermutlich mit Dean Martins altem creme- und schwarzfarbenen Rolls durch Beverly Hills fährt und mir Ratschläge gibt, wie ich den Cops entwische.

»Du kannst nicht in den Loft zurück«, sagte er. »Es gibt eine gute Chance, dass es verwanzt ist, und wenn du versuchst, die Wanze zu demontieren, verrätst du dich und wirkst schuldig. Du musst ein paar Tage bei einem Freund bleiben und dich aus der Schusslinie bringen. Die Cops spielen wahrscheinlich nur mit dir. Ich glaube einfach nicht, dass sie ernsthaft denken, du wärst der Mörder.«

»Deswegen bist du kein Bulle«, sagte ich.

Ich legte den Hörer auf und lief lässig die Straße in die von meinem Beschatter aus gesehen entgegengesetzte Richtung. Vielleicht war das gar nicht so ein großes Ding. Wenn es Abbie Hoffman gelungen war, den Feds als Flüchtiger im Untergrund sieben Jahre lang durch die Lappen zu gehen, sollte es doch ein Zuckerschlecken sein, diesen Schatten abzuschütteln. Aber wenn ich sie diesmal loswürde, würden sie mich nicht ein weiteres Mal finden? Und warum würden sie Zeit und Personal vergeuden, um jemanden rund um die Uhr zu beschatten, wenn sie ihn nicht stark unter Verdacht hätten. Währenddessen lief der Mörder irgendwo frei herum, sah dich vielleicht durch ein Fenster im Starbucks an oder saß vielleicht allein an einem Tisch im Carnegie Deli und tat so, als würde er einen Bagel essen. Ich fing langsam an, besser zu verstehen, warum Menschen falsche Geständnisse ablegten. Wenn genügend Leute einen lange und intensiv genug verdächtigten, fängt man fast selbst an zu glauben, man sei der wahre Mörder.

Es fing gerade an zu regnen, als ich die kleine Stammkneipe namens »The Ear« erreichte, die so genannt wurde, weil der Buchstabe »B« des Wortes »Bar« schon halb ausgebrannt war, genauso wie ein Großteil der Klientel. Die Bar war nicht voll, aber sie war voll genug, um einen Cowboy zu verstecken, der hinter einem Felsbrocken absichtlich mit seinem Hut wedelte, um Feuer oder zumindest ein bisschen Aufmerksamkeit auf sich zu ziehen. Der Typ, der mich beschattete, parkte genau gegenüber auf der anderen Straßenseite und startete gar nicht mehr den Versuch so zu tun, als lese er Zeitung. Die Beziehung zwischen Verfolgtem und Beschatter ist fast ein bisschen wie Liebe, überlegte ich, als ich die Bar betrat: Nachdem die Balz vorbei ist, geht man direkt in die vollen.

Auf dieser Welt gibt es Ikonen wie Elvis, Jesus, Che Guevara und James Dean. Dann gibt es Kultpersonen, die zwar keine sofortige Massenhysterie auslösen, aber vielleicht eine Anzahl von Individuen flüstern lassen: »Ist das nicht Toulouse-Lautrec?« Zu letzterer Galaxie mit den kleinen Sternen gehöre ich, aber auch das kann seine Vorteile haben. Glücklicherweise stand Mal, der Typ, dem der Laden gehörte, hinter dem Tresen. Ich wechselte ein paar kurze Worte mit ihm, bestellte ein Guinness und entdeckte einen leeren Tisch, direkt am Fenster, an dem ich mit dem Rücken zur Straße Platz nahm. Ich überlegte mir, das müsse der Traum eines jeden Cop bei einer Überwachung sein. Hier war der Typ mit der knallroten Indianerdecke, dem großen schwarzen Cowboyhut, der Zigarre rauchend an einem Tisch direkt am Fenster saß. Einen Typen wie den konnte man im Schlaf verfolgen. Genau das sollte der Bulle denken.

Nachdem ich ein paar Minuten an meinem Guinness genippt hatte, machte Mal den Gästen eine kleine Ankündigung. Kurz danach stand ich auf, ließ meinen Drink stehen und ging in Richtung Scheißhaus. Drei von vier Gäste strebten in dieselbe Richtung, woraufhin wir uns in einem kleinen Gang sammelten außer Sichtweite der neugierigen Augen auf der Straße. Was Mal und ich uns ausgedacht hatten, war ein typisches kleines Pub-Amüsement: Einen Kinky-Friedman-Ähnlichkeitswettbewerb. Ich wählte einen jüdisch aussehenden ektomorphen Typ mit Schnurrbart, der vermutlich entweder Buchhalter oder homosexuell war, oder mit größter Wahrscheinlichkeit selbst ein Serienmörder. Ich gab ihm meinen Hut und meinen Mantel und steckte ihm eine Zigarre in den Mund. Er ging an meinen Tisch zurück, setzte sich bei leichtem Applaus auf meinen Stuhl und gewann so eine Runde Freidrinks für sich und seine Freunde, sofern er welche hatte, was ich eher bezweifelte. Ich ergriff die Gelegenheit, einen dunklen, unscheinbaren Regenmantel und ein schwarzes Beret anzuziehen, das dort auch locker schon einsam und verlassen seit vielen Jahren hängen konnte, abhängig davon, ob es von Lennon oder Lenin vergessen wurde. Dann huschte ich wie ein Hund durch die Hintertür, hinein in eine willkommene Regenwand.

Einem NYPD Überwachungsteam – ich sage Team, weil ich nicht wusste, wen oder was es da draußen noch gab, obwohl ich nur den einen Typen gesehen hatte – zu entwischen, ist immer eine aufheiternde Erfahrung. Es ist ein besserer Kick, als ein Haus zu verkaufen oder sich scheiden zu lassen. Jüdische Scheidungen sind zufälligerweise immer die teuersten. Das liegt daran, dass sie es wert sind. Wie auch immer, ich lief eine Weile durch die regengepeitschten Straßen des Village, bis ich mir sicher war, dass ich den Beschatter abgehängt hatte. Ich hatte mir noch keine großen Gedanken gemacht, welches mein nächstes Amüsement sein würde. Ich überlegte mir, einfach mal in die allgemeine Richtung von McGoverns Wohnung in der Jane Street zu gehen. Sie lag nur einen Katzensprung von Ratso entfernt, mit dem einzigen Nachteil, dass man alles zweimal wiederholen musste, was natürlich überflüssig ist, denn wenn man etwas wiederholt, ist das ja schon zweimal.

Der Serienmörder, nicht zu vergessen, hatte nun schon sechsmal zugeschlagen.

Im Regen herumzulaufen verbindet alle Punkte auf der Welt und hilft einem manchmal, die Dinge aus einem anderen Blickwinkel zu sehen, fast als ob die kleinen Regentropfen wüssten, wohin sie gehen. Als ob einer von uns wirklich wüsste, wohin wir gehen. All das ging mir durch den Kopf, während ich weiterging, der Regen weiter fiel, sich die Räder und die Welt weiter drehten, während die Papierboote weiter auf den Asphaltmeeren segelten, während Wasser zu Wein wurde, und Wein zu Blut, und der Tag zur Nacht, und Liebende sich einander zuwandten, und Männer und Frauen homosexuell wurden und ich rechts in die Christopher Street abbog.

Der »Ol' Ben Lucas Hinweis«, wie Ratso ihn genannt hatte, beunruhigte mich ziemlich. Wenn ich davon ausging, dass diese ziemlich unauffällig auffällige Botschaft nicht von jemandem hinterlassen wurde, dem der Song beiläufig bekannt war, sondern eher von jemandem, dem ich beiläufig bekannt war, deutete das darauf hin, dass der Mörder aus einem relativ kleinen Universum menschlicher Wesen stammen musste, wenn man einen Killer wie diesen tatsächlich menschlich nennen wollte. Wenn man eine Weile im Regen herumlief und genauer darüber nachdachte, war der Mörder ein Mensch wie du und ich. Um meinen Vater zu paraphrasieren, der Terminus, den wir Kriminologen für diese Art von Killer gern benutzen, ist »kranker Wichser«.

Die Kombination aus dem Song und den kubanischen Zigarren war für den Kinkster hochproblematisch. Sie deutete allerdings nicht zwingend darauf hin, dass der Mörder einer der Village Irregulars war oder jemand, der mir nahe stand. Ein durchgeknallter Fan wäre beispielsweise auch dazu in der Lage. Und es gab jede Menge durchgeknallter Fans, wie Bob Dylan, Dwight Yoakam, John Cale oder praktisch jeder denkende Rockstar dir erzählen kann. Wir alle haben die Tendenz, einen durchgeknallten Fan in uns zu tragen, uns mit unserem Forschungsobjekt zu überidentifizieren, und unter Einbeziehung des Regenfasseffekts kann eine einzige winzige eingebildete Kränkung verheerende Folgen haben. Mit anderen Worten, der Mörder musste mich nicht zwingend kennen. Das Problem war nur, ich war mir ziemlich sicher, dass dem so war.

Wir alle tragen Masken. Aber ein Monster dieser Größe trägt eine Maske, die für das nackte Auge praktisch undurchdringlich ist. War Chinga solcher Taten fähig? Oder Mick Brennan und Pete Myers? Vielleicht sogar Rambam, Ratso, McGovern? Woran kann man das vor dem verhängnisvollen Moment, in dem der Killer die Hand hebt und die Maske auf den blutigen Boden fällt, erkennen? Wenn ein menschliches Wesen solcher Taten fähig ist, wie hier klar der Fall war, dann könnte jeder von uns problemlos dazu in der Lage sein, eine Zeit lang in den Schädel des Dämons zu kriechen, sich ans Steuer zu setzen und eine kleine Spritztour zu machen. So abwegig ist das eigentlich gar nicht. Besonders nicht, wenn es regnet.

Ich weiß nicht mehr wie lange ich wie ein herumstromernder Buckliger durch die Straßen streifte, aber schließlich fand ich mich in der vertrauten Umgebung von Corner Bistro und Jane Street wieder. Ich hatte keine Ahnung, wie Cooperman auf die Nachricht, dass ich meinem Beschatter entkommen war, reagieren würde.

Würde er einfach nur den Loft überwachen lassen? Oder seine Bemühungen, mich zu finden, verdoppeln? Würde er die Fahndung einleiten, alle Schiffe überprüfen, die Flughäfen schließen, das Rauchen in den Stammkneipen verbieten? Mittlerweile war ich tropfnass, erschöpft und fror. Der Kick, die Cops überlistet zu haben, hatte sich abgenutzt. Wie schon Kris Kristofferson bemerkte: »Freedom's just another word for nothin' left to lose.« Wie jemand anderer mal sagte: »Die Polizei, dein Freund und Helfer.« Wie Bukowski schrieb: »Renn mit den Gejagten.« Wie Meatloaf sang: »Two out of three ain't bad.«

Zu dem Zeitpunkt, an dem ich McGoverns Haus erreichte, pfiff ich aus dem letzten Loch. Ich fühlte mich nicht nur wie ein Gejagter auf der Flucht, sondern war total entnervt, weil ich endlich realisiert hatte, dass der oberkrankeste Wichser der ganzen Stadt eine Menge mehr über mich wusste, als ich über ihn. 2B oder nicht 2B, dachte ich, als ich ungefähr elf Mal auf McGoverns Klingel drückte, das war die verdammte Frage. Und die Antwort war offensichtlich nicht 2B, denn McGovern war nicht zu Hause. Visionen von Ratsos Couch mit den Spermaspuren gingen mir durch den Kopf, aber ich verwarf sie genauso schnell wieder, wie sie gekommen waren, ohne jetzt eine Zweideutigkeit andeuten zu wollen. Ich zwang mich rational zu denken. Schließlich hatte ich kein Gesetz gebrochen, nur weil ich die Cops abgehängt hatte, denn vorgeblich hatte ich natürlich gar nicht gemerkt, dass ich beschattet wurde. Das ganze war echt ein Witz. Die Bullen, die mich beschatteten, hatten so getan, als würden sich mich nicht beschatten, während ich so getan hatte, als wüsste ich nicht, dass ich beschattet wurde. Es war wie bei einem Atheisten, der durchs Leben geht und dabei lautstark die Existenz Gottes verleugnet, bis zu dem Moment, wo die himmlische Scheiße den Ventilator trifft.

Schließlich verlegte ich mich auf die alte Kinkster-

Methode, jede Klingel zu drücken. Das wirkte wie ein samoanischer Zauber. Die Tür summte wie eine dicke Biene, ich trat aus dem Regen und lief ein Stockwerk nach oben, ging bis zum anderen Ende des Flurs und setzte mich auf den bequemen, mit Teppich ausgelegten Boden mit dem Rücken gegen die warme Tür von McGoverns Appartement gelehnt. Ich war entweder eingenickt oder bewusstlos, aber als ich aufwachte, war ich leicht überrascht, den fidelen weißen Riesen über mir zu sehen.

»Mach, dass du rein kommst«, sagte McGovern. »Die Bullen suchen überall nach dir.«

Ich folgte dem großen Mann pflichtschuldig in das relativ kleine Appartement und ließ mich sofort auf das Sofa fallen, auf dem schon Frederick Exley geschlafen hatte, dieses große, weiche, lachsfarbene Sofa, das in seinem Leben schon zwei Mal den Atlantik überquert hatte. Als ich wieder aufsah, hatte McGovern sich einen Stuhl ans Sofa gezogen und uns beiden eine Erwachsenendosis von etwas eingegossen, das mit Sicherheit starke Schlangenpisse war. Er gab mir ein Glas, ich goss die Hälfte runter und es schüttelte mich.

»Bist du dir sicher, dass dir die Bullen nicht bis hierher gefolgt sind?« fragte er mit überraschender Intensität.

»Sicher«, sagte ich. »Ich laufe seit Stunden frei wie ein Vogel durch die Gegend. Ich hab sie am späten Nachmittag im Ear abgeschüttelt. Mit Hilfe eines Kinky-Friedman-Ähnlichkeitswettbewerbs.«

»Das ist zu scheiß schade«, sagte McGovern fast bitter.

»Warum?« sagte ich.

»Weil sich vor ungefähr drei Stunden der siebte Mord ereignet hat.«

27

»Der Teil von mir, der indianischer Abstammung ist, ist sehr weise«, sagte McGovern am folgenden Morgen, während er Kaffee machte.

»Und was sagt der Teil von dir, der indianischer Abstammung ist?« fragte ich.

»Er sagt, ›Bleichgesicht, kemosabe, treuer Freund, ist in große Haufen von tiefe Nixon.‹«

»Aha. Und was sagt der irische Teil von dir?«

»Der irische Teil von mir sagt: ›Gieß dir einen Schuss Bushmill's in den Kaffee.‹«

»Sehr vernünftig. Und ich gehe davon aus, dass der indianische Teil grundsätzlich mit dem irischen Teil im Einvernehmen ist, was den Schuss Feuerwasser im Kaffee anbelangt?«

»Das ist so ziemlich das einzige, worüber sich die beiden einig sind. Übrigens, was sagen dir deine stolzen hebräischen Wurzeln?«

»Jetzt eine Lebensversicherung abzuschließen«, sagte ich.

Die Situation an sich war überhaupt nicht zum Lachen. Ich sehnte mich nach der Zeit, als ich noch ein einsamer, liebloser Amateurprivatdetektiv war, der mit einer antisozialen Katze in einem zugigen Loft unter den stampfenden Hufen einer lesbischen Tanzklasse lebte. All das war jetzt vorbei, reflektierte ich. Flog irgendwo an weit entfernten Orten gemeinsam mit Holden Caulfields Enten und Martin Luther Kings Träumen.

»Es ist wirklich ein höchst unglücklicher Umstand«, sagte McGovern hochtrabend, »dass du der polizeilichen Überwachung genau zu diesem Zeitpunkt entkommen bist. Wärest du noch beschattet worden, als der siebte Mord stattfand, hätte dich das über jeden Zweifel erhaben gemacht. Aber so, wo sie dich ohnehin schon als Verdächtigen betrachten und du dann auch noch in der Zeit, in der das Verbrechen passierte, deinen Schatten abhängst, sieht es aus ihrer Sicht ziemlich schlecht für dich aus. Das ist dir doch klar.«

»Nixon happens«, sagte ich lässiger als ich mich fühlte. Lässigkeit im Stil eines Kavaliers war überhaupt der einzige Weg, wie man mit Zeiten wie diesen umgehen konnte, dachte ich. Ich erinnerte mich, dass Cavalier auch der Name von Breaker Morants Pferd gewesen war. Breaker war ein Kriegsheld mit Poesie in den Satteltaschen, und die Briten hatten ihn dafür getötet. Das passierte jeden Tag. Gute, ja sogar große, unschuldige Menschen töteten jeden Tag im Namen einer Charade, des von feigen Wichsern gemachten Gesetzes. Welche Chance hatte ein Außenseiter wie ich in einer solchen Welt? Ich konnte mich bei McGovern nicht für immer verstecken. Entweder ich musste mich den Cops stellen oder Winnie erneut den Schlüssel zum Loft geben und meine nicht vorhandenen Bonusflugmeilen einlösen. Ich hatte nur Meilen. Meilen über Meilen von Badezimmerdielen mit grünen, hungrigen Krokodilen, die nach mir schielen.

»Was weißt du über den siebten Mord?« fragte ich McGovern.

»Viel blutiger, weniger musikalisch«, sagte er. »Ungefähr eine Million Stichwunden, hauptsächlich in der Leistengegend. Sie verraten mir natürlich nicht alles. Zufälligerweise hat man dieses Mal eine Nachricht neben der Leiche gefunden. Das Morddezernat lässt jedoch kein Wort über den Inhalt verlauten.«

»Stand vielleicht drauf ›Unterstützt die mentale Gesundheit oder ich fresse Euch?‹«

»Kopf hoch«, sagte McGovern. »Kannibalismus kommt noch.«

»Aber warum sind die Cops hinter mir her? Warum sind sie nicht damit beschäftigt, den Mörder zu jagen?«

»Das ist doch offensichtlich, oder?«

»Für mich nicht. Sie können nicht so dämlich sein zu glauben, ich sei der Mörder. Cooperman ist schlauer. Er ist viel zu gerissen, um zu denken, ich hätte diese Männer umgebracht.«

»Ich bin mir sicher, dass er eigentlich nicht glaubt, du hättest jemanden umgebracht.«

»Ich bin mir trotzdem nicht darüber im Klaren, ob er mich nicht doch hochnimmt. Serienmorde mit so viel Presse verursachen in jedem Bullenbüro ein gewisses Klima der Dringlichkeit. Manchmal steht der gesunde Menschenverstand hinter dem Wunsch zurück, einen Täter zu finden. Manchmal ist es egal, wer dafür herhält. Das passiert oft genug.«

»Aber das ist hier nicht der Fall«, sagte McGovern, als er mir eine dampfende Tasse Kaffee veredelt mit einem doppelten Schuss Black Bush reichte. »Hier verhält es sich so, dass sie glauben, du wüsstest etwas, was du ihnen nicht sagst.«

»Das stimmt.«

28

Nachdem McGovern zur Arbeit gegangen war, lag ich noch eine Weile auf der Couch und starrte auf das Foto von Carole Lombard, das an der Ziegelwand neben dem Kamin hing. Irgendetwas an ihren Augen erinnerte mich an jemanden. War es Heather oder jemand, den ich vor langer Zeit geliebt hatte und glücklicherweise immer noch liebte. Oder jemand ganz anderes. Ich war mir nicht sicher, aber wer auch immer es war, sie versuchte, mir etwas zu sagen. Das machte natürlich überhaupt keinen Sinn, aber irgendwie deutete ich es so. Eine Frau, die ich kannte oder gekannt hatte, versuchte durch die Augen eines toten Kinostars mit meiner Seele zu kommunizieren.

Was sollte daran falsch sein? Es war nicht halb so verrückt, wie diese Mordermittlung. Die Leichen stapelten sich mittlerweile im gesamten Village, so schien es, und die beiden Einheiten, die den Ansatz einer Chance hatten, den Mörder zu fassen, nämlich das NYPD und der Kinkster, pflegten ungefähr denselben Informationsaustausch wie FBI und CIA. Und die Morde ereigneten sich so schnell hintereinander, dass man fast dachte, der Killer warte nur darauf, gefasst zu werden. Das einzige, dessen ich mir sicher war: der Mörder würde nicht aufhören, bevor er nicht verhaftet war. Ein Künstler weiß, wann er aufhören muss; ein Killer nie.

Es heißt, es seien die kleinen Dinge im Leben, auf die es ankommt. Auf die kleinen Dinge kommt es aber auch im Tod an. Nur auf der Grundlage von McGoverns lückenhaften Informationen, war es ziemlich schwierig, Licht in die ganze Angelegenheit zu bringen. Mit anderen Worten, ich brauchte das, was die Cops hatten. Umgekehrt brauchten sie aber auch das, was ich hatte, obwohl sie das natürlich anders sahen. Es war ein Jammer, dass beide Seiten keine besseren Teamspieler waren.

Meiner Meinung nach hatte ich nur sehr eingeschränkte Möglichkeiten. Wenn die Cops tatsächlich aktiv nach mir suchten, bedeutete das, der Loft in der Vandam Street wurde mit größter Wahrscheinlichkeit observiert.

Ich konnte mich eine Weile bei McGovern einigeln und dann von sicherem Haus zu sicherem Haus weiterziehen, wie ein guter Robin Hood oder ein schlechter Saddam. Es war jedoch ziemlich unwahrscheinlich, dass der Fall jemals gelöst werden würde, wenn ich den Lebensstil eines flüchtigen Gesetzesbrechers führte.

Es sah so aus, als ob ich mich früher oder später der Autorität stellen und die Suppe auslöffeln musste. Auch wenn ich mein Ego an der Tür parkte, war es nichtsdestotrotz meine feste Überzeugung, dass das NYPD schon verdammt viel Glück haben musste, um den Killer seiner gerechten Strafe zuzuführen.

In der Vergangenheit hatte ich oft genug nicht auf gleicher Augenhöhe mit den Detective Sergeants Cooperman und Fox und ihren Lakaien gestanden, aber das war das erste Mal, dass ich komplett von den Tatorten ferngehalten und von den offiziellen Ermittlungen exkommuniziert wurde. Kent Perkins hatte gesagt, es mache den Eindruck, als ob sie mir etwas anhängen wollten, aber ich sah das nicht ganz so. Ich fühlte mich eher verspottet. Zweifellos ist Arroganz das Markenzeichen jedes Mörders. Dieser schien mich herauszufordern, meinen besten Schuss abzugeben.

Von meinem Aussichtspunkt auf McGoverns Couch fasste ich zusammen, was ich von den Opfern wusste, den Hinweisen, den virtuellen Sprung der Analyse, den ich wagen musste, da mir nicht alle Teile des Puzzles bekannt waren. Beginnend mit dem Geldbeutel des ersten Opfers, der in meinem Loft entdeckt worden war, hatte dieser Fall mich gepackt und wie ein Strudel immer tiefer in einen Sog gezogen, dem ich nicht mehr entrinnen konnte. Wie konnte man die Stricknadel im Heuhaufen der Stadt finden? Woher nahm man die wilde Entschlossenheit, sie in das Gehirn eines Opfers zu treiben? Die Wut, einem Mann den Schniedelwutz abzuschneiden und ihn dann verbluten zu lassen? Neun gute Kubanische Zigarren zu vergeuden, um damit ein menschliches Leben auszulöschen, war ein Akt unaussprechlicher Grausamkeit. Ich dachte noch mal daran, wie Ratso völlig selbstvergessen den Bullen das einprägsame, wenn auch leicht geschmacklose Kinderlied vorgesungen hatte. Als Autor von »Ol' Ben Lucas« stand ich der Verwendung des Songs als Mittel, sich über die Toten lustig zu machen, ziemlich ablehnend gegenüber. Aber die Nachricht war unmissverständlich. Eine Umdeutung der Uncle-Ben's-Reis-Verpackung in Ol' Ben. Der Name des Opfers war Lucas. Der Killer kannte das Stück. Der Killer wusste, dass ich kubanische Zigarren rauchte. Bedeutete das nicht zwingend, dass er auch mich kannte? Betrieb er eine Art

Selbstjustiz der schlimmsten, primitivsten Sorte? Ein Mörder, der sich ohne aufzufallen in der Gesellschaft bewegen konnte, während sein Verstand und seine Seele sich in absoluten Tiefen der Verderbtheit auflösten? Carole Lombard zog meinen Blick erneut auf sich. Was wollte sie mir sagen?

Ich musste eine Weile eingeschlafen sein, denn als McGovern plötzlich viel früher als erwartet in die Wohnung stürmte, machte ich einen doppelten Rückwärtssalto von der Couch. Er schien in einer Verfassung von fast ungezügelter Aufregung zu sein, während er mir vom Boden aufhalf. Ich nahm schließlich in einem zu weich gepolsterten Schaukelstuhl neben einem Stapel alter Zeitschriften Platz, der bis in den Himmel zu reichen schien.

»Was zum Teufel ist los, McGovern?« fragte ich schließlich.

»Die Nachricht!« ejakulierte er. »Die Nachricht!«

»Welche Nachricht?«

»Die Nachricht, die neben der Leiche des siebten Mordopfers gefunden wurde.«

»Ach ja, Watson. Der groß angekündigte Hassbrief aus der Hand eines Killers.«

»Eine Quelle aus dem NYPD hat mir die Information gegeben, natürlich mit der ausdrücklichen Versicherung, dies stehe nicht im Protokoll und dürfe nicht gedruckt werden.«

»Sehr klug, Watson, sehr klug!«

»Ich wollte den Inhalt der Nachricht nicht am Telefon preisgeben, also bin ich schnell rüber gelaufen.«

»Sehr klug, Watson, sehr klug!«

»Okay. Du sitzt. Bist du bereit?« McGovern blätterte durch sein kleines Reporternotizbuch.

»Ich bin seit ungefähr neunundfünfzig Jahren bereit, Watson. Was zum Teufel steht in der Nachricht?«

»Moment noch, ich hab's gleich.« Er blätterte wie besessen durch sein kleines Notizbuch.

»Watson, deine organisatorischen Fähigkeiten müssen

in höchstem Maß gelobt werden. Du bist eine wahre Maschine, mein Freund.«

»Ich hab mir die Nachricht Wort für Wort von meiner Quelle sagen lassen. Eine Sekunde, ich hatte sie doch gerade.«

»Ich bin wahrscheinlich dahingeschieden, bis du sie gefunden hast.«

»Da ist sie«, sagte McGovern triumphierend, der große Mann hielt das winzige Notizbuch in die Luft. »Bist du soweit?«

»Nein«, sagte ich, »lass mir noch ein wenig Zeit, mich vorzubereiten.«

McGovern ging absichtlich in die Mitte des Raums. Er hielt das Notizbuch mit beiden Händen vor sich, als wolle er kein Wort auslassen, und las:

»›When it gets too kinky for the rest of the world, it's getting just right for me. Wenn es dem Rest der Welt zu pervers wird, ist es für mich genau richtig.‹«

29

Nachdem McGovern triumphierend wieder zur Arbeit getrabt war, blieb ich zurück und erwog das Unwägbare. Ich überlegte, dass die kleine Mordnachricht jeglichen noch verbliebenen Zweifel, den das NYPD bezüglich der Involvierung des Kinksters in den Fall gehabt haben mochte, hinweg gefegt hatte. Sie hatten ihre Person des Interesses, und die war ich. Ich konnte es Cooperman eigentlich nicht verdenken. Ich hätte an seiner Stelle dasselbe gedacht. Angefangen mit dem Geldbeutel des Toten in meinem Loft über das »Ol' Ben Lucas«-Szenario, meinem Entgehen der polizeilichen Überwachung exakt zum falschen Zeitpunkt, die abnormen Eigenschaften der Verbrechen an sich, bis hin zu ›When it gets too kinky for the rest of the world, it's getting just right for me‹, das war ein Muster, das noch nicht einmal Ratso hätte übersehen können. Unabhängig davon, ob ich die Verbrechen selbst begangen hatte (was natürlich nicht der Fall war) oder ob ich lediglich vorgeführt wurde, mir war klar, warum ich in den Augen der Polizei zum Hauptverdächtigen avanciert war. Ich musste zugeben, dass sogar ich langsam anfing, mich für mich zu interessieren.

Nicht allzu lange Zeit nachdem die Tür hinter McGoverns großem, strahlend weißem Hintern zugeknallt war, machte ich mich über seine Flasche Black Bush her und begann in dem kleinen Appartement hin- und herzugehen. Ich musste mir sicher sein, dachte ich. Und um sicher zu sein, musste ich den Verstand des Killers knakken. Ein Mörder, der jemanden verhöhnte, war anders als ein Mörder, der versuchte, jemandem die Schuld in die Schuhe zu schieben, obwohl ich bezweifelte, dass diese feine Nuance größere Beachtung seitens der Cops finden würde. Der Unterschied war jedoch ausschlaggebend, denn er zielte auf die Motivation. Wenn es darum geht, ein Verbrechen zu lösen, setze ich jedes Mal auf die Motivation. Carole Lombard lächelte ihr kluges, smartes Lächeln. Ich wusste, dass ich auf dem richtigen Kurs war.

Ich trank noch etwas mehr von McGoverns Schlangenpisse und dachte wieder an die Nachricht, die am Tatort hinterlassen worden war. Sie bedeutete für mich zweifellos eine Menge mehr als für die Cops. Es war eine Zeile aus einem ziemlich düsteren Song auf einem ziemlich düsteren Album, das ich vor ungefähr dreißig Jahren aufgenommen hatte. Der Song hieß »Kinky«, und der große Ronnie Hawkins hatte ihn geschrieben. Wir hatten den Song im Shangri-La, dem Privatstudio von The Band bei Malibu aufgenommen. Unter den beteiligten Musikern waren Rick Danko, Levon Helm, Richard Manuel, Garth Hudson, Lowell George, Ron Wood, Van Dyke Parks, Dr. John, Ringo Starr und Eric Clapton. Einige sind tot, andere leben noch. Ich habe sie alle geliebt.

Während jedoch »Ol' Ben Lucas« der Hälfte der zivilisierten Welt bekannt war, mit der möglichen Ausnahme von Sergeant Cooperman, der von einigen meiner Talente offenbar nichts wusste, konnte man das von »Kinky« nicht behaupten.

»Kinky« war trotz seines künstlerischen Werts nur einer kleinen, durchgeknallten Gruppe von Menschen bekannt, die ich gerne »als in Bernstein verewigte Insekten« bezeichne. Sie stellten nur ein äußerst kleines Universum dar. Wenn der Mörder den Song kannte, wusste er wahrscheinlich mehr über mich als ich. Entweder kannte mich der Mörder bereits seit geraumer Zeit oder er hatte seine Hausaufgaben gemacht.

Heutzutage konnte natürlich jeder Serienmörder, der diesen Namen verdient hatte, via Internet alles über sein Studienobjekt ausgraben. Das erweiterte das Universum ein bisschen, aber nur ein bisschen. Was mich aber wirklich verfolgte, war nicht das Szenario, dass der Killer eine Menge über mich wusste, es war das lediglich auf der abstrakten Natur der Verbrechen basierende Gefühl, dass ich den Killer kannte.

Als McGovern an diesem Abend zurückkehrte, war die Flasche Black Bush praktisch leer und Carole Lombard hatte angefangen, mir zuzuzwinkern, was ich als ein Zeichen auffasste. Trotz all der Jahre und Meilen, die uns trennten, von der Welt der Toten bis zur Welt der schlecht Beleuchteten, wusste sie etwas, und das war in Ordnung. Und, obwohl ich praktisch schon auf dem Zahnfleisch ging, hatte ich dieses Mal mehr als nur eine Ahnung, was es war.

»Hier kommt meine Frage«, sagte ich zu McGovern, als er durch die Tür stolperte. »Wie gut kennen wir eigentlich die Menschen, die uns am nächsten stehen?«

»Hier ist meine Frage«, sagte McGovern, während er durch das kleine Wohnzimmer in die noch kleinere Küche ging. »Was ist mit meiner fast vollen Flasche Black Bush passiert?«

»Ob die Flasche fast voll oder fast leer ist, liegt im Auge des Betrachters.«

»Ich kann jedenfalls sehen, dass du mehr getan hast, als sie zu betrachten.«

»Verdammt richtig. Diese Flasche irischer Whisky, Carole Lombard und ich haben die Identität des Killers ziemlich sicher bestimmt, oder zumindest die in Frage kommenden Personen auf wenige, heiß geliebte eingeschränkt.«

»Das ist erstaunlich, Sherlock«, sagte McGovern mit einem dicken Anstrich Scherzhaftigkeit. »Mit den paar Informationen über die Tatorte, die du nur kleckerweise bekommen hast, die meisten davon durch mich, möchte ich hinzufügen, hast du den Killer festgenagelt. Macht es dir was aus, mir zu erzählen, wie du diese Heldentat vollbracht hast?«

»Du weißt, dass ich meine Methoden nicht preisgebe, Watson. Nicht nur das, sondern ich bin mir sicher, dieser Verbrecher trägt eine Maske, Watson. Eine wohl bekannte Maske, sogar eine freundliche. Die gute Nachricht ist, dass trotz dieses Agatha Christie-ähnlichen Füllhorns von herumliegenden Leichen, das Werk unseres engagierten kleinen Täters noch nicht vollbracht ist. Die einzige Möglichkeit, wie wir die Identität unseres kleinen Problemkindes aufdecken können, ist, den Feind auf frischer Tat zu erwischen. Kannst du mir folgen, Watson?«

»Ich kann dir nicht folgen, so wie du hier hin- und herrennst. Es ist nicht genug Platz da, um sich umzudrehen. Wir würden zusammenstoßen.«

»Gutes Argument, Watson. Deine rasiermesserscharfe Analyse einer eingetretenen Situation hört immer wieder auf, mich zu erstaunen.«

»Was machen wir jetzt, Sherlock?«

»Wir machen den Black Bush leer, Watson.«

»Ich hol das Vergrößerungsglas.«

Es gibt konventionelle Methoden, die kleinen Probleme des Lebens zu lösen und dann gibt es unkonventionelle.

Bei der Verbrechensaufklärung ist das nicht anders. Du kannst nach Zahlen malen, zwischen den Zeilen Farbe auftragen, dir von jemandem seine Notizen zur Abnormalen Psychologie Bd. 101 ausleihen. Du kannst zur Polizeiakademie gehen, ein Bundesagent werden und nur noch einen bestimmten Stil von Sonnenbrillen tragen, du kannst allen Regeln folgen, alle Punkte miteinander verbinden und schließlich an einen Punkt kommen, wo du niemals mehr eine Autorität in Frage stellst, weil du die Autorität bist. Im vorliegenden Fall war mir der Luxus, eine dieser anerkannten Methoden anzuwenden, nicht vergönnt. Alles was ich machen konnte, war meine Seele wie ein Frisbee Richtung Hölle zu schleudern, in der Hoffnung irgendein dreiköpfiger Hund mit Blähungen würde sie fangen.

30

Ein definitiver Vorteil, nur einen relativ kleinen Freundeskreis zu haben, besteht darin, dass sich die Wahrscheinlichkeit, einer von ihnen könnte ein Serienmörder sein, verringert. Nichtsdestotrotz, wie kann man heutzutage noch wirklich sicher sein? Zu den Hochzeiten meiner peruanischen Marschierpulvertage war ich Sonntag nachts regelmäßig im Lone Star Café aufgetreten. Der Ort hatte eine so schräge Architektur, dass nur der Barmann an der weiter unten gelegenen Bar einen uneingeschränkten Blick auf die Bühne hatte, aber jeder Gast jeden sehen konnte, der durch die Drehtür kam und den schmalen Steg zwischen Bühne und Bar entlang lief. Viele fremde Menschen kamen in diesen Nächten durch diese Tür, Menschen, die mir fremd waren, die sich wahrscheinlich selbst fremd waren, die wirkten wie große lateinamerikanische Drogennummern und umgängliche

Schuhverkäufer mit dunklen Flecken in ihren Leben, die größer als Dallas waren. Manchmal, wenn ein wirklich durchgebratener Fremder reinkam, schrie ich wie ein derangierter Beo in einem Furcht einflößendem Falsetto, »Ich kenne dein Geheimnis!« Dafür bekam ich jedes Mal einen Lacher von der Menge, aber es war auch gefährlich, denn in diesen drogenverwirrten, hochparanoiden Zeiten hatte praktisch jeder ein Geheimnis und manche waren dunkler als die dunkle Seite des Mondes oder eine Heirat oder ein Mülllaster. Nur ich hatte kein Geheimnis. Das lag daran, um Ted Mann zu paraphrasieren, dass ich die einzigen Geheimnisse, die ich für mich behielt, vergessen hatte.

Ich verbrachte nur ein paar Tage in meinem Versteck bei McGovern, aber wegen McGovern und der geringen Größe des Appartements, fühlte es sich an wie die ermüdende, nicht enden wollende Ära der Peloponnesischen Kriege. Um McGovern gegenüber fair zu bleiben, er versorgte mich mit den spärlichen Informationen, die ich hinsichtlich der Mordserie bekommen konnte, was mich praktisch in die Situation des blinden Mannes und des Elefanten versetzte. Zusätzlich wusste ich wie alle anderen nur noch das, was ich in den Zeitungen gelesen hatte. Unglücklicherweise hatte McGovern den Großteil davon geschrieben. Das soll nicht heißen, dass McGovern kein guter, um nicht zu sagen großartiger Journalist war; es ist nur einfach nicht das Beste, wenn die Urquelle aller Informationen von einem großen Iren stammt, der sich sogar einmal die Haare kämmte, bevor er ein Rennpferd traf.

Was die Identität des Mörders anbelangte, hatte ich meine eigenen Vorstellungen, aber ich musste noch das Unmögliche ausschließen, damit nur das Mögliche übrig blieb, um so alle Fragen und Zweifel auszuräumen und dann mit einem dünnen Rückstand an Langeweile und Unwohlsein weiterzuleben. Ich begann damit, McGoverns Telefonrechnung ein wenig aufzustocken und rief alle und jeden an, den ich kannte und der möglicherweise im Stande war zu sagen: »Noch mehr Eierflipp?« Das beinhaltete Washington Ratso, der ein Alibi hatte, weil er in Washington lebte und arbeitete, Will Hoover, der ein Alibi hatte, weil er auf Hawaii lebte und arbeitete, Kent Perkins, Dr. Jim Bone, Roscoe West, Billy Swan, den vorerwähnten Ted Mann, John Mankiewicz, Dylan Ferrero, Dwight Yoakam, Bob Dylan, Hitler, Jesus und Butch Huff aus Ashland, Kentucky. Sie alle kannten mich gut, aber hätten nicht die Möglichkeit gehabt, in New York dieses Kollier einer Sterbeliste um meinen Hals zu kreieren. Um eine weitere ermüdende Baseballanalogie zu bemühen, ich hatte kurzen Kontakt zu allen *Bases* aufgenommen. Einige dieser *Bases* reagierten leicht skeptisch und ein bisschen verärgert, als sie allmählich den wahren Grund meines Anrufs erkannten, aber wenn man ein Amateurprivatdetektiv auf der Fluch vor den Cops ist, gehört das automatisch dazu.

Dann beschäftigte ich mich mit dem kleinen, endlichen Universum von Menschen, die die Mittel hatten, denjenigen, die in New York lebten und arbeiteten oder rumlungerten. Wie ich bereits sagte, ich führte eine asymmetrische Kampagne, ohne die gewaltigen Datenmengen, das Personal oder die Autorität, die dem NYPD auf Abruf zur Verfügung stand. Ich verließ mich mehr als je zuvor auf Cowboylogik, angeborene Sensibilität, androgyne Intuition, Hinweise, Verdachtsmomente, Bauchgefühl, persönliche Erfahrungen und andere spirituell abstraktere Launen und größere Ärgernisse, die zweifelsohne weder von Sherlock noch von Nero Wolfe toleriert worden wären. Man könnte jetzt darauf hinweisen, dass diese beiden großen Männer fiktionale Charaktere waren. Darauf würde ich antworten, dass die fiktionale und die nicht-fiktionale Welt überlappende Welten sind, in denen vieles, was die nicht-fiktionale Welt umfasst nicht stimmen mag und vieles, was die Welt der Fiktion ausmacht, tatsächlich stimmen kann, wenn der Leser weiß, wie man zwischen den Zeilen liest. Hoffentlich gibt es mehr als einen Leser. Und so kam es, dass ich zwischen diesen beiden Welten auf die Weise navigierte, wie ich es die meiste Zeit meines Lebens getan hatte, im Hinterkopf immer die wenig bekannte Tatsache, dass es vor vielen Jahrhunderten wahrscheinlich tahitische Seefahrer in rudimentären Kanus zu den hawaiischen Inseln geschafft hatten; es heißt, während sie Tausende von Meilen unkartierten, oft sternenlosen Ozeans zurücklegten, hätten diese edlen, primitiven Männer, um besser die subtilen Strömungen erspüren zu können, zu Navigationszwecken ihr Skrotum von Zeit zu Zeit auf den Holzboden ihrer Kanus gelegt.

Eine ganz andere Form von Sorgentelefon war es, die Village Irregulars und andere enge Freunde anzurufen. Ich konnte mir zwar nur schwerlich vorstellen, dass einer von ihnen diese frevelhaften Taten begangen hatte, aber ich wollte auch nicht so enden, wie die nette alte Dame, die direkt neben Charles Whitman gelebt hatte, der 1967 den Texas Tower bestiegen und sechzehn Menschen erschossen hatte. Ich wollte nicht von lokalen Fernsehsendern interviewt werden und nur sagen: »Er war so ein netter Junge.« Die Wahrheit ist, das sind sie nie. Nette Jungs können im Handumdrehen böse werden. Freunde können dir das Messer in den Rücken stechen. Frauen betrügen dich, wenn du es am wenigsten erwartest. Das kalte Auge des Privatdetektivs sieht nichts so, wie es zu sein scheint. Die meisten Menschen sind wie Ratso, sie leben in einem unschuldigen Dr.-Watson-Wunderland. Wenn sie jemanden besuchen, den sie lange nicht gesehen haben, machen sie schwärmerische Bemerkungen wie »Ich habe ihn noch nie glücklicher gesehen.« Drei Tage später bläst sich diese Person jedes Mal das Hirn weg. Je näher wir anderen Menschen kommen, desto schwieriger ist es ironischerweise oft hinter die Fassade zu sehen. Dennoch schien dieser Mörder fast mit mir zu sprechen, mich anzuflehen, meinen Namen zu rufen.

Ich verkleinerte das Universum immer mehr. Alle üblichen Verdächtigen lebten in New York. Alle hätten Gelegenheit und Mittel gehabt, abgesehen von Rambam, der außer Landes war, als einige der Morde stattfanden. Oder dies zumindest behauptet hatte. Er müsste bald zurückkommen und ich musste natürlich sein Alibi überprüfen, was kein allzu warmer Empfang werden würde. Selbst McGovern und Ratso durfte ich nicht übersehen. Zur Hölle, keiner durfte übersehen werden, so lange dieser Mörder nicht gefasst war. Also drang ich tiefer in McGoverns Schnapsschränkchen vor, fand dieses Mal eine Flasche Old Grandad und begann, ein paar Erkundungsschlucke zu nehmen.

Ich will hier niemanden mit einem absolut detaillierten Bericht langweilen, es gab die, die es persönlich nahmen, die anderen, die sagten, ich oder die Methoden, die ich anwandte, um die gewünschten Informationen aus ihnen herauszukriegen, gehörten in eine psychiatrische Anstalt. Einige, wie Brennan, waren von Anfang an feindselig und unkooperativ. Andere, wie Chinga, beantworteten meine Anrufe erst gar nicht. Nur wenige der Irregulars hatten eine Motivation, diese ruchlosen Taten zu begehen. Tatsächlich hatten nur wenige überhaupt eine Motivation. Diejenigen, die noch motiviert waren, ließen nur wenig Enthusiasmus für meine Ermittlungen erkennen. Winnie war mehr daran interessiert, die neuen Tanzkurse, die sie plante, mit mir zu diskutieren. Pete Myers war von seiner bevorstehenden Ein-Mann-Motorrad-Odyssey in Mexiko völlig vereinnahmt. Davon mal ganz abgesehen war das Telefon nicht das beste Werkzeug, um die Wahrheit über menschliche Wesen auszugraben. Ich legte schließlich den Hörer auf, setzte mich auf die Ozean überquerende Couch und goss mir einen großen Erwachsenenschluck Old Grandad in ein angemessenes Stielglas. Ich bereitete mich gerade darauf vor, mir einen ordentlichen Schluck die Kehle runterzukippen, als der vorerwähnte Hörer zu klingeln begann. Ich goss den Schnaps runter und nahm dann den Hörer auf. Immer hübsch eins nach dem anderen.

»Schieß los«, sagte ich mit Old-Grandad erstickter Stimme, die ich selbst kaum wieder erkannte. Der Anrufer offensichtlich auch nicht.

»Kinky?« fragte eine unbestimmbare, aber weibliche Stimme.

»Ja, das bin ich. Ich hab mich nur verschluckt. Wer ist dran?«

»Heather Lay«, schnurrte sie.

Etwas an der trägen, schläfrigen Art, wie sie ihren Namen aussprach, versetzte mich in Aufregung. Ich hatte unentgeltlich an dem Fall gearbeitet, aber der Klang ihrer Stimme verlieh diesem Terminus eine neue Bedeutung.

»Ich habe die Nummer von deinem Freund Ratso«, sagte sie. »Oder soll ich Larry sagen. Nachdem ich die Nummer auf deiner Karte angerufen, eine Nachricht hinterlassen und nichts von dir gehört hatte, habe ich angefangen, mir Sorgen zu machen. Also habe ich Larry Sloman im Telefonbuch nachgeschlagen und wir haben uns lange unterhalten. Du bist vorsichtig, oder?«

»Ich verwende Gummis«, sagte ich.

Heather hatte etwas an sich, das in mir den Wunsch auslöste, ihr für immer zuzuhören. Ich kannte sie kaum, trotzdem hatte ich das Gefühl, als hätte ich sie schon mein ganzes Leben gekannt. Sie verhielt sich nicht, wie irgendeine andere Frau, die ich jemals zuvor getroffen hatte. Und sie schien keine Maske zu tragen.

»Hör zu, Kinky. Komisch, dich Kinky zu nennen. Ich hoffe du kriegst denjenigen, der Jordan getötet hat, aber mir ist viel wichtiger, dass du nicht in Gefahr bist. Ich muss zugeben, dass Jordans Tod mich befreit hat und dass alles mit deinem Besuch an diesem Tag anfing. Ich wusste von Anfang an, dass du kein Freund von Jordan warst. Das wäre unmöglich gewesen. Du bist zu süß.«

Ich befinde mich nicht allzu häufig in einer Verfassung, in der mir die Worte fehlen. Jetzt wusste ich absolut nicht, was ich sagen sollte. Ich war total aufgewühlt. Ich war beschwingt und voller Hoffnung. Ich fühlte mich, tja, befreit.

»Nicht so süß wie du«, murmelte ich schließlich.

»Das kannst du noch gar nicht wissen«, sagte sie. »Was hast du jetzt vor?«

»Ich kann mich nicht für immer vor dem Leben und den Bullen verstecken. Ich lade dich auf ein großes haariges Steak ein.«

»Ich bin Vegetarier.«

»Ich bin Vaginarier.«

»Gut«, sagte sie mit einem schüchternen Kichern. »Dann ernähren wir uns beide gesund.«

»Vorher muss ich aber zurück in den Loft und mich umziehen.«

»Ich dachte, er würde observiert?«

»Gibt es irgendetwas, was Ratso dir *nicht* erzählt hat?«

»Er hat mir nicht erzählt, dass du braune Augen hast, die zwinkern. Das habe ich selbst gesehen. Aber wird man dich nicht verhaften, wenn du zurückgehst?«

»Ich glaube nicht. Es könnte nur sein, dass wir bei unserem ersten Date in Begleitung einiger Anstandswauwaus sind.«

»Wie romantisch.«

»Du musst wissen, die Cops wollen eigentlich nicht mich, Heather. Sie wollen nur wissen, was ich weiß.«

»Und was *weißt* du?«

»Ich weiß, wer Jordan getötet hat«, sagte ich.

31

John Lennon hat mal gesagt, »Leben ist, was passiert, während du Pläne machst«. John hat es nicht so explizit erwähnt, aber manchmal passiert auch der Tod, wenn man sich schließlich doch für seinen sozialen Terminkalender zu interessieren beginnt. Noch bevor ich dazu in der Lage war, McGoverns Appartement zu verlassen, schlug der Mörder erneut zu. Ein operatives Muster, das so schnell voranschritt, mag für einen erfahrenen Serienmord-Profiler nicht überraschend sein, aber ich muss berichten, dass der achte Mord mich dazu brachte, das, was noch vom Old Grandad übrig war, platt zu machen. Jeder Mensch tötet das, was er am meisten liebt. Oscar Wilde.

Der erste, der mir vom achten Mord berichtete, war McGovern, gefolgt von Ratso; letzteres Individuum sagte natürlich unnötigerweise, dass er seine »Quallen« nicht enthüllen wollte. Nicht, dass sich irgendjemand dafür interessiert hätte. Die Informationen waren noch nicht gesichert, doch die Polizeiwagen des NYPD zogen ihre Kreise immer enger. Die Wolke des hochkarätigen Mediendrucks löschte die wenige Sonne, die es in New York gab, aus. »Die Presse knallt total durch«, hatte Ratso am Telefon geschrien. »Es ist schlimmer als bei Son of Sam, Kinkstah!« McGovern lieferte ein kleines Detail des Verbrechens, welchen Nutzen es auch haben mochte. Dieses Mal war das Opfer offensichtlich ein älterer Mann. Eine ganze Ecke älter als die anderen Opfer. Was das zu bedeuten hatte, stand in den Sternen.

Ich beschloss, es war an der Zeit, die Würfel rollen zu lassen. Wenn ich mit meinen Verdächtigungen richtig lag, könnte ich diese genauso gut verifizieren, bevor der Täter mit seinem Zehn-kleine-New-Yorker-Lied am Ende angekommen war. Ich wusste, dass ich nur eine einzige

Chance hatte, also musste ich beim ersten Mal richtig liegen. Und ich musste nicht nur richtig liegen, ich musste den Fall den Cops schlüssig beweisen, und, was vielleicht noch wichtiger war, ich musste es für meinen eigenen Seelenfrieden richtig machen. Wenn man *Huevos Rancheros* essen wollte, musste man ein Ei zerschlagen. Manchmal auch zwei.

Ich spähte aus McGoverns Fenster in die kleine Gasse hinter dem Gebäude. Das Wetter war düster und drohend, mit wiederkehrenden Blitzen, die die trostlose Skyline spalteten. Ob Regen oder Sonnenschein, dachte ich, ich musste meine Nachricht verdammt bald überbringen. Es gibt eine dunkle und beunruhigende Seite im Leben, heißt es in einem alten Song. Aber auch eine helle und sonnige. Für uns, die wir in dieser von Kriegen zerrissenen, vom Wetter gepeitschten Welt lebten, schien es von Tag zu Tag schwerer, auf der Sonnenseite zu bleiben. Eine Vision von Heather, die ich im Herzen trug, gab mir Auftrieb für das, was demnächst in diesem Theater stattfinden würde. Es war ganz klar an der Zeit, das Nest zu verlassen. Außerdem waren mir schon seit einigen Tagen die kubanischen Zigarren ausgegangen, eine Situation, die meine Persönlichkeit radikal zu verändern schien. Aber wie konnte jemand das wissen?

Später am Nachmittag schrieb ich McGovern eine kurze Nachricht, in der ich mich für seine Gastfreundschaft bedankte. Vor McGoverns Fenster begannen graue Regenwände in merkwürdigen, unnatürlichen Winkeln niederzugehen. Es war die Art von Wetter, bei der Sherlock selbst sich wahrscheinlich ziemlich wohl gefühlt hätte. Ich wusste, ich war nicht Sherlock. Aber unter den gegenwärtigen operativen Bedingungen, war es unmöglich, das Unmögliche auszuschließen. Manchmal musste man an Bord eines Schiffes voller Narren auf Seemannsglück vertrauen.

Ich lieh mir einen alten Mantel von McGovern, den er wahrscheinlich nicht vermissen würde. Er war größer als ein Zirkuszelt, aber nicht ganz so grell. Der Abend wurde kälter und dunkler, fast wie die Macht der Gewohnheit, aber der Regen ließ gerade soweit nach, dass die Sichtverhältnisse es einem kleinen Kind ermöglichten, sein Papierflugzeug zu landen. Eine Ermittlung ist fast wie das Leben, dachte ich, während ich weiterging, und die wirklich wichtigen Puzzleteilchen zur Lösung eines Rätsels sind oft die, die schon von Anfang an existent gewesen waren. Wenn man sie am Anfang verpasst, ist die Wahrscheinlichkeit, am Ende verloren zu sein, ziemlich hoch. Und manchmal ist alles ziemlich einfach. Ich möchte nicht kryptisch werden, aber wenn ich erzählen würde, woher ich weiß, was ich weiß, würden alle sagen, »Scheiße, das weiß doch jeder!«, aber jeder weiß es natürlich nicht. Darum ist es mir im Laufe der Jahre zur Gewohnheit geworden, weder meine Methoden noch mich selbst der Öffentlichkeit preiszugeben.

Ich ging im Regen die Jane Street runter, dann weiter die Fourth Street, vorbei an Twelfth, Bank und Perry bis zur Seventh Avenue. Dann die Vandam hoch, während ich unauffällig spähte, ob es gewisse Anzeichen für eine Observierung gab, sah aber keine. Irgendetwas sagte mir jedoch, dass sie da waren. So ähnlich, wie man weiß, man wird von einem Spanner beobachtet. Wenn dieser Techniktyp Anderson, den Cooperman als Ersatz für Fox mitgebracht hatte, den Loft, wie ich vermutete, verwanzt hatte, würde die Observierung der Straße eher schmal ausfallen. Zu dem Zeitpunkt, als ich mich der 199B Vandam näherte, war ich kalt und nass und taub und ich gab einen Scheiß darauf, ob irgendjemand mich von der Straße oder vom Himmel aus beobachtete. Wie in Trance blickte ich nach unten und sah ein zitterndes schwarzweißes Bündel auf der Treppenstufe vor dem Gebäude liegen. Zwei wohl bekannte grüne Augen sahen mich an. Ich nahm sie hoch und drückte sie an meine Brust, wie ein Landstreicher auf der Straße sich an einen Engel klammert.

»Mein Gott!« sagte ich. »Wo bist du gewesen?«
Die Katze sagte natürlich nichts.

32

Katzen laufen Meilen und Jahre mit einer anmutigen Ausdauer von der Menschen nur träumen können. Ob aus Loyalität, Liebe oder ob sie wie wir auch Kreaturen mit festen Gewohnheiten sind, sie schaffen es oft, gerade noch rechtzeitig zurück zu kommen. Ihre Abenteuer, ihre Reisen bleiben in ihren Augen und unserer Vorstellung. Die Spur einer Katze ist genau wie die Spur eines Killers vor der Welt abgeschirmt und verschleiert durch den Rauch des Lebens und den Nebel des Todes. Wo bist du gewesen, meine bezaubernde Kleine?

Als ich sie erst einmal nach oben in den Loft gebracht hatte, stellte ich fest, dass sie nach diesen vielen Monaten immer noch in guter Verfassung war. Sie sah ein bisschen dünn aus, aber das war Jesus schließlich auch. Hinten im Küchenschrank stand immer noch Katzenfutter. Ich hatte es nicht übers Herz gebracht, es wegzuschmeißen. Oder vielleicht war es auch nur Faulheit gewesen. Sie aß eine Dose Tunfisch als wäre es ihr letztes Abendmahl. Ich will gar nicht darauf bestehen, dass diese Katze einen Teil von Jesus in sich trug. Ich sage nur, wenn man in die Augen eines streunenden Tieres blickt, kann man manchmal den Altar des Gottes seiner Wahl finden. Wenn man sein Herz öffnet und diesem Tier einen Zufluchtsort gibt, hat man wahrhaftig das Tor zum Himmel etwas weiter geöffnet.

Langsam fiel jedes Teil an seinen Platz. Die Katze war zuhause, ruhte sich auf ihrem angestammten Platz auf meinem Schreibtisch unter der Wärmelampe aus. Die Ermittlung ging dem Endspiel entgegen. Wenn Cooperman seinen Verdächtigen hatte, ich hatte meinen auch. Und mit der angenehmen Aussicht auf ein Kerzen beschienenes Dinner mit Heather in naher Zukunft, reichte das fast aus, um mich an Astrologie glauben zu lassen. Wer brauchte schon große haarige Steaks, wenn dein Schicksal in den Sternen geschrieben stand.

»Es ist fast wie in alten Zeiten«, sagte ich zu der Katze, als ich Sherlocks Schädeldecke hob und eine frische kubanische Zigarre aus der Abteilung für graue Zellen holte. Es mag natürlich kompletter anthropomorpher Schwachsinn sein, aber ich hätte schwören können, dass die Katze lächelte.

»Diese Unterhaltung könnte mitgehört werden«, sagte ich, als ich das Ende der Montecristo No 2 abknipste, dieselbe Zigarrensorte, die bei dem widerwärtigen Tod von Ron Lucas eine Rolle gespielt hatte. »Es ist möglich, dass das was wir sagen für die Nachwelt aufgenommen wird.«

Die Katze kümmerte sich einen Floh um die Nachwelt. Das einzige, worum sie sich im Moment kümmerte war, dass ihr eigener Allerwertester warm und trocken war. Man mag denken, das sei eine ziemlich kurzsichtige und selbstsüchtige Perspektive. Wenn das das einzige ist, was einem hierzu einfällt, hat man keine Ahnung von Katzen. Und keine Ahnung von Menschen. Dann gibt man vielleicht einen guten, moralisch gefestigten, wohlmeinenden Dr. Watson ab, aber man verfügt niemals über das, was man braucht, um eine einsame, wahrheitssuchende Rakete wie Sherlock Holmes zu werden.

»Hör mal!« ejakulierte ich, während ich die Zigarre befeuerte, was für jeden ein schwieriges Unterfangen ist. »Wenn ich nicht komplett falsch liege, ist das ein Segen von oben!«

Und dem war auch so. Zum ersten Mal seit vielen Monaten stampften die wohl bekannten Fußnoten mit dumpfen, synkopischen Tritten auf den Boden über mir, den ich in schwachen Momenten auch als Decke bezeichnete.

Das war nicht nur eine willkommene Abwechslung zu der düsteren Stille, die den Loft so lange umgeben hatte, sondern auch der perfekte Alptraum für jeden, der uns mit einem Abhörgerät belauschte.

»Man fragt sich«, kommentierte ich der Katze gegenüber, »ob Gott vielleicht wirklich eine Frau ist.«

Der Katze gefiel diese Art von Gesprächen nur bedingt. Sie war eine Fundamentalistin der freien Form, früher einmal war sie Baptistin gewesen, bis sie gemerkt hatte, dass sie sie nicht lange genug unter Wasser hielten. Ich schätzte die Katze nicht weniger, nur weil sie Fundamentalistin war. Jeder ist bei den Dingen, die ihm wirklich wichtig sind ein Fundamentalist. Das ist eine der eingebauten kleinen Tragödien der menschlichen Rasse.

»Ich verrate dir mal ein kleines Geheimnis«, vertraute ich der Katze an, während ich einen ordentlichen, medizinischen Schuss Jameson's in das alte Stierhorn kippte. »In meinem Leben gibt es im Moment zwei Personen von Interesse. Die eine ist ein ganz besonders bösartiger, psychotischer Massenmörder. Die andere eine von jahrelangem Missbrauch befreite junge Frau, die ich gerade kennen gelernt habe. Mein Plan ist, beide morgen Nacht zu treffen. Meine Tanzkarte ist wie du merkst also ziemlich voll.«

Die Katze nahm diese Information mit einer gewissen Ungläubigkeit auf. Für gewöhnlich glaubt eine Katze rein gar nichts, so lange es nicht in der *New York Times* steht.

»Ich muss natürlich erst Heather anrufen. Sie könnte die zukünftige Ex-Mrs. Kinky Friedman werden. Heather reimt sich fast ein bisschen auf Feder, kannst du das in einen gewissen Bezug setzen?«

Unglücklicherweise war die Katze zu diesem Zeitpunkt schon eingeschlafen. Ich beschäftigte mich damit, den zweiten Jameson runterzukippen. Die Dinge schienen fast normal. Ich nahm den linken Hörer auf, rief Heather an und wir tauschten ein paar Nettigkeiten aus. Ich sagte ihr, dass ich morgen Nacht eine kleine Privatdetektivangelegenheit zu regeln hätte, aber ich würde sie danach anrufen und vielleicht könnten wir uns zu einem späten Abendessen treffen.

»Bitte sei vorsichtig«, sagte sie mit dieser vertrauten, heiser klingenden Stimme, an die ich mich schnell gewöhnte. Sie passte gut zu Kaffee im Bett. Oder Kaffee verschütten.

»›Bitte sei vorsichtig‹ ist mein zweiter Vorname«, sagte ich. »Ziemlich langer zweiter Vorname, bei Monogrammen die Hölle. Aber mach dir keine Sorgen, bin ich.«

Ich war vielleicht ein bisschen gedankenlos jemandem gegenüber, der gerade jemand nahe stehenden verloren hatte, aber vielleicht war Gedankenlosigkeit das einzige, was ich in dieser Nacht auf Lager hatte. Schließlich war es schon verdammt lange her, dass jemand von mir wollte, bitte vorsichtig zu sein.

»Ich hoffe, ich wirke nicht neugierig«, sagte sie, »aber hast du die Sache mit der Polizei geregelt?«

»Eigentlich nicht.«

»Dann nimmst du Ratso mit zu deiner kleinen Privatdetektivangelegenheit morgen Nacht?«

»Eigentlich nicht. Es gibt Dinge, die man alleine regeln muss. Meine Mutter hat mir mal erzählt, als ich noch ein Baby war und sie mich füttern wollte, habe ich immer ›Lein! Lein!‹ gesagt. Das bedeutete, dass ich es alleine machen wollte.«

»Du musst ein wunderschönes Baby gewesen sein. Aber findest du nicht, es ist an der Zeit zu lernen, es mit jemandem gemeinsam zu tun?«

»Das ist vorbei«, sagte ich und meinte es auch so. »Aber, Heather, es gibt eine bestimmte Art von Menschen mit einem dunklen, hässlichen Geheimnis, das, vielleicht die meiste Zeit ihres Lebens, tief in ihrem Inneren schwärt. Diese Art von Mensch sehnt sich danach, diese Last abzuwerfen, aber genauso sehnt sie sich danach zu töten, damit sie genau das nicht tun muss. Darin liegt keine Logik. Es macht für einen rationalen Verstand keinen Sinn. Aber wenn du die richtige Person zum Reden bist und dich dieser Person zur richtigen Zeit am richtigen Ort näherst, gibt sie es vielleicht zu. Aber eins ist sicher. Sie wird ihr Geheimnis in einer Million Jahren nicht mit dem Rest der Klasse teilen.«

»Ich verstehe«, sagte sie. Und vielleicht tat sie das auch.

Ich versicherte ihr, ich würde anrufen, wenn ich fertig war. Ich hatte ihr schon zu viel erzählt, aber ich merkte, es war noch nicht genug. Es gibt Dinge, die man liebend gern den Menschen erzählen würde, die man liebt, es aber nie tut. Man vertraut darauf, dass sie es schon immer wussten.

33

In dieser Nacht träumte ich von Lottie, während die Katze neben mir eingerollt schlief. Als Lottie Cotton in der kleinen südöstlich gelegenen, texanischen Stadt Liberty am 6. September 1902 geboren wurde, gab es noch keine Flugzeuge am Himmel. Es gab keine SUVs, keine Superhighways, keine Mobiltelefone, kein Fernsehgeräte. Als Lottie vergangenen Juli in Houston ihre letzte Ruhestätte fand, wurde sie von einem schwarzen Jesus an einer Wand der Beerdigungskapelle behütet. Die meisten biblischen Gelehrten sind sich heutzutage einig, dass Jesus nordafrikanischer Abstammung und sehr wahrscheinlich schwarz war. Aber spirituell gesehen, war Lottie immer farbenblind gewesen; ihr Jesus hatte die Farbe der Liebe. Sie hat ihr gesamtes Leben damit verbracht, sich um andere zu kümmern. Und ich habe das Privileg, einer davon gewesen zu sein.

Lottie war kein Dienstmädchen gewesen. Auch keine Nanny. Sie hat nicht bei uns gelebt. Wir waren keine reichen Teppichratten, die in River Oaks aufwuchsen. Wir lebten in einer bürgerlichen Gegend von Houston. (Meine Mutter war eine der ersten Sprachtherapeutinnen, die für den unabhängigen Houstoner Schulbezirk arbeiteten, mein Vater fuhr durch den ganzen Südwesten und kümmerte sich um ethnische Minderheiten). Lottie half tagsüber beim Kochen und Kinderhüten und wurde bald Teil unserer Familie. Ich war alt genug zu wissen, aber dennoch jung genug zu fühlen, dass ich mich in Gegenwart einer ganz besonderen Person befand. Laura Bush, meine gelegentliche Brieffreundin, hatte in einem ihrer jüngeren Briefe folgendes über Lottie zu sagen, ich gehe davon aus, sie hat nichts dagegen, wenn ihr es auch erfahrt: »Nur ganz besondere Frauen verdienen den Titel ›Zweite Mutter.‹ Sie muss eine bemerkenswerte Person gewesen sein und ich weiß, dass du sie vermisst.«

Auf dieser Welt gibt es nicht mehr viele Menschen wie Lottie. Nur wenige von uns haben soviel Zeit und Liebe, ihre Tage damit zu verbringen, sich um andere zu kümmern. Die meisten von uns nehmen die Verantwortung ihrer eigenen Familie gegenüber ernst. Viele von uns arbeiten hart. Einige von uns handeln nach der Devise, was du nicht willst, was man dir tu, das füg auch keinem anderen zu. Aber wie viele würden bereitwillig, freigiebig, liebevoll ihr Herz mit zwei kleinen Jungen und einem Mädchen, einem Cocker Spaniel namens Rex und einer weißen Maus namens Archimedes teilen?

Auf die eine oder andere Art ist es Lottie und mir fast fünfundfünfzig Jahre lang gelungen, in Verbindung zu bleiben, wo auch immer ich gerade durch die Welt reiste. Ich habe nachgerechnet, dass Lottie Anfang sechzig war, als sie mir während meiner Zeit im Peace Corps Geburtstagskarten nach Borneo schickte. Ein Alter, dem ich mich jetzt schnell, wenn auch ungläubig nähere. Sie blieb auch mit meinem Bruder Roger, der in Maryland lebt, und meiner Schwester Marcie, die in Vietnam lebt, in Verbindung. Auf diesem unruhigen Planeten hundert Jahre zu leben, ist ein seltenes Kunststück. Aber den Kontakt mit deinen »Kindern« über diese lange Zeit aufrecht zu erhalten, so dass sie in späteren Jahren deine teuren Freunde werden, ist noch viel seltener.

Lottie überlebte nicht nur im klinischen Sinn ein Jahrhundert; bis zum Ende ihrer Tage war sie bei glasklarem Verstand. Im reifen jungen Alter von neunundneunzig saß sie mit dir am Küchentisch und diskutierte mit dir verständig Politik oder Religion – oder Stofftiere. Lottie hinterließ eine ganze Menagerie von Teddybären und anderen Stofftieren, von denen jedes einzelne einen Namen und eine Persönlichkeit hatte. Sie hinterließ auch zwei lebende Tiere, Hunde namens Minnie und Little Dog, die ihr überallhin gefolgt waren und sie beschützt hatten. (Minnie ist ein kleiner Hund, der nach meiner Mutter benannt wurde und Little Dog ist erwartungsgemäß ein großer Hund.)

Lottie hinterlässt ihre Tochter Ada Beverly (die beiden haben sich in den letzten dreißig Jahren gegenseitig mit »Mama« angesprochen) und einen Enkel, Jeffery. Sie hinterlässt auch Roger, Marcie und mich, die verstreut in der modernen Welt leben, einer Welt, die so viel an Technologie hervorgebracht hat, aber dabei die geheiligten Rezepte für Popcorn-Bälle und Chocolate Chip Cookies verloren zu haben scheint. »Sie war eine gepfefferte Heilige«, sagte ein junger Priester, der sie nie kennen gelernt hatte, bei ihrer Beerdigung. Aber war es zu spät, die Hände zu segnen, die das Essen bereitet hatten, fragte ich mich. Und Lotties freundliche Hände hatten so viele andere Talente, nicht zuletzt das Geschick, die menschliche Seele wieder ins Reine zu bringen.

Ich weiß nicht, was man noch über jemanden sagen kann, der schon immer in deinem Leben war, jemanden, der immer da war, auch wenn »da« sehr weit weg war. Lottie war die Freundin meiner Mutter, sie war meine Freundin, und nun findet sie in Jesus einen Freund. Sie hatte in Jesus schon immer einen Freund, wenn man darüber nachdenkt. Das Fundament ihres Glaubens war genauso stark wie das Fundament der Eisenbahnschienen, bei deren Verlegung sie als junges Mädchen in Liberty mitgearbeitet hat. Lottie, du hast deine fleischliche Hülle überlebt, Liebling. Deine Unsterblichkeit ist nicht die beschränkte Unsterblichkeit, nach der die Autoren, Schauspieler, Künstler dieser Welt streben. Du hast die Unsterblichkeit eines kostbaren Passagiers im Zug Richtung Ruhm, der dich von den Schwellen der Eisenbahnschienen zu den Sternen im Himmel bringt.

Bei Tag und bei Nacht, im ständigen Wechsel, scheinen Sonne und Mond durch das Fenster, und spiegeln ein ums andere Mal die goldenen und silbernen Pfade der Kindheit. Die Pfade sind immer noch da, aber wir können sie mit unseren Augen nicht mehr erkennen. Noch werden wir sie jemals wieder leichtfüßig betreten. Trotzdem verschwenden wir als Kinder keinen Gedanken daran, wir könnten eines Tages vom Weg abkommen. Wir glauben, wir haben alle Zeit der Welt.

Ich bin noch hier Lottie. Und Ada hat mir zwei der Teddybären gegeben, die ich dir vor langer Zeit geschickt habe. Während ich diese Worte schreibe, sitzen sie hinter mir auf der Fensterbank und passen auf mich auf. Einige würden sagen, es sind nur Stofftiere. Aber du und ich, Lottie, wir wisse,n aus was sie wirklich bestehen. Es ist der Stoff, aus dem die Träume sind.

34

Das erste was ich am nächsten Morgen, nachdem ich die Katze gefüttert und die Espressomaschine in Betrieb genommen hatte, tat, war Ratso anzurufen. Seine Stimme war ein bisschen kratzig, was immer mal passierte, wenn man zum ersten Mal am Tag mit jemandem sprach, aber dieses Mal brauchte ich wirklich seine Hilfe. Zum einen wollte ich es nicht riskieren, den Loft zu verlassen, solange er nicht brannte, zum anderen hatte Ratso etwas, das ich brauchte.

»Kinkstah!« rief er durch den Hörer. »Heather mag scheinbar den Kinkstah!«

»Heather scheint sehr nett zu sein.«

»Was meinst du mit ›Heather scheint sehr nett zu sein‹?« ratterte Ratso weiter wie die U-Bahn. »Sie ist scharf, Baby! Sie ist scharf!«

»Tja, es war sehr nett von dir, den jüdischen Ehestifter zu spielen...«

»Immer gerne, Kinkstah! Immer gerne! Aber ich hoffe du streunst nicht allzu weit von der Ermittlung entfernt. Ich meine, ein bisschen R&R ist super, aber nach meiner Zählung haben wir mittlerweile acht Opfer und keine Täter! Wie sieht unsere weitere Planung aus, Sherlock?«

»Ich plane, mich heute Nacht mit dem Täter zu treffen.«

»Großartig! Wann und wo?«

»Überlasse ich dem Täter.«

»Sag mir Bescheid und ich bin da, Sherlock.«

»Das wird nicht nötig sein, Watson. Diese nächtliche Begegnung mit dem Täter wird aus vielen zwingenden Gründen Sirhan-Sirhan-Auge-in-Auge stattfinden.«

»Moment mal, Sherlock! Ich habe dich bei jedem Schritt in dieser Untersuchung begleitet! Ich hab die ganze Beinarbeit mit dir gemacht! Und jetzt willst du den Fall alleine lösen? Was ist mit deiner tiefen, latent homosexuellen Bindung zu deinem verdammt wunderbaren, loyalen Dr. Watson? Was ist damit, dass ich der einzige Fixpunkt in einer sich schnell wandelnden Zeit bin?«

»Oberhalb deines Kopfs ist ein Fixpunkt, Watson.«

»Ich kann nicht glauben, dass du Watson zum Wasser führst und ihn nicht trinken lässt. Ich kann nicht glauben, dass du Watson das gelobte Land zeigst und ihn nicht dorthin gehen lässt.«

»Kneif dich mal, Watson, das alles ist deiner nicht würdig. Sicherlich weißt du, dass der Täter dem guten Cop erst dann gesteht, wenn der böse Bulle den Raum verlassen hat. Sicherlich weißt du, dass während andere vor der Gemeinde predigen, keiner vor der Gemeinde gesteht. Sicherlich weißt du, wenn ein Sünder einem Priester beichtet, ist es immer nur einer.«

»Sicherlich weißt du, wenn ein Priester seinen besten Freund fickt, dann dem Papst erzählt, er habe geglaubt, es sei ein Ministrant gewesen...«

»Watson, das alles ist deiner nicht würdig.«

Mein Vater hat immer gesagt, behandle Kinder wie Erwachsene und Erwachsene wie Kinder. Ratso hatte tatsächlich das Gemüt eines kleinen Kindes oder eines verspielten Welpen. Er verfocht seine Überzeugungen leidenschaftlich, aber war genauso leicht abzulenken. Ich griff bei ihm nun auf das Diktum meines Vaters zurück.

»Es gibt eine Angelegenheit von äußerster Wichtigkeit, Watson, die du und nur du allein in die Hand nehmen kannst. Wie du weißt bin ich, dieses Mal nicht aus Gründen wie Malaria, praktisch ein Gefangener der Vandam Street. Ich verlasse den Loft nur unter großem persönlichen Risiko. Aber es gibt ein Objekt, Watson, das gegenwärtig in deinem Besitz ist, Watson, das ich unbedingt brauche, Watson!«

»Klar, Sherlock. Um was handelt es sich?«

»Das Pornovideo.«

Ich konnte hören, wie sich die Rädchen in Ratsos Kopf drehten. Ich konnte spüren, wie sich sein Verstand auf eine andere Schiene sprang. Ich ergriff die Gelegenheit und zündete ein Streichholz an meiner Jeans an und ließ einen toten kubanischen Soldaten wieder auferstehen.

»Alles klar, Kinkstah! Sie scheint nett zu sein, Kinkstah! Vielleicht ist sie unanständig und nett, Kinkstah! Vielleicht mag sie große, gemeine Cowboys! Vielleicht schmeißt du den Porno ein und dann reitest du sie hart und machst es ihr geil, Kinkstah!

»Ach Watson, mein Freund, dein müheloser, intuitiver Verstand! Gibt es überhaupt irgendeinen Aspekt in irgendeiner Beziehung, der deinem neugierigen, lüsternen Blick entgeht?«

»Ich schätze nicht, Sherlock«, sagte Ratso mit traurigerweise absolut fehlgeleitetem Stolz. »Ich bring das Video im Laufe des Vormittags vorbei.«

»Gute Arbeit, Watson! Von denjenigen, denen viel gegeben wurde, wird viel erwartet.«

Ratso brachte den Porno wortgetreu später vorbei. Da die lesbische Tanzschule vorübergehend ruhig war, hielt ich ihn dazu an, gedämpft zu sprechen. Es war eine echte Herausforderung für ihn zu flüstern.

»Heather wird darauf abfahren!« sagte er. »Gib ihr ein paar Schlucke aus dem alten Stierhorn als Beinöffner, dann machst du den Porno an und wahrscheinlich rammst du ihr dann den alten Rächer schon beim ersten Date rein.«

»Ach Watson, es ist gut zu wissen, dass auch in dieser abgestumpften viktorianischen Zeit die echten Kavaliere noch nicht ausgestorben sind.«

Nachdem Ratso wieder gegangen war, machte ich noch einen Anruf. Ohne mir komplett ins Blatt sehen zu lassen, deckte ich ein paar Karten auf. Es waren genug, um ein Rendezvous für diese Nacht abzumachen.

35

Ich fütterte der Katze etwas Tunfisch und mir einen übrig gebliebenen Bagel, als die Telefone klingelten. Es war mitten am Nachmittag und alles war ziemlich ruhig. Die lesbische Tanzklasse war offenbar entlassen worden. Ich ging mit einer angezündeten Zigarre im Mund, einer Tasse heißen Kaffees in der einen und einem lauwarmen Bagel in der anderen Hand rüber zum Schreibtisch und versuchte den Hörer abzunehmen. Das zählte definitiv zu einer der schwierigeren Sachen, die ich im Leben versucht habe, und sie war nicht komplett erfolgreich. Als ich mich auf den Stuhl setzte, spritzte mir ein Schuss Kaffee in den Schoß, der Hörer fiel auf den Boden und meine Zigarre in die halbvolle Kaffeetasse. Ich fluchte so laut, dass die Katze aufhörte, ihren Tunfisch zu fressen und auf meinen Schreibtisch sprang, um einige Augenblicke lang schamlos zu gaffen. Ich griff nach dem auf dem Boden liegenden Hörer, atmete schwer und fluchte immer noch leise vor mich hin. Dann fiel der Stuhl um.

»Schieß los«, sagte ich ziemlich schroff, als ich mich wieder aufgerichtet hatte.

»Wenn ich gewusst hätte, wie sehr du dich freust, von mir zu hören«, sagte Rambam, »wäre ich erst gar nicht gefahren. Was zum Teufel ist denn los? Ein terroristischer Angriff auf das West Village? Die Tourette Syndrom Olympiade? Eine Do-it-Yourself-Hämorrhoidektomie?«

»Genau, alles zusammen. Willkommen zuhause.«

»War *das* die lesbische Tanzschule?«

»Nein. Ich glaube, sie lassen fünfe gerade sein.«

»Fünf was? Es klang gerade so, als sei der Zirkus genau in dem Moment, in dem der Himmel runter fällt, in die Stadt gekommen.«

»Nein, es ist nichts. Ich bin wahrscheinlich nur ein bisschen schreckhaft.«

»Warum solltest du schreckhaft sein? Nur weil ein Psycho acht Drecksäcke um die Ecke gebracht hat und die Bullen glauben, du warst es? Nichts, warum du nervös werden müsstest. Scheiße, ich an deiner Stelle würde den nächsten Flieger nach Angkor Wat nehmen.«

»Wat? Ich kann dich nicht verstehen. Ich hab eine lesbische Tanzklasse im Ohr?«

Um die Wahrheit zu sagen, es war gerade ziemlich ruhig. Keine Lesbentanzschule. Keine Terroristen. Lediglich Warten auf die gesalbte Stunde, zu der ich mein Beil fallen lassen würde.

»Was *unternimmst* du hinsichtlich der Ermittlung?« fragte Rambam spitz. »Wenn die Mordserie weiter andauert, könnte sie sich zu einer ziemlich effektiven Methode bei der Bekämpfung von sexuellem Missbrauch entwickeln. Von Bevölkerungskontrolle gar nicht zu reden.«

»Ach, die Ermittlung. Ich glaube, ich habe den Fall gelöst. Ich treffe mich heute Nacht mit meiner persönlichen Person des Interesses an einem geheimen Ort.«

»Welcher geheime Ort?« schrie Rambam. »Soll das heißen du hast keine Deckung? Außer Ratso, meine ich?«

»Ratso ist nicht eingeladen.«

»Naja, wenigstens sind die Cops da.«

»Keine Cops. Meine Person des Interesses ist dafür zu gerissen. Außerdem bekomme ich nie was ich will, wenn die Bullen im Spiel sind.«

»Du stehst mit Sicherheit seit einiger Zeit unter Beobachtung. Und was wir hier reden, wird vermutlich alles abgehört. Wie willst du ihnen entwischen?«

»Mithilfe eines alten Tricks, den mir ein Freund namens Steve Rambam mal verraten hat. Ein nicht jugendfreies Video aus Ratsos Sammlung spielt ebenfalls eine Rolle.«

»Scheißbrillant. Und wenn du deiner Person des Interesses eins zu eins gegenüber stehst und sich herausstellt, dass er der Mörder *ist*? Was machst du dann? Die 110 anrufen?«

»Mehr kann ich nicht sagen. Kleine Öhrchen könnten mithören.«

»Okay, es ist deine Beerdigung.«

Nachdem ich das Telefonat mit Rambam beendet hatte, tippte ich ein paar Notizen ab, fütterte der Katze etwas mehr Tunfisch und dann machten wir gemeinsam einen friedlichen Powerschlummer auf dem Davenport an der vorderen Feuerleiter. Als wir aus dem Bett fielen, war es acht Uhr und schon dunkel draußen. Ich ging mit einem Espresso ans Fenster und blickte auf die Vandam Street runter. Heute Nacht schienen dort eine Menge Aktivitäten stattzufinden und die schlafenden Mülllaster versperrten teilweise die Sicht, es war also ziemlich schwierig, irgendwelche Anzeichen für eine Überwachung zu erkennen. Die Bullen waren vermutlich da, logisch. Man könnte fast sagen, dass beide Parteien auf eine merkwürdige Art nach einander Ausschau hielten.

Die Katze sprang aufs Fensterbrett und sah in die dunkle, kalte Nacht hinaus. Sie beobachtete den Ort, den wir New York nennen. Eine alte Dame bewegte sich langsam mit ihrer Gehhilfe vorwärts. Ein Penner, der aussah wie Walt Whitman, pinkelte gegen die Wand. Eine junge Frau versuchte vergeblich, ein Taxi anzuhalten, ihre Hand so hoch gestreckt wie die Freiheitsstatue. Jede Menge Verkehr floss vorbei. Jede Menge Fußgänger bewegten sich wie Schachfiguren von einem Quadrat zum nächsten.

»So viele Leute«, sagte ich zur Katze. »So wenig Kometen.«

Ich schob Ratsos Pornovideo ein und drehte die Lautstärke auf. Für den Fall, dass ich abgehört wurde, hörten sie die Geräusche eines hitzigen Liebesspiels, die andeuteten, ich hätte Glück gehabt und würde den Abend zuhause verbringen. Um halbneun ungefähr zog ich McGoverns alten Mantel an, schnappte mir drei Zigarren aus Sherlocks Kopf und ging zur Tür.

Ich übergab der Katze das Kommando.

Protokoll des Verhörs mit Steven Rambam

Fall Nr. 2004 – 743 (Friedman, Kinky)
(mehrfacher Mord)

MC = Mort Cooperman
SR = Steve Rambam

2. Februar 2005. Ich bin Detective Sergeant Mort Cooperman des New York Police Department. Ich führe das Verhör mit Steve Rambam, weiß, männlich, zweiundvierzig Jahre alt, weiter. Wohnort (Angabe verweigert) Arbeitsplatz (Angabe verweigert). Ebenfalls anwesend ist Detective Sergeant Buddy Fox. Mr. Rambam hat Kenntnis davon, dass das Verhör aufgezeichnet wird.

MC: Okay, Rambam. Woher wussten Sie, wann das Subjekt seinen Loft verlassen würde?
SR: Ich wusste es nicht, ich habe die Gegend genauso observiert wie Ihre Männer. Als er durch den Hinterausgang raus ging bin ich ihm gefolgt, genauso wie Ihre Männer nicht.
MC: Warum überrascht mich das nicht? Wohin ging das Subjekt?
SR: Zwei Blocks runter auf die Hudson. Nahm sich dann ein Taxi.
MC: Alles klar. Und Sie sind dem Taxi gefolgt?
SR: Nein. Ich bin einem großen Doppeldecker-Sightseeingbus gefolgt.
MC: Ersparen Sie uns Ihren Humor, Rambam. Wohin fuhr das Taxi mit dem Subjekt?
SR: Kinky stieg an der Brooklyn Bridge aus.

MC: Die Brooklyn Bridge.
SR: Sie wissen schon, das große Stahldings, das über den Fluss gebaut ist.
MC: Ich warne Sie, Rambam. Was passierte dann?
SR: Er bezahlte das Taxi und ging dann auf dem Fußgängerweg die Brücke entlang.
MC: Was haben Sie gemacht?
SR: Es war ziemlich dunkel. Also fuhr ich an den Straßenrand und holte mein Nachtsichtgerät raus. Kein Mensch war unterwegs, es war also ziemlich leicht für mich, ihn zu beobachten.
MC: Was haben Sie als nächstes gemacht?
SR: Je weiter er Richtung Brückenmitte ging, desto nervöser wurde ich. Ich war in dem sicheren Glauben, die Cops würden ihn observieren. Ich stieg aus dem Auto und sah mich um. Keine Cops. Überhaupt niemand.
MC: Okay. Und dann?
SR: Ich folgte ihm zu Fuß, dabei ließ ich einen großen Abstand zwischen uns, blieb so gut es ging hinter den Trägern.
MC: Sie hatten das Nachtsichtgerät bei sich?
SR: Ja. Hinter den Trägern konnte ich ihn deutlich erkennen.
MC: Sahen Sie noch jemanden auf dem Gehsteig?
SR: Ja. Es wartete jemand in der Mitte der Brücke.
MC: Kannten Sie diese Person?
SR: Ja.
MC: Wer war diese Person?
SR: Winnie Katz.
MC: Was haben Sie gedacht, als Sie sie sahen?
SR: Ich dachte, sie sei ziemlich weit von ihrer lesbischen Tanzschule weg.
MC: Waren Sie überrascht?
SR: Anfangs ja. Dann habe ich eine Sekunde überlegt und plötzlich machte alles Sinn.
MC: Was machte Sinn?
SR: Sie war diejenige, die angeblich den Geldbeutel

des toten Typen in Kinkys Loft gefunden hat. Sie kann ihn genauso gut auch selbst dort hingelegt haben. Außerdem waren die Opfer alle Drecksäcke, deren Hobby es war, Frauen zu missbrauchen. Es passte perfekt. Später habe ich erfahren, dass das achte Opfer, der alte Knacker, ihr dreckiger, Kinder missbrauchender Stiefvater war, der zweifelsohne eine große Rolle dabei gespielt haben dürfte, dass sie auf der falschen Spur gestartet ist.

MC: Sparen Sie sich die Psychologie. Okay. Sie sind jetzt auf der Brücke. Was haben Sie gesehen?

SR: Kinky ging bis zur Mitte der Brücke.

MC: Und?

SR: Sie fingen an, miteinander zu reden.

MC: Wie weit waren Sie von ihnen entfernt?

SR: Ziemlich genau in der Mitte zwischen dem Anfang der Brücke und dem Ort, an dem sie standen.

MC: Sie konnten die beiden sehen, aber umgekehrt nicht?

SR: Korrekt. Ich stand mit dem Nachtsichtgerät hinter einem der Träger.

MC: Was passierte dann?

SR: Sie redeten. Sie wirkte ziemlich verzweifelt. Es sah so aus, als würde Kinky versuchen, sie zu überreden, wieder von der Brücke runter zu kommen.

MC: Reden Sie weiter.

SR: Es schien zu funktionieren. Sie schien sich zu entspannen. Kinky streckte eine Hand nach ihr aus. Sie bewegte sich langsam in seine Richtung.

MC: Reden Sie weiter.

SR: Dann knickte sie plötzlich ein und fiel zur Seite. Kinky versuchte, nach ihr zu greifen. Sie kämpften miteinander.

MC: Was unternahmen Sie?

SR: Ich rannte so schnell ich konnte zu ihnen hin. Aber noch während ich rannte, sah ich, wie sie beide über das Geländer gingen.

MC: Was haben Sie dann gemacht?

SR: Tja, ich bin ihnen nicht nach gesprungen. Ich hab die 110 angerufen und nach der Hafenpolizei verlangt.

MC: Ja, es gibt ein Protokoll über den Notruf. Was haben Sie dann gemacht?

SR: Was glauben Sie denn, was ich gemacht habe? Ich hab die gottverdammten Cops verflucht, weil sie nichts dagegen unternommen haben, dass die ganze Angelegenheit so dermaßen außer Kontrolle geraten ist. Es war *Ihre* Scheißermittlung, nicht Kinkys. Zu diesem Zeitpunkt hätte bereits Ihr Zugriff erfolgt sein müssen – und zwar auf *beide*. Wenn die Cops ihre Arbeit gemacht hätten, wäre das nie passiert. Wo zum Teufel waren Sie? Warum haben sie sie nicht überwacht? Was haben Sie gemacht? Gegen die Dunkin' Donuts Gaunerfamilie ermittelt?

MC: Hören Sie, ich weiß, dass Sie verärgert sind. Und ich kann Ihnen das auch nicht verübeln. Gibt es sonst noch was? Irgendwelche Fragen?

SR: Nur eine. Das hat mir schon immer zu denken gegeben. Wer von Euch beiden ist eigentlich Beavis.

The New York Times

Zwei Menschen begehen gemeinsamen Selbstmord

von Jayson Blair

Larry »Kinky« Friedman, ein Rapper aus Receda, Kalifornien, und Winnie Katz, die eine Kindertagesstätte in Queens leitete, starben letzte Nacht beim Sprung über die Triboro Brücke. Mr. Friedman, der mit seinem letzten Hit »Ol' Ben Lucas Had a Lotta Mucus«, berühmt wurde, arbeitete gerade mit dem Verfasser dieses Artikels an seiner Autobiographie. Seinen Freunden bleibt er als ausgeglichener, höflicher, tadellos gekleideter, Pfeife rauchender Opernfan in Erinnerung. Obwohl Mr. Friedmans musikalischer Geschmack eine Bandbreite von Rap bis hin zur Oper hatte, war er ein Mann mit noch vielen anderen Zielen, Leidenschaften und Hobbies.

»Er sammelte Streichholzbriefchen aus Restaurants«, sagte sein enger Freund Dr. Stephen Rambam von der Augenklinik in Midtown. »Er hat kein Spiel der Yankees ausgelassen«, sagte Larry »Ratso« Sloman, eine großer, leicht betrunkener Ire, »oder waren es die Mets?« »Ich bin sicher, er wandert durch die Poesie der Zeit«, sagte Mike McGovern, Priester an der Liebfrauenkirche zum Wagenheber.

Ms. Katz und Mr. Friedman haben sich offensichtlich in einem Internet Chatroom für jüdische Singles kennen gelernt. Laut Chinga »Chonga« Chavin, einem mit Ms. Katz befreundeten Bauchredner, war ihre Beziehung liebevoll, aber manchmal auch sehr stürmisch. »Das lag daran, dass sie Mets Fan war«, sagte Chavin. »Oder waren es die Yankees?«

Die Autobiografie, an der Mr. Friedman und ich so emsig gearbeitet haben, wird jetzt posthum veröffentlicht. Das Buch enthält Stories über Mr. Friedman und seine engen Freunde, Willie Nelson und George W. Bush. Es trägt den Titel *Mein Willie, dein Bush*.

Obwohl Taucher den Fluss abgesucht haben, wurden die Leichen der beiden unter einem schlechten Stern stehenden Liebenden nicht gefunden.

Damit erhöht sich die Zahl der diesjährigen Selbstmorde in New York auf 12.984. Polizeichef Buddy Cooperman glaubt, das läge hauptsächlich an der hohen Bevölkerungsdichte. »Es gibt natürlich auch noch andere Faktoren«, sagt er. Ms. Katz hinterlässt keine näheren Angehörigen. Die Familie von Mr. Friedman konnte in Receda, Kalifornien, nicht ausfindig gemacht werden. Er hinterlässt nur eine streunende Katze, die sich offenbar in seinen Loft verirrt hat.

Why the hell not

Über den schwarzen Humor des fröhlichen
Anarchisten Kinky Friedman

Klaus Bittermann

»Es ist keine Schande, aus Texas zu kommen, es ist nur eine Schande, dahin zurückzukehren«, lautet eine der grandiosen Sottisen von Kinky Friedman. Und das ist auch eine schöne Selbstironie, denn den »jüdischen Cowboy«, Country-Sänger und Krimiautor verschlug es nach langen Jahren on the road und in New York wieder nach Texas, weil er inzwischen jeden kennengelernt hatte, den er kennenlernen wollte, um am 7. November 2006 als unabhängiger Kandidat bei den Gouverneurswahlen ins Rennen zu gehen.

Wenn er auch nur Vierter wurde, konnte er doch immerhin knapp 13 Prozent der abgegebenen Stimmen auf sich vereinen, und ich bezweifle, dass es so viel Leute in Bayern gibt, die einen Mann wählen würden, der sich von Berlin aus so gemein und hinterhältig über die Südprovinz geäußert hat, nicht einmal wenn die Wahlbeteiligung nochmal um die Hälfte niedriger wäre als in Texas, wo traditionell kaum jemand Lust hat, seine Stimme irgendeinem korrupten Schwein zu geben, das behauptet, durch seine Politik würde alles besser. Und noch weniger hätten sie ihn gewählt, wenn sie gewusst hätten, dass sie diesen Mann Groucho Marx zu verdanken hatten, der Kinky den Rat gegeben hatte: »Geh zurück nach Texas.«

Kinky Friedman hatte keine Chance, aber er nutzte sie,

auch wenn er hinter seinen drei Kontrahenten zurückblieb. Vorher hatte er in einem Interview gesagt, er würde sich beleidigt auf seine Farm zurückziehen und Ziegen züchten, wenn er gegen den unbeliebten Amtsinhaber Rick Perry verlöre, was schlimm wäre, aber noch nicht sooo schlimm. Würde er gegen den Demokraten Chris Bell den Kürzeren ziehen, würde er mit Barbra Streisand nach Frankreich ziehen, und das wäre schon weit schlimmer, und als Dialog in einer Sitcom käme jetzt Zuschauergelächter aus dem Off, aber Barbra Streisand ist sowieso ein dankbares Opfer von »South Park«, und auch in der Verfilmung von »Fear and Loathing in Las Vegas« bekam sie ihr Fett ab. Würde er schlechter als die Finanzministerin Strayhorn abschneiden, was würde dann die Streisand-Nummer noch toppen? Dann bliebe nur noch, so kündigte Kinky an, sich den Kopf wegzuballern.

Er hat dann Gott sei Dank keine der drei Optionen gezogen. Seine Fans, die er überall auf der Welt hat, wünschen sich jedenfalls, dass er wieder Krimis und Songs schreibt. Trotz dieser Berühmtheit über die Grenzen des Landes hinaus war Kinky den Texanern nicht ganz geheuer. Sie misstrauten der an die Schlange Ka erinnernde schnurrende Versicherung, mit der Kinky warb: »Wählt mich! Mir könnt ihr vertrauen, ich bin Jude.« Abgesehen davon jedoch dürfte der gewöhnliche Wähler allerdings nichts gegen ihn auszusetzen haben, denn er ist mit allen Insignien ausgestattet, die einen Cowboy ausmachen, er hat einen Cowboyhut auf, trägt einen Cowboyschnurrbart und Cowboystiefel, und auch dass er für legalisiertes Glücksspiel eintritt, war okay, wenngleich weniger deshalb, weil Kinky die staatlichen Erlöse in das marode Bildungssystem stecken wollte, sondern vielmehr wegen der Begründung Kinkys, dann nicht mehr extra nach Las Vegas fahren zu müssen, um seiner Spielleidenschaft zu frönen.

Gegen die Homo-Ehe hatte er nichts einzuwenden, weil die Schwulen das gleiche Recht auf das Elend der Zweisamkeit haben sollten wie die Heteros. Rick Perry warf er vor, nur dauernd gegen die Schwulen-Heirat zu plärren und dabei Gott als Marketing zu benutzen. Dennoch dürfte das dem gemeinen Texaner trotz der originellen Begründung schon weniger geschmeckt haben. Und dass der alte Kiffer Willie Nelson in Kinkys Schattenkabinett zuerst Chef der Texas-Rangers werden sollte und später Umweltminister – »energy czar«, wie Kinky sagte –, weil der seinen alten Tournee-Bus mit Bio-Diesel tränkte und weil es schließlich darum geht, mit gutem Beispiel voranzugehen, dürfte dem eingeborenen Texaner auch nicht geheuer gewesen sein, für den ein Sprit fressender Highwayschlitten zum Way of Life gehört.

Aber was heißt hier »nur« 13 Prozent, wie man nach der Wahl aufatmend konstatieren konnte, weil zum Glück alles seinen gewohnten Gang ging? Es ist ein erstaunliches, ein großartiges Ergebnis, und man kann nur ein Loblied auf den Texaner singen. So dumm, wie man in Deutschland annimmt, dass der Texaner sei, ist er offensichtlich nicht. In Deutschland würde Kinky nicht mal 0,13 Prozent kriegen. Hier wäre er schon mit seiner Äußerung durchgefallen, »ich weiß nicht, wie viele Anhänger ich habe, aber sie sind alle bewaffnet«, dabei macht sich Kinky gar nichts aus Waffen und hat nicht mal zu Hause im Wandschrank eine, um sich für den Ernstfall gegen eine Invasion der Schlitzaugen oder der Muslime zur Wehr zu setzen, oder wer immer gerade ganz oben steht auf der Liste der Feinde Amerikas.

In den Umfragewerten lag Kinky am Ende des Wahlkampfs sogar mal bei 21 Prozent, die *Texas Monthly* feierte das Ganze als die »verrückteste Gouverneurswahl aller Zeiten« und die *Dallas Morning News* befürchtete: »Das Rennen ist völlig offen.« Endlich war da jemand, der die langweilige Angelegenheit des Wahlrituals kräftig durchrüttelte, was gegenüber dem öden Demokraten Chris Bell und dem öden republikanischen Amtsinhaber Rick Perry, der wegen seiner stets einwandfreien Frisur als »Gouverneur gutes Haar« bespöttelt wird und der laut Kinky einen »Humor-Bypass« hat, relativ einfach war, wenn man es drauf hatte, und Kinky hatte es drauf.

Im Wahlkampf umschwärmten die Medien Kinky, weil er immer einen witzigen Slogan oder einen sarkastischen Kommentar auf den Lippen hatte. »Den Gouverneur macht es krank, die ganze Zeit von Idioten beobachtet zu werden. Auf der anderen Seite kann ich der Möglichkeit doch einiges abgewinnen zu sagen: ›Der Gouverneur möchte eine Zigarre! Der Gouverneur möchte einen Drink!‹« Solange er chancenlos war, waren die Medien bereit, darüber zu schmunzeln, aber er stieß damit nicht wenige Leute vor den Kopf. Und einordnen ließ er sich auch nicht. Eigentlich ist er für einen Gouverneursposten nicht im Geringsten geeignet, weil er dem Wahlkampf einfach nicht den nötigen Ernst entgegenbringen konnte. Auf Tour in Dallas, wohin er mit einem gigantischen weißen Geländewagen chauffiert wurde, murmelte er: »Das ist doch Selbstmord. Jesus, das kann ein echtes Gefängnis sein. Was ist eigentlich mit all diesen Sicherheitsleuten los, die in ihre Hemdmanschetten sprechen? Was soll das denn?« Und dann parodierte er sie: »Roger, roger, zehn-vier: Drecksack 1 bewegt sich. Wiederhole: Drecksack 1 bewegt sich.«

Seine Positionen sind oft schräg und haben nicht die Eindeutigkeit der Politprofis, die kein Problem damit haben, etwas zu versprechen und es dann doch nicht zu halten. Den Linken ist er zu reaktionär, den Rechten zu unangepasst und allen ist er zu abgefahren. Er versprach, wenn er gewählt werden würde, auch »Gouverneur für die Tiere von Texas« zu sein und die Pferdeschlachthöfe in Texas zu schließen, denn die »verdammten Franzosen sollen ihr verdammtes Pferdefleisch gefälligst woanders einkaufen«. Damit hat er schon mal die Tierschützer auf seiner Seite, wobei Pferdeschlachtung in Texas vermutlich eine andere Bedeutung hat als hierzulande, denn schließlich war das ursprünglich mal der fahrbare Untersatz, das Fortbewegungsmittel durch die unendlichen Weiten des Landes, und da geht es nicht um irgendeine vom Aussterben bedrohte Krötenart, sondern ein Wesen von fast schon mythologischer Bedeutung.

Dennoch ist die Sache mit der Animal Rescue Farm vorsichtig ausgedrückt etwas befremdlich. Und wer Nancy, die Seele des Projekts, in der Filmdokumentation über Kinky Friedman »Proud to be an asshole from El Paso« sieht, wie sie leicht hysterisch und tränenreich von ihrem Hundehotel erzählt, das von Kinky unterstützt wird, dann kann man nicht umhin zu konstatieren, dass Tierschützer überall auf der Welt offensichtlich einen an der Waffel haben, auch wenn ein solches Projekt selbstverständlich aller Ehren wert ist, vor allem in Texas, wo Hunde vermutlich keinen hohen Status genießen. Vierzig Hunde haben in der Utopia Animal Rescue »eine Heimat gefunden«. Für die UAR hat sich sogar einmal die First Lady und ehemalige Schulkameradin Kinkys Laura Bush stark und Gelder locker gemacht, denn das ist ja auch das Schöne an der Unterstützung eines Tierschutzvereins – man kann nichts falsch machen und ist immer auf der Seite der Guten. Der Biograf Kinkys, Allen Swafford, bescheinigte Nancy ohne Hintergedanken »eine offensichtlich spirituelle Verbindung zu den Tieren«. Und so was wird es dann auch sein.

Bei Kinkys Haltung zur Todesstrafe hatten die Berichterstatter vor allem in Deutschland eine eindeutige Absage erwartet, ein heroisches Statement, einen flammenden Appell. Aber auch die enttäuschte Kinky, indem er lediglich zu Protokoll gab, dass jeder Einzelfall genau geprüft werden müsse, womit die Todesstrafe zwar nicht generell, aber mit großer Wahrscheinlichkeit faktisch abgeschafft sein würde, jedenfalls wenn Kinky das letzte Wort hätte, denn man kann sich nicht vorstellen, dass er jemanden über die Klinge springen lassen würde, weil er so ziemlich alle Höhen und Tiefen des Lebens durchschritten hat, er kennt die Abgründe des Seins, er weiß um das menschliche Elend, d.h. er hat von vornherein einen anderen Zugang zur Frage des Übergangs vom Diesseits ins Jenseits als ein hysterischer Saubermann und fanatischer Fundamentalist, deren Vorstellungen von einer idealen Gesellschaft auf ihrer Ausrottungsphantasie beruhen.

Das macht er auch sehr deutlich in seiner Abschweifung über Max Soffar, einen typischen Looser, dessen Leben irgendwann »durch die Ritzen gefallen« war und der seit 23 Jahren unschuldig im Todestrakt sitzt und den er dort besucht hat, um sich alles von ihm erzählen zu lassen. Dessen Fall schildert er ausführlich in dem vorliegenden Buch, und danach weiß man, dass es kein Um-den-heißen-Brei-Herumreden ist, wenn Kinky sagt: »Warum sollte Texas nur bei der Todesstrafe, den Autobahngebühren und den Haus- und Grundsteuern die Nummer eins in Amerika sein?« Das Problem sei nicht die Todesstrafe, sondern arme Kinder ohne Krankenversicherung, die Luftverschmutzung in den texanischen Großstädten und die Drogenabhängigen in den Gefängnissen, die keine Zelle bräuchten, sondern Therapie und Hilfe.

Auch um die illegale Einwanderung aus Mexiko zu stoppen, hatte Kinky einen Generalplan: Fünf mexikanische Generäle sollten jeweils einen bestimmten Grenzabschnitt gegen ein üppiges »Honorar« von einer Million Dollar dicht machen. Für jeden Illegalen jedoch, dem es dennoch gelänge, die Grenze zu überqueren, würden 5000 Dollar des Schmiergelds wieder abgezogen. »Die Grenze wird undurchdringlich sein«, ist Kinky überzeugt. Nicht sehr fein, misst man diesen Vorschlag an dem hehren Ideal, dass jeder Mensch das Recht haben sollte, überall auf der Welt zu leben. Aber immerhin ein ziemlich pfiffiger Plan, und zwar vor allem wegen seiner Undurchführbarkeit.

Auch seine Position zum Nahostkonflikt, auf die er natürlich von den Medien angesprochen wurde, erweist sich als mysteriös und irgendwie nicht ganz astrein. Er unterstütze Israel, sagte Kinky, aber nicht deshalb, weil er Jude sei, sondern weil die Israelis die Texaner des Nahen Ostens seien, eine etwas rätselhafte Aussage. Meinte er, dass die Israelis genauso von feindlichen Mächten umzingelt seien wie die Texaner? Immerhin gab es auch in Texas mal Unabhängigkeitsbestrebungen und ein echter Einwohner dieses riesigen Flächenstaates hat mit dem Mutterland sowieso wenig am Hut. Viel Sinn macht diese Aussage jedoch nicht, was bei Kinky allerdings durchaus schon mal vorkommen kann. Oder meinte er, die Israelis seien die Texaner des Nahen Ostens, wie die Texaner die Bayern der Vereinigten Staaten seien, also ein bisschen zurückgeblieben, reaktionär und resistent gegenüber allem Fortschrittlichen, aber durchaus mit einigem politischen Einfluss, wobei die Macht des Gouverneurs in Texas verglichen mit anderen Staaten eher gering ist? Darüber kann man noch lange grübeln, wenn man denn will. Jedenfalls ist Kinky Friedman für Völkerverständigung und deshalb »werde ich nach meiner Wahl zum Gouverneur meinen palästinensischen Friseur als Botschafter von Texas nach Israel entsenden«.

Und schließlich machte dieser zwielichtige Bursche keinen Hehl daraus, Fans zu haben, die in Deutschland ganz unten durch sind, nämlich Laura und George W. Bush. »Sie unterstützen mich, wenn auch im Untergrund. George W. ist ein guter Mensch, eingeschlossen im Körper eines Republikaners. Laura ist eine Freundin. Sie hat mir einen Brief geschrieben; darin steht, dass sie beide mein T-Shirt tragen, wenn sie ins Fitness-Studio des Weißen Hauses gehen. Aber falsch herum, damit keiner meinen Slogan sieht: ›Why the Hell not?‹«

Vielleicht muss man konzedieren, dass selbst einer der größten Bösewichte der neueren Geschichte manchmal eine nette Seite hat, was nicht heißt, dass man sein Urteil über dessen Politik revidieren muss, und wenn, dann nur in diesem einen Fall, als er versprach, den Wahlkampf von Kinky zu unterstützen, und nicht den seines Parteikumpels Rick Perry. Ob er es dann tatsächlich machte, weiß ich nicht, aber es zeigt auch, dass Kinky nicht ideologisch vorgeht in der Wahl seiner Bekanntschaften, und auch keine Skrupel hat, sie für seine Zwecke einzuspannen, solange sie ihm ein paar Stimmen bringen können. Es heißt nicht, dass er sich politisch mit Bush gemein macht, und es ist ja auch schön beschrieben, wenn Kinky sagt, Bush sei »im Körper eines Republikaners eingeschlossen«.

Das alles macht Kinky für die Konservativen noch lange nicht zu einem hoffähigen und ernst zu nehmenden Kandidaten, denn er macht sich über die konservative Seite noch lustiger als über die Linken. Kinky fühlt sich dabei in seiner Rolle als Außenseiter wohl, »als Jude in Texas, als Texaner in New York, als Reaktionär in progressiven Zirkeln und als Progressiver in konservativen Zirkeln« (*New Yorker*). Oder wie es der Journalist Larry Sloman, aus Kinkys Krimis auch als »Ratso« bekannt, ausdrückt: »Too smart for country, too country for the intelligentsia.« Und Evan Smith, der Herausgeber von *Texas Monthly*, in der Kinky eine Kolumne hatte, umschrieb das Problem so: »Wenn er so ist, wie wir ihn alle kennen und lieben, riskiert er, nicht ernst genommen zu werden – ist er aber zu ernst, too serious, riskiert er, sich nicht von den anderen Jungs zu unterscheiden. Die Leute würden sagen, ›wenn ich einen haben will, der nicht lustig ist, kann ich auch einen von den anderen Kandidaten wählen.‹«

Kinky Friedman unterschied sich schon allein dadurch von den anderen Kandidaten in der Art, wie er seinen Wahlkampf finanzierte, und zwar im Wesentlichen durch den Verkauf von Kinky-Wahlkampf-Artikel wie z.B. einer »Kinky for Governor«-Wahlkampf-Tasse und einer Kinky-Puppe, die einige seiner besten Wahlkampfsottisen zum Besten gibt. Auch ein Shampoo-Hersteller unterstützte Kinky, aber darüber hinaus waren es nur freiwillige und meist junge Helfer.

Ein wenig ist Kinky Anarchist, der nach dem Thron greift. Auf die Frage: »Mr. Friedman, warum sollte man Sie zum Gouverneur wählen?« antwortete er: »Das frage ich mich auch. Keine Ahnung. Als ich die Bewerbung bekannt gab, sagte ich: ›Ich brauche eine größere Kleiderkammer.‹ Jetzt muss ich mir eine bessere Begründung ausdenken.« So eine Antwort bekäme man bestimmt nicht von Guido Westerwelle, nicht von Renate Künast und auch nicht von Oskar Lafontaine, die bei den Bundestagswahlen 2009 auch nicht viel besser abgeschnitten haben. Höchstens von Martin Sonneborn von der »Partei«, aber die wurde nicht mal zu den Wahlen zugelassen, obwohl sie alle formalen Voraussetzungen und die Zulassungsbedingungen einer Partei erfüllt hatte. Und das macht einen wesentlichen Unterschied zu Deutschland aus, wo seriöse Politik gleichbedeutend ist mit öder Politik, und so sieht der Politiker in der Elefantenrunde auch aus, nämlich genauso retortenhaft und mit computergenerierter Sprache aus dem Legobausetzkasten, wie der Wähler ihn haben will, denn ein Politiker entspricht in der Regel immer dem ideellen Gesamtbild des Wählers, der sich offenbar am ehesten repräsentiert sieht von der verdrucksten und leicht nagetierhaften Art der Kanzlerin, deren Kopf immer mehr zwischen ihren Schultern versinkt.

Aber darum soll es gar nicht gehen, sondern um das Phänomen Kinky Friedman, und darum, dass Texas und nicht nur Texas schon einige Sonderlinge und Exzentriker als Gouverneure hervorgebracht hat, z.B. Sam Houston, an dessen Regentschaft Kinky anknüpfen möchte, sowas wie der Gründungsvater von Texas, dem man einmal den Gouverneursposten antragen wollte und ihn der Überlieferung zufolge unter einer Brücke fand, wo er vollkommen betrunken zusammen mit Indianern herumlungerte. Ganz zu schweigen vom ehemaligen Catcher Jesse Ventura, der sich in Minnesota durchsetzen konnte und dessen Wahlkampfmanager Bill Hillsman Kinky für seinen Wahlkampf verpflichten konnte, oder Arnold Schwarzenegger in Kalifornien. Natürlich heißt das nicht unbedingt etwas Gutes, und Reagan ist das beste Beispiel dafür, dass Schauspieler – die Harry Rowohlt allesamt und nicht zu unrecht für dumm hält – besser die Finger von der Politik lassen sollten, vor allem, wenn schon ihre schauspielerischen Fähigkeiten limitiert waren, aber jenseits der politischen Weltanschauung, die ja nicht deshalb besonders gruselig ist, weil jemand aus dem Show-Business in die Politik einsteigt, sollte man konzedieren, dass in der amerikanischen Geschichte immer wieder außergewöhnliche Menschen in der Politik des Landes mitgemischt haben. Und selbst solche Bösewichte wie der »Plastikfurz« (Hunter S. Thompson) Nixon hatten immerhin auf eine gewisse Art Format, denn sie können zumindest einen Platz in der Ahnengalerie der ganz großen Verbrecher für sich in Anspruch nehmen.

Kinky Friedman hatte natürlich nicht wirklich eine Chance, aber wenn man bedenkt, dass die Wahlbeteiligung in Texas bei ca. 30 Prozent liegt, hätte er lediglich 15 Prozent der Nichtwähler mobilisieren müssen, um es zu schaffen. Ob es tatsächlich so viel Protestwähler gibt ist unwahrscheinlich, wenngleich es natürlich darüber keine verlässlichen Statistiken gibt. Aber Leute wie der Schweinefarmer, der zu Kinky sagte: »Du bist keinen Scheißdreck wert, aber du bist besser als das, was wir haben« sind nicht selten, oder Ace Cook, der Besitzer einer Bierschwemme, der Kinky einen Scheck für seine Kampagne ausstellte mit den Worten: »Ich bin für Dich! Ich hab die Schnauze voll von den ganzen Arschlöchern, die weder mich noch das Volk repräsentieren.«

Sonst allerdings will man vermutlich nicht so genau wissen, was es mit den fast 70 Prozent Nichtwählern auf sich hat, aber zumindest theoretisch bestand diese Chance. Und das für einen Mann, der raucht, trinkt und flucht, was nicht zu den Eigenschaften gehört, die das normale Wahlvolk an jemandem schätzt, der sich anschickt, Gouverneur von Texas zu werden. Schon gar nicht, wenn der zukünftige Gouverneur für die Legalisierung von Marihuana eintritt und gegen Abtreibung nichts einzuwenden hat. Und tatsächlich sanken schnell seine Umfragewerte, als er auf einer Parade in Dallas im Cabriolet als Gast mitfuhr und vor unschuldigen Kinderaugen gesetzeswidrig eine Dose Bier leerte. Da nützte es ihm auch nichts, mit der Begründung, er sei durstig gewesen, auf verminderte Schuldfähigkeit zu plädieren. Wäre er seinen Konkurrenten wirklich gefährlich geworden, sie hätten genug Munition gegen ihn gehabt, um ein ganzes Bataillon unter Beschuss zu nehmen, und dabei wären Rauchen, Trinken und Fluchen noch am wenigsten ins Gewicht gefallen. Seine Bücher jedenfalls wären ein gefundenes Fressen für gegnerische Wahlkampfmanager gewesen, die auf Verleumdung spezialisiert sind.

Diese Form von Rufmord gehört in Amerika zum Bestandteil der politischen Mythologie. Speziell in Texas hat die persönliche Diskreditierung Tradition, wovon eine Geschichte zeugt, die Hunter S. Thompson in einer seiner Reportagen erzählt. Sie handelt von einer der frühen Kampagnen des Demokraten und späteren amerikanischen Präsidenten Lyndon B. Johnsons. Und zwar wo? Genau, in Texas.»Im Rennen lag er dicht auf mit seinem Gegner, und Johnson bekam es mit der Angst. Schließlich wies er seinen Wahlkampfleiter an, eine massive Gerüchtekampagne zu starten, in der man von der lebenslangen Gewohnheit des Gegners sprach, sich fleischlichen Genüssen mit Schweinen hinzugeben, die sich bei ihm auf dem Hof suhlten. ›Himmel, das können wir uns doch nicht leisten, ihn einen Schweineficker zu nennen‹, protestierte der Campaign Manager. ›Niemand wird uns das abkaufen.‹ ›Weiß ich‹, erwiderte Johnson. ›Aber das soll der Hurensohn erst mal *dementieren*.‹«

Kinky Friedman hätte erst gar nicht dementieren können, weil alles in seinen Krimis stand, und in der Politik spielt die Freiheit der Literatur keine Rolle, allein die

Tatsache, dass er Verursacher und Autor dieser blasphemischen Bücher war, hätte den Gegnern eine Menge Stoff in die Hand gegeben. Und ein Geheimnis war es auch nicht gerade, dass er mit dem Koksen erst aufhörte, als ihm »Bob Marley aus dem linken Nasenflügel fiel« und er auf eine Leiter steigen musste, um sich »am Hintern zu kratzen«.

Kinky ist als Showmensch, der auf der Bühne sogar mal mit indianischem Häuptlingsfederschmuck stand, erstaunlich unprätentiös, wie man auch in der Dokumentation »Proud to be an Asshole from El Paso« sehen kann. »Die Kleiderfrage bringt mich nochmal um«, beklagte er sich einmal wie eine Präsidentengattin, die jeden Morgen vor dem Problem steht, aus 200 Paar Schuhen das richtige für den Tag zu finden. »Ich habe zwei Outfits. Meine Waylon-Jennings-Weste mit dem Popel hier, den Waylon mir schenkte, und mein Prediger-Jackett, und jeden Morgen brauche ich den halben gottverdammten Tag, mich zu entscheiden, was ich anziehen soll.«

Darüber hinaus bleibt ihm die Qual der Wahl erspart: Schwarze Jeans, schwarze Stiefel, schwarzes Hemd, eine große Gürtelschnalle, schwarzer Stetson und eine von zehn Montechristo No. 2, die Kinky täglich raucht. Mehr würde man in Texas vermutlich als überflüssig ansehen – ich meine jetzt nicht die Montechristo, sondern die Garderobe –, mehr als diese Grundausstattung wäre ein Luxus, der einen leicht in den Verdacht bringen kann, schwul zu sein, denn der echte Texaner schläft vermutlich sogar in diesen Klamotten. Aber es ist nicht allein die traditionelle Kleidung, die Kinky Sympathien einbrachte und damit die 50000 Unterschriften, die ein Kandidat ohne parteipolitischen Hintergrund einreichen muss, um bei den Wahlen zugelassen zu werden, es ist vielmehr die kauzige Persönlichkeit und die politische Unabhängigkeit, die Kinky verkörpert und die bei den Texanern etwas zum Klingen bringt, das sich schwer beschreiben lässt, das aber in der Weite des Landes und seiner Geschichte begründet und oft nur nachzuvollziehen ist, wenn man selber das Land durchreist hat. Es hat etwas mit dem »ziellosen Umherziehen« und mit dem »entwurzelten Leben« in ständiger Bewegung zu tun, wie Truman Capote einmal die außergewöhnliche Kultur in Texas beschrieb, als noch kein Zaun und keine Eingrenzung das Licht der Sonne brach. Es hat etwas mit der nomadischen Lebensweise zu tun, die der Sesshaftigkeit schon lange unterlegen ist. In Europa erstreckte sich der Prozess über Jahrtausende, im amerikanischen Westen aber vollzog er sich innerhalb von ein paar Generationen, und im Westen der Vereinigten Staaten, schreibt Richard Grant in dem äußerst lesenswerten Buch »Ghostriders«, gibt es immer noch »riesige Gebiete außerhalb der Planquadrate von Feldern und Städten, und nomadische Überzeugungen und Verhaltensweisen haben sich als ein atavistisches und mutierendes Element in der herrschenden Kultur erhalten«. Und deshalb kann man nicht einfach von Heimatverbundenheit sprechen wie in Deutschland, wo die Enge der Verhältnisse und die schon lange verblasste Erinnerung an eine andere Lebensweise keinen öffnenden Horizont mehr zulässt und das unangenehme Kleben an der Scholle hervorgebracht hat, die Engstirnigkeit und die Brutalität des Landlebens, von der Adorno sprach.

Es gibt, schreibt Richard Grant, »in der amerikanischen Psyche noch eine ganz andere Vorstellung von Freiheit, die nicht von der politischen Philosophie Europas herstammt. Man könnte sie kurz das Credo der Nomaden nennen: Freiheit ist unmöglich und ein leeres Wort innerhalb der Beschränkungen der sesshaften Gesellschaften; die einzig wahre Freiheit ist die Freiheit, durch das Land zu ziehen, ohne irgend jemandem für irgend etwas verpflichtet zu sein. Man mag das für widerspenstig und anachronistisch, für zum Scheitern verurteilt, überheblich oder naiv halten, aber wenn es eine Überzeugung gibt, dann ist es diese Idee von Freiheit«. Und diese Idee von Freiheit lebt bei den Texanern zumindest als Ahnung und als Sehnsucht weiter und tobte sich letztlich auch im unsteten Leben Kinky Friedmans aus, der, als er endlich sesshaft wurde, zehn Jahre in einem ausrangierten grünen Wohnwagen lebte und seine Bücher schrieb.

In einem Interview mit dem *Spiegel* sagte Kinky: »Naja, ich würde gern singen auf meinen Veranstaltungen. Das Problem ist nur, welchen Song? ›They Ain't Making Jews Like Jesus Any More‹, meine Satire über den Antisemitismus? Es ist schlimm, aber man kann heute keine Satire mehr machen. Was nicht an der Bevölkerung liegt – und schon gar nicht an den Politikern. Viele Politiker haben einen Sinn für Humor. Nur den Medienleuten muss man immer erklären, dass man einen Witz macht. Man muss sagen: ›Achtung! Witz! Witz! Witz!‹«

Da liegt er auch für deutsche Verhältnisse nicht falsch. Auch hier wurde breit und ausführlich über seinen Wahlkampf berichtet, über den sonst kein Wort verloren worden wäre, und vermutlich hätte nicht mal jemand mitbekommen, dass in Texas überhaupt Wahlen stattgefunden haben. Sogar das renommierte Politmagazin *Panorama* wurde auf Kinky aufmerksam, nachdem sämtliche überregionale Zeitungen mit großen Berichten aufgemacht hatten. Und an dieser Sendung ließ sich sehen, mit welcher Lieblosigkeit und mit welcher unglaublichen Schlampigkeit sich ein Bericht zusammenrühren lässt. Eine Recherche vor Ort war dem Sender zu teuer, weshalb der Bericht mit Bildern aus der Dokumentation »Proud to be an asshole from El Paso« montiert wurde. Das einzige vom Sender gedrehte Material bestand in einem kurzen Schwenk über eine Ansammlung seiner auf deutsch erschienenen Bücher. Das Ganze wurde mit einem Kommentar aus dem Off versehen, wofür der verantwortliche Redakteur in anderen Zeiten sofort entlassen worden wäre oder zumindest mit einer heftigen Reaktion hätte rechnen müssen, als es noch so etwas wie Standards in der politischen Berichterstattung gab.

Panorama kommentierte Kinky auf sehr herablassende Weise und seinen Wahlkampf als schlechten Scherz. Die Texaner seien sowieso alle ein wenig – schmunzel-schmunzel – ballaballa, ein lustiges Völkchen eben und ein verrückter Cowboy, der sich wie ein Clown benehmen würde, was *Panorama* aber sofort durchschaut hat. Es lag völlig außerhalb ihres Vorstellungsvermögens, dass es Kinky ernst meinte: »I'm sick of these rich motherfuckers. But I'm also sick of people asking me if this is a joke. God damn it, I am serious.« Aber *Panorama* hätte es vermutlich nicht mal dann kapiert, wenn man es ihnen auf die Stirn tätowiert hätte. »Ich bin authentisch«, sagt Kinky, »ein Cowboy. Ihr in Europa denkt, der Cowboy sei ein Idiot. Ist er aber nicht. Er ist ein Mann des Volkes, schon immer gewesen. Und er wird wieder reiten.« Kinky als regionale Kuriosität, als Populist oder gar als jemanden abzutun, der politisch versucht, in den trüben Gewässern von Ressentiment und Nationalismus zu fischen, funktioniert nicht. Kinky ist Kosmopolit, der Thomas Paine, einen der Gründerväter der Vereinigten Staaten, dafür bewundert, dass dieser – auf dem Totenlager von Pfaffen bedrängt, doch seine Nationalität und seine Religion zu offenbaren – antwortete: »Mein Land ist die Welt; meine Religion ist Gutes zu tun.«

Kinky wurde 1944 in Chicago geboren, ein Jahr später zogen seine Eltern nach Texas. Über diese Zeit schrieb Kinky: »Ich lebte ein Jahr in Chicago, fand keine Arbeit und zog nach Texas, wo ich seither auch nicht gearbeitet habe.« Er wuchs auf der Echo Hill Ranch auf, ungefähr eineinhalb Stunden westlich von Austin, die seine Eltern 1952 kauften. Sie machten daraus ein Ferienlager für Kinder und einen nicht ganz unwichtigen Treffpunkt für die Juden in Texas. Auf der University of Texas bekam Richard Friedman den Spitznamen »Kinky« verpasst in Anspielung auf seine »jüdische Afro-Frisur«. Kinky machte 1966 seinen Abschluss, ging zum Peace Corps und wurde auf Borneo stationiert. »Ich brachte Kindern das Frisbee-Spielen und einige Hank-Williams-Songs bei«, sagte er. Außer mit Kindern zu spielen und sich mit den Erwachsenen zu betrinken schrieb er auch einige der Songs, die ihn später berühmt machten. 1968 endete sein Einsatz auf Borneo, er ging als Songwriter nach Nashville. 1973 war Kinky Friedman dann mit seiner Band »The Texas Jewboys« und der Platte »Sold American« am Start. Kurz danach waren sie in der Grand Ole Opry, der bedeutendsten Radiosendung für Countrymusik in Nashville, Tennessee, und mit »Sold American« kamen sie sogar in die Country-Charts. Bald darauf traten Kinky Friedman and the Texas Jewboys mit Willie Nelson und Waylon Jennings, Jerry Lee Lewis und Billy Joel auf. An einem denkwürdigen Abend sogar mit Timothy Leary, allerdings hätten auf diesem Konzert »alle Anwesenden auf einem anderen Planeten gekocht«. Von Jerry Garcia, Ken Kesey, Abbie Hoffman bis zu Keith Richards und Iggy Pop kamen alle, um sie zu sehen. Bob Dylan lud Kinky Friedman sogar auf seine »Rolling Thunder Revue« ein. Beim ersten Treffen der beiden sang Dylan Kinky zu Ehren »Ride 'Em Jewboy«, was Kinky aber nicht sonderlich beeindruckte: »Erwartest du jetzt etwa, dass ich irgendeinen deiner Songs spiele? Ich kann diese Scheiße nicht singen. Ich bin nicht wie du oder Kristofferson.«

Wenn man sich heute Aufnahmen von avantgardistischen Bands aus den Sechzigern und frühen Siebzigern ansieht, wie z.B. Captain Beefheart, dann sieht man eine unglaublich unterentwickelte Performance. Die Musiker stehen steif und unsicher auf der Bühne herum. Ihre Darbietung ist mitunter unglaublich dilettantisch. Das ist bei Kinky nicht viel anders. Die Show besteht aus einem möglichst schrillen Outfit. Die Flickenjeans und die hellblau getönte Brille bei seinem Live-Auftritt in Austin am 11. November 1975 sind exzentrisch, liegen aber durchaus im damaligen Trend. Damals strapazierte man das Nervenkostüm der Zuhörer, die wiederum die Auftritte bewundernswert geduldig über sich ergehen ließen. Und das lag daran, dass es dem Publikum zum großen Teil noch um Inhalte ging und es die Bereitschaft aufbrachte, sich auf experimentell Neues einzulassen. Bei Kinky war es weniger die Musik als die Texte, die für Aufsehen sorgten, und deshalb hatten die Jewboys – wie ihr Drummer Major Bowles klagte – auch keine Groupies. »Alles, was wir hatten, waren jüdische Soziologie-Professoren, die sich Notizen machten.« Es sind immer die Drummer und die Bassisten, die auf solche Details achten, aber abgesehen davon hatte das Konzept der Provokation einfach nicht das Potenzial für ein großes Publikum. »We wanted to shock the world, to a certain degree«, sagte Jewford, und zwar mit einer Mischung aus Hank Williams, Bob Wills und Lenny Bruce.

Es lohnt sich, über Lenny Bruce ein paar Worte zu verlieren. Am Anfang war Lenny Bruce, könnte man sagen. Mit ihm begann der ganze Schlamassel, mit ihm begannen die Werte des guten alten Amerika eines John Wayne zu bröckeln. Lenny Bruce hat als Comedian die Amerikaner darüber aufgeklärt, dass sie ein Untenrum haben, er führte das Wort Fuck im amerikanischen Sprachgebrauch ein. Seine »Witze unter der Gürtellinie« waren immer wieder Anlass, ihn vor Gericht zu zerren. Er war »der Komiker der schmutzigen Wörter, der Tabu brechende Gesellschaftskritiker«, der »ganz offen auf seine Jewishness verwies. Jiddische Phrasen, Witze und ein Humor im Kamikaze-Stil, dem sogar der Holocaust als Material diente« (Steven Lee Beeber). Lenny Bruce, der später in einem Film von Dustin Hoffman gespielt und verewigt wurde, hatte eine ganze Generation beeinflusst, die in den fünfziger und sechziger Jahren aufgewachsen ist, denn in einem ähnlich beklemmenden Klima wie in Deutschland war er die Stimme, der die gesellschaftliche Moral schwer ins Wanken brachte. Bob Dylan hat ihm später die Zeilen gewidmet: »He was the brother that you never had.« Mit Frank Zappa ist er zusammen aufgetreten, und John Lennon, Nico, R.E.M., Chumbawamba, Nuclear Valdez und Grace Slick ließen sich von ihm zu Songs inspirieren. Lenny Bruce war der kleine dreckige Bastard, der den Amerikanern ihre kleinen dreckigen Geheimnisse verriet, und der dafür von den Eltern gehasst, von den aufbegehrenden Söhnen und Töchtern geliebt wurde. Er starb 1966 mit 40 Jahren an einer Überdosis Morphium. Lenny Bruce ist auch für Kinky einer der ganz Großen, und deshalb erweist er ihm immer wieder in seinen Krimis die Referenz.

Vermutlich gehen auch die Texas Jewboys, die schon mit ihrem Namen in die Offensive gehen und die Antisemiten herausfordern, direkt auf Lenny Bruce zurück. Die in der alten Generation weit verbreitete Neigung, die Antisemiten nicht unnötig zu provozieren, indem man schön die Klappe und sich selbst zurückhält, wie die Fregatte der *Zeit* Marion Gräfin Dönhoff nicht müde wurde zu predigen, ist einer selbstbewussten Haltung gewichen, die die Dummheit der Antisemiten aufs Korn nimmt wie in Kinkys vielleicht bekanntestem Song »They ain't making Jews like Jesus anymore«, in dem ein Redneck Nerd in einem Bowling-Shirt, der die ganzen alten antisemitischen Klischees aufzählt, u.a. dass die Juden Gottes Sohn gekreuzigt hätten, irgendwann eins in die Schnauze kriegt, statt ihm in christlicher Tradition die andere Wange hinzuhalten. »Well I hit him with everything I had / right square between the eyes. / I say, ›I'm gonna gitcha, you son of a bitch ya, / for spoutin' that pack of lies‹.« Ansonsten hat Kinky selbstverständlich nichts gegen Jesus. Er vergleicht sich sogar immer wieder mit ihm: »Wie Jesus hatte ich weder Heim noch Frau noch Arbeit. Und wie Jesus war ich ein klapperdürrer Jude, der durch die

Lande zog und Leute nervte. Eigentlich konnte ich mich nicht beklagen.«

In einem anderen gotteslästerlichen Song »Men's Room, L.A.« sitzt Kinky auf dem Klo, hat kein Toilettenpapier, sondern nur ein Bildnis des Herrn und sagt: »Lord what would you do / If you were me and I were you / Take a Chance, save your pants or your soul?« Das war ziemlich harter Stoff für die bigotten Texaner. Oder ein ironischer Song darüber, dass man keine Drogen nehmen müsse, denn schließlich könne man auch »High on Jesus« werden, ganz zu schweigen von »Proud to be an Asshole from El Paso«. Das waren die blasphemischen Hits, mit denen die Texas Jewboys bei dem eher konservativ gesinnten Country-Publikum nicht gut ankamen.

Aber nicht nur bei denen nicht, denn sie teilten nach allen Seiten aus. Die Jewboys wurden in San Francisco von Indianern angegriffen, weil sie sich als solche verkleidet hatten und einen lustigen kleinen Indianersong zum Besten gaben: »We are the red man tall and qaint«, also groß und malerisch, wunderlich, kurios, was die Ureinwohner offensichtlich nicht so komisch fanden. Sie wurden von Feministinnen für den Song »Get your biscuits in the oven and your buns in the bed« von der Bühne gejagt, ein Song, der Kinky den Titel »männliches Chauvinistenschwein« eintrug. Das war in Buffalo, wo Kinky eine Gruppe randalierender junger Feministinnen mit den Worten auf Hundertachtzig brachte: »Allright, honey. Why don't you come up here and lick my salt block!« Das musste er nicht zweimal sagen. Der Abgang gestaltete sich dann ziemlich hektisch und eine Polizeieskorte musste den Jewboys sogar Geleitschutz aus der Stadt geben. In Denver waren es Schwarze und in Nacogdoches in Texas waren es die Rednecks, die sich von den Jewboys so provoziert fühlten, dass sie sich die Show nicht bis zu Ende ansehen wollten. Aber auch liberale Juden in New York waren not amused und nannten die

Jewboys eine »Schande«. Im Troubadour in L.A. kam Rod Stewart mit einer aufgetakelten Schnalle voller L.A.-Glitzer, um Kinky zu sehen. Nach dem dritten oder vierten Song sagte er: »What the bloody hell is this?« und zog beleidigt mit seinem »high-dollar date« wieder ab. Nur in Luckenbach, Texas, »einer kleinen deutschen Geisterstadt, in der sich die Einwohner immer noch ihre Schuhe mit kleinen Nazis zubinden« und wo die »Jukebox alte deutsche Trinklieder und verzerrte wagnerianische Polkas enthielt«, war Kinky ein wenig nervös, als er von der Bühne hinunter über »die Krauts« hinwegguckte. »Sie waren groß und freundlich und wippten im Stechschritt zur Musik. Aber bald hörten sie damit auf, ihre Luger zu polieren, schlugen ihre Hacken zusammen und brachen in eine moderate Variante teutonischen Hasenhüpfens aus«, eine Szene, die gut in Billy Wilders »Eins, zwei, drei« gepasst hätte.

Hier lachte Lenny Bruce zwischen den Zeilen, aber Kinky hat auch einige grandiose poetische Texte geschrieben, wie »Ride 'em Jewboy«, einen Song über den Holocaust, den er selbst in kleinen Spelunken sang, eine »Western interpretation of an Eastern experience«, der die Juden, wie Kinky meinte, verwirrt zurückließ und nach einer Identität suchen ließ. Kinky schreckte aber auch vor schmalzigen Liebesliedern nicht zurück wie »Marilyn and Joe«, wo er dem Zuhörer einen Ort verspricht, wo sie hingehen könnten, wo Marylin immer noch mit Joe Dimaggio und Romeo mit Julia tanzen und noch ein kleines Stück Gestern in den Augen ist, um den Träumern zu zeigen, dass sie niemals sterben werden.

Kinky allerdings erinnert sich kaum noch an diese Zeit, weil er meistens mit Drogen vollgepumpt war, zuerst mit Speed und später mit Kokain. Die Band brach 1976 nach vier Jahren auseinander, als Jewford nach einem Gig einfach ein anderes Flugzeug bestieg. Die Gruppe war ausgebrannt. Erst zwanzig Jahre später fanden sie wieder zusammen und gingen sogar auf Tour nach Australien und

Europa. Kinky machte mit einer anderen Backgroundband weiter und trat für 6000 Dollar wöchentlich im Lone Star Club in New York auf, womit er seinen Bedarf an peruanischer Marschverpflegung decken konnte. Aber dann kündigte ihm sein Plattenlabel und die Show begann zu floppen. Kinky musste sich etwas neues überlegen. 1984 schrieb er seinen ersten Krimi »Greenwich Killing Time« auf der Schreibmaschine seines Freundes McGovern. Der Legende nach kam Kinky auf die Idee, als er in einer Bank in einen Überfall geriet und eine Frau retten konnte, was ihm in einem seiner späteren Krimis die Sympathie eines Mafia-Bosses eintrug, weil die Frau dessen Tochter war. Tom Waits riet seinem Freund: »Das war ein Zeichen von Jesus. Du sollst mit den Drogen aufhören.« Und Kinky hörte auf Jesus bzw. Tom Waits. Vielleicht ist er deshalb für das Gebet an der Schule, wenngleich Kinky auch in dieser Frage sehr liberal ist, denn einer seiner berühmten Wahlkampfslogans hieß: »Möge der Gott Ihrer Wahl Sie beschützen.«

Dann war Kinkys Zeit in New York abgelaufen. Er verlor seinen »großen Bruder im Geiste« Tom Baker an das Heroin und die Liebe seines Lebens Kacey Cohen durch einen Autounfall. »Sie war das schönste Mädchen auf der Welt gewesen und hatte eine Blume im Haar getragen. Bei hundertfünfzig Sachen hatte sie die Windschutzscheibe ihres Ferrari geküsst.« Und schließlich starb auch noch seine Mutter an einem Herzinfarkt. 1985 kehrte er nach Texas zurück, verbunkerte sich zehn Jahre in dem kleinen grünen Wohnwagen und schrieb siebzehn Krimis, vermutlich die beste Therapie, um von den Drogen loszukommen.

Die Hauptperson in diesen Krimis ist Kinky selbst, umgeben von den Village Irregulars, seinen Freunden aus New York, die in den Geschichten sehr unterschiedliche Rollen spielen. Sein alter Freund Tom Baker taucht auf und der irische Whiskey-Trinker und Journalist Mike McGovern, der bei der *New York Daily News* kolumniert und das Buch »Eat, Drink, and be Kinky« geschrieben hat, ein Kochbuch, das sich von den Krimis inspirieren ließ und garniert ist mit Kinky-Zutaten und Kinky-Zitaten. Und dann gibt es noch Ratso, mit bürgerlichem Namen Larry Sloman, der immer im abgefahrensten Fummel herumläuft, mal als russischer Kosakentänzer, mal als schwuler Matador. Ratsos Wohnung ist mit über 10000 Bücher über Jesus, Hitler und Bob Dylan vollgestopft und er hat »On the road with Bob Dylan« geschrieben, eine oral history über die Rolling Thunder Revue, die Kinky als eine »traveling soap opera« bezeichnete. Einige der damals Beteiligten haben Jesus gefunden, einige sind tot und einige wünschten, sie wären tot, nicht weil Ratso schlecht über sie geschrieben hätte, sondern weil er sie in seiner detaillierten Chronologie bis zur Unerträglichkeit zitiert. Und deshalb schreibt Kinky, dass Ratso das »Auge einer Digitalkamera hat, und sein Ohr nur zu vergleichen ist mit der besten High-tech-DVD, die nur Japaner produzieren können«. Auf Ratsos Sofa ist angeblich schon Phil Ochs gestorben, einer der wenigen Künstler, die sich in Chicago nicht vom Bürgermeister Daley und seinen »Pigs« einschüchtern ließen, und auch Mike Bloomfield lag schon auf dem Sofa, der beste Gitarrist der Welt, jedenfalls bis Jimi Hendrix auftauchte. Auch Mike Bloomfield ist tot. Der einzige Überlebende dieses Sofas ist Kinky. Ratso spielt den Watson bei der Aufklärung der Fälle und den Blitzableiter für Kinky, der über seinen Freund mehr als hart an der Grenze herzieht und auch nicht davor zurückschreckt, ihn als schlingendes und gieriges Nagetier und als Kakerlake zu beschreiben, an dem selbst noch die übelste Beleidigung abperlt wie von einer Teflonpfanne.

Und dann wäre da noch Steven Rambam, der einzige Profi im Verein dilettierender Amateure. Er ist auch im wirklichen Leben Privatdetektiv, und zwar einer der 25 besten dieses Jahrhunderts, so die anerkannte »National Association of Investigative Specialists«. Rambam operiert weltweit. Er hat sich zur Aufgabe gemacht, Vermisste, Kriminelle und vor allem Nazi-Verbrecher zu suchen, die irgendwann irgendwo untergetaucht sind. Sein Statement dazu ist so einfach wie klar: »Als Jude versuche ich, ein Exempel zu statuieren. Ermordest du einen Juden, musst du damit rechnen, auch von einem Juden verfolgt zu werden, der zu dem Zeitpunkt noch gar nicht geboren ist. Du wirst gejagt bis zu dem Tag, an dem du stirbst. Dann stehst du ohnehin vor dem höchsten Richter. Ich gebe mit meiner Jagd auf Kriegsverbrecher quasi eine Warnung. Die nächste Generation potenzieller Judenmörder soll wissen, dass – wenn sie in diesem Sinne agiert – ihr Leben nicht so einfach wird. Ich versuche, ein Stück verlorene jüdische Ehre wiederherzustellen.« Es spielen noch einige andere Kumpels mit, und manche kriegen auch eine Gastrolle wie Willi Nelson und Abbie Hoffman, der Yippie-Anführer, der zusammen mit Jerry Rubin einer der »Typen« war, der die Sechziger erfunden hatte und den Kinky vor der Bundespolizei versteckte, als er wegen eines Drogendelikts gesucht wurde, ein flackernder und paranoider Geist, der wie die Verkörperung des schlechten Gewissens der Amerikaner, die ihren Traum verraten hatten, umherirrt, wie ein langsam verblassender Mythos aus einer Zeit, die niemand mehr begreift.

Kinkys Krimis entziehen sich dem Genre auf elegante Weise, sie dienen ihm nur als Folie, um eine Philosophie des Schwermuts und der Verzweiflung auszubreiten und mit hinreißender Poesie seine Leser in sein winziges und aberwitziges Universum in der Vandam Street zu entführen, wo er Zwiegespräche mit seiner Katze führt, einen Puppenkopf verehrt wie ein afrikanisches Totem und über den Selbstmord nachsinnt. Die Handlung spielt dabei nur eine untergeordnete Rolle, der Plot quietscht wie eine Katze, der man auf den Schwanz tritt. Das ist nicht ungewöhnlich, denn auch großen Genreautoren wie Raymond Chandler ist das passiert. Bei Chandler jedoch sind im Vergleich zu Kinkys Krimis die Geschichten Meisterwerke der Logik und der Schlüssigkeit. Bei Kinky hingegen fehlt sogar manchmal das, was den Fall überhaupt erst ausmacht, nämlich eine Leiche, und wenn endlich mal eine auftaucht, dann fehlt ein Motiv, das – wenn man Glück hat – am Ende des Buches unvermittelt zusammengefrickelt wird. Die Erörterung des dünnen Plots wird so lange durchgekaut und hin und her erwogen, dass man manchmal die Langmut der Leser bewundern muss, die ihm auch nach dem dritten Aufwärmen eines Witzes nicht böse sind. Dabei sorgt Kinky nicht selten auch für Verwirrung, wenn ihm logische Brüche und Irrtümer unterlaufen, ein Handlungsfaden im Nirvana endet oder sich in Redundanzen zerfasert. Das also ist offensichtlich nicht die Stärke Kinky Friedmans.

Seine Stärke besteht viel mehr in der Art und Weise des Erzählens, in seinem Sarkasmus, seinen Provokationen, seiner Lebensmüdigkeit, seinen grandiosen Bildern, seinem Metapherngewitter, seinem Witz, seiner Misantropie, seinen absurden und hintergründigen Dialogen. Als Protagonist seiner eigenen Geschichten hat er manchmal mehr damit zu tun, nicht unter den Sandsäcken des Lebens zu ersticken als einen Fall zu klären. »Ich war kurz davor, mich an der Duschstange aufzuhängen. Um diese Zeit herum muss ich entdeckt haben, dass es hier gar keine Duschstange gab. Wenn man aus einem Fenster im ersten Stock sprang, nur um dann mit einiger Sicherheit auf einem Müllwagen zu landen, mochte das vielleicht einen witzigen und schmachvollen Nachruf ergeben, einen guten Abgang verschaffte man sich damit allerdings nicht. Wahrscheinlich war man hinterher gelähmt und musste über sich ergehen lassen, dass jedes frömmlerische und zerknirschte Arschloch, dem man je begegnet war, mit Schadenfreude im Herzen und Obstkorb in der Hand einen besuchen kam.«

Der Krimi »Die Gefangenen der Vandam Street« ist eine Parodie auf Hitchcocks »Fenster zum Hof«. Ein Malaria-Anfall hat Kinky niedergestreckt, er liegt vom Fieber geschüttelt in seinem Loft und die Village Irregulars kümmern sich um ihn. In diesen zwei nicht allzu langen und nicht allzu komplizierten Sätzen lässt sich im Prinzip die gesamte Handlung zusammenfassen. Der Fall ist eigentlich gar kein Fall, auch wenn es am Ende eine tote Frau gibt, aber wie Kinky mit schöner Ironie schreibt: »Die Tatsache, dass die Person, der man helfen will, tot ist, kann einem ziemlich den Wind aus der Ermittlung nehmen.« In diesem Buch geht es also um etwas anderes, es geht um Freundschaft in einer Ausnahmesituation zwischen einem vom Delirium durchgeschüttelten Verrückten, der nicht weiß, ob er sich »erschießen oder zum Friseur gehen sollte«, und ein paar Trinkern, die planlos durch die Welt stolpern, und wenn jemand glaubt, dass das eine sehr spezielle Sache ist, dann hat er zweifellos Recht, aber man sollte nicht ausschließen, dass es bei ganz normalen Leuten in einem ganz normalen Mietshaus durchaus ähnlich merkwürdig zugeht und sich auch da Überraschendes zu Tage fördern ließe, wenn man es genauer wissen wollte.

Die *FAZ* hatte den Krimi kritisiert, weil Kinky melancholisch geworden sei, was ich nicht schlimm finde, aber ohne einfach nur in der Melancholie langsam vor sich hin zu schmoren, besteht der Kampf Kinkys, von dem letztlich seine Bücher handeln, vielmehr darin, sich ständig und immer wieder neu daraus zu befreien. Ein schmaler Grat, aber er wirkt überzeugend, vor allem wenn man weiß, dass er so ziemlich alle Abgründe des Lebens ausgelotet hat. »Eines Abends stand ich neben meiner kaputten Stehlampe, rauchte eine Zigarre und hörte meinen Haaren beim Wachsen zu, als ich endgültig ins Hintertreffen geriet. Aber das machte nichts. Da hinten traf man die interessantesten Leute.« Nein, diese Lektüre macht einen nicht depressiv, jedenfalls weit weniger als die Gute-Laune-Fibeln, die einem Ratschläge erteilen, wie man garantiert ein Arschloch wird und sich toll dabei fühlt. Kinkys Krimis sind lustig, sein Humor ist grimmig und kann »einen Eisbären zum Kochen bringen«. Er ist rauh und nichts für zart besaitete Gemüter, also genau der Humor, der ziemlich schwarz ist und ganz und gar nichts für Leute, die zum Ablachen zu Michael Mittermeier in eine Stadthalle gehen und es zum Schreien komisch finden, wenn das Wort Scheiße oder der Name eines Politikers fällt. Man muss keine große Phantasie aufbringen, um davon auszugehen, dass diese Leute Kinky für zutiefst inhuman halten, denn sie verstehen ihn nicht, und deshalb ist er ihnen unheimlich.

»Will man sich das Leben zerstören, wird stillschweigend vorausgesetzt, dass man überhaupt eines hat. Wenn man eines zu haben glaubt, sollte man es jedenfalls nicht damit vergeuden, endlos lang zu überlegen, ob man eins hat. Das kann man getrost den Moralaposteln dieser Welt überlassen, die überwiegend zu jung und zu lebendig bis auf die Knochen sind, um sich klar zu machen, dass Lenny Bruce für ihre Sünden gestorben ist.«

Wo auch immer sich zähe existenzielle Dramen abspielen, über die Kinky Friedman sich lustig macht, weil er selber da zu Hause ist, dort vergeht die Zeit auf eine ganz bestimmte Weise, und zwar so, »wie sie das in Krankenhäusern, Flughäfen, Bordellen, Bahnhöfen und Schlachthöfen macht: Sie strich vorbei wie ein *Hobo* in der Nacht, so langsam, so unbemerkt, so ruhig, dass man beinahe vergaß, dass es sie gab. Die Gegenwart vermischte sich mit der Vergangenheit, und längst Vergangenes lag einem auf einmal am Herzen, die Verstorbenen und Verfeindeten waren einem plötzlich lieb und teuer, und die perlenreichen Muschelstrände der Kindheit waren das leuchtende Herbstlaub im Hof eines alten Mannes«.

Nicht unbedingt die Poesie, mit der ein Grass oder Walser hausieren gehen würden, abgesehen davon, dass sie dazu gar nicht in der Lage wären, auch nicht zu der Art von Humor, den Kinder mögen. Diese verantwortungslose Fröhlichkeit streut Kinky zwischen den trostlos erscheinenden Erkenntnissen ein, denen er damit auf listige Weise die niederdrückende Wirkung nimmt. Kinkys Bücher wirken wie Antidepressiva, und wer Kinkys Humor und Poesie etwas abgewinnen kann, hat bei der Lektüre schon mal drei bis vier Stunden gewonnen, wo er sich keine Gedanken darüber zu machen braucht, dass »jede Veränderung eine Verschlechterung ist«, wie es Joseph Heller mal ausgedrückt hat. Und das ist ja wohl nicht das Verkehrteste.

Bei Kinky steckt sogar noch in der Danksagung ein subversiver Witz, schwarzer Humor von der übelsten Sorte, der nicht gesellschaftsfähig ist, das Lachen eines Verrückten, unter dem jeder konventionelle Habitus zerbröselt. In »Ohrensausen« schrieb er: »Der Autor möchte sich bei allen bedanken, bei denen sich Autoren immer bedanken. Als Erstes natürlich bei meiner wunderbaren Gattin. Dummerweise hat sie heute Morgen das Zeitliche gesegnet. Ich musste sie zur Strecke und zum Herrgott bringen. Sie wußte meine Arbeit sowieso nicht so richtig zu schätzen. Sie verstand nicht, dass ich aus dem Fenster schauen und trotzdem hochkonzentriert arbeiten und Szenen für das Buch ersinnen konnte, dessen Ghostwriter offenkundig ein Autist ist, der wie ein Affe im Irrenhaus masturbiert.« Und für diesen entwaffnenden, irren, absurden und gnadenlos schönen Humor muss man Kinky Friedman einfach lieben. Es wird nicht leicht sein, in Zukunft ohne seine Krimis auszukommen, denn dieser hier ist sein letzter.

Aus der Reihe Critica Diabolis

21. *Hannah Arendt,* Nach Auschwitz, 13,- Euro
45. *Bittermann (Hg.),* Serbien muss sterbien, 14.- Euro
55. *Wolfgang Pohrt,* Theorie des Gebrauchswerts, 17,- Euro
65. *Guy Debord,* Gesellschaft des Spektakels, 20.- Euro
68. *Wolfgang Pohrt,* Brothers in Crime, 16.- Euro
112. *Fanny Müller,* Für Katastrophen ist man nie zu alt, 13.- Euro
116. *Vincent Kaufmann,* Guy Debord – Biographie, 28.- Euro
118. *Franz Dobler,* Sterne und Straßen, 12.- Euro
119. *Wolfgang Pohrt,* FAQ, 14.- Euro
121. *Matthias Penzel & Ambros Waibel,* Jörg Fauser – Biographie, 16.- Euro
125. *Kinky Friedman,* Ballettratten in der Vandam Street, 14.- Euro
127. *Klaus Bittermann,* Wie Walser einmal Deutschland verlassen wollte, 13.-
129. *Robert Kurz,* Das Weltkapital, 18.- Euro
130. *Kinky Friedman,* Der glückliche Flieger, 14.- Euro
131. *Paul Perry,* Angst und Schrecken. Hunter S. Thompson-Biographie, 18.-
135. *Ralf Sotscheck,* Der gläserne Trinker, 13.- Euro
138. *Kinky Friedman,* Tanz auf dem Regenbogen, 14.- Euro
139. *Hunter S. Thompson,* Hey Rube, 10.- Euro
140. *Gerhard Henschel,* Gossenreport. Betriebsgeheimnisse der »Bild« 5.-
145. *Kinky Friedman,* Katze, Kind und Katastrophen, 14.- Euro
146. *John Keay,* Exzentriker auf Reisen um die Welt, 14.- Euro
148. *Heiko Werning,* In Bed with Buddha, 14.- Euro
150. *Wiglaf Droste,* Will denn in China kein Sack Reis umfallen, 10.- Euro
153. *Fanny Müller,* Auf Dauer seh ich keine Zukunft, 16.- Euro
154. *Nick Tosches,* Hellfire. Die Jerry Lee Lewis-Story, 16.- Euro
155. *Ralf Sotscheck,* Nichts gegen Engländer, 13.- Euro
156. *Hans Zippert,* Die 55 beliebtesten Krankheiten der Deutschen, 14.- Euro
157. *John Keay,* Mit dem Kanu durch die Wüste, 16.- Euro
160. *Hunter S. Thomspon,* Die große Haifischjagd, 19.80 Euro
161. *Bittermann & Dobler (Hg.),* Smoke that Cigarette, 15.- Euro
162. *Lester Bangs,* Psychotische Reaktionen und heiße Luft, 19.80 Euro
163. *Antonio Negri, Raf V. Scelsi,* Goodbye Mr. Socialism, 16.- Euro
164. *Ralf Sotscheck,* Nichts gegen Iren, 13.- Euro
165. *Wiglaf Droste,* Im Sparadies der Friseure, Sprachkritik, 12.- Euro
166. *Timothy Brook,* Vermeers Hut. Der Beginn der Globalisierung, 18.- Euro
167. *Zippert,* Was macht eigentlich dieser Zippert den ganzen Tag, 14.- Euro
168. *Gabriele Goettle,* Wer ist Dorothea Ridder? 14.- Euro
169. *Joe Bauer,* Schwaben, Schwafler, Ehrenmänner, 14.- Euro
170. *Bittermann (Hg.),* Unter Zonis, 20 Jahre reichen so langsam, 15.- Euro
171. *Harry Rowohlt, Ralf Sotscheck,* In Schlucken-zwei-Spechte, 15.- Euro
172. *Michela Wrong,* Jetzt sind wir dran. Korruption in Kenia, 22.- Euro
173. *einzlkind,* Harold, Toller Roman, 16.- Euro
174. *Wolfgang Pohrt,* Gewalt und Politik, Ausgewählte Schriften, 22.- Euro
175. *Carl Wiemer,* Über den Literaturverweser Martin Walser, 13.- Euro
176. *Heiko Werning,* Mein wunderbarer Wedding, 14.- Euro
177. *Wiglaf Droste,* Auf sie mit Idyll, 14.- Euro
178. *Kinky Friedman,* Zehn kleine New Yorker, 15.- Euro
179. *Christian Y. Schmidt,* Zum ersten Mal tot, 14.- Euro
180. *Jane Bussmann,* Von Hollywood nach Uganda, 20.- Euro
181. *Ralph Rumney,* Der Konsul, 15.- Euro

http://www.edition-tiamat.de